その名は町野主水

中村彰彦
Akihiko Nakamura

歴史春秋社

その名は　町野主水

中村彰彦

歴史春秋社

目次

第一章　脱　牢

一

「六十里越《ごえ》」

という通称であった。会津《あいづ》藩領と越後国《えちごのくに》との国境《くにざかい》に屏風《びょうぶ》のようにそびえる越後山脈中の二高峰、浅草岳（標高一五八六メートル）と毛猛《けもう》山（一五一七メートル）の鞍部《あんぶ》のことである。

より正確には、若松の城下から脇《わき》街道を只見《ただみ》川ぞいに西進すること十四里、田子倉の集落から二里半のぼって坂頭に達し、さらに三里半くだって越後側の大白川に至る峠のことをいう。都合六里の峠を六十里越と呼ぶのは、その十倍も歩いたかと思われるほど峻険《しゅんけん》な難路ばかりがつづくからにほかならない。

身に蓑笠《みのかさ》をまとい、藁《わら》製の雪沓《ゆきぐつ》をはいた侍五人が、会津側から黙々とこの六十里越をこえていったのは慶応四年（一八六八）二月十五日のことであった。

午後八つ半刻《どき》（三時）、大白川で百姓髷《まげ》に紋羽織姿の老人三人の出迎えをうけた侍たちは、蓑笠雪沓を脱いで黒木綿のぶっさき羽織にたっつけ袴《ばかま》姿となり、頭には定紋《じょうもん》入り黒うるし塗りの陣笠をかむった。

「出迎え、まことにいたみいります。拙者《せっしゃ》が町野源之助、以後よろしくお願いいたす」

左三つ巴《どもえ》の家紋入りの陣笠のへりを持ちあげ、大柄な武士が丁重に一揖《いちゆう》すると、

「遠路まことに御苦労なことでござりました」

百姓髷の男たちは緊張の面持で深々と腰を折り、ほど近い破間《あぶるま》川の渡船場《とせんじょう》へと五人を案内した。

そこに舫《もや》われていたのは、一艘《そう》の屋形船であった。真新しい障子にかこまれた船屋形の前後には、野良着姿の若者ふたりが水棹《みさお》を手にしてうずくまっている。

一行が畳敷きの船屋形に身を入れると、このふたりは器用に水棹をあやつって満々と雪解《ゆきげ》の水をたたえた流れの水脈《みお》へと乗り入れ、一気に破間川を下りはじめた。

この日は、新暦の三月八日にあたる。雪深い越後国魚沼郡《うおぬまごおり》のこととて、左右の河原はまだ残雪におおわれていた。いったん西行した川が南へ流れ出したころ、目路《めじ》のかなたには駒ヶ岳（二〇〇三メートル）、中ノ岳（二〇八五メートル）、八海山《はっかいざん》（一七七五メートル）――いわゆる越後三山の銀色の稜線《りょうせん》が眺められた。

しかしその豁然《かつぜん》とひらけた風景は、にわかに色彩を喪《うしな》って墨絵のようになった。ちらほらと雪が降りはじめたのである。

が、それを気にしている暇はなかった。たくみな水棹使いによって水上四里をすばらしい速さで下った屋形船は、七つ刻（四時）にはもう四日町の渡船場に着いていた。

そこには小出島《こいでじま》の郷元総代四人をはじめ、近隣各村の庄屋たちが紋羽織姿で集まっていた。

「いや、苦労であったな。これで一杯やってくれ」

船頭ふたりに懐紙の包みを手わたして下船した町野源之助は、

「出迎え、まことにいたみいります」

大白川でとおなじことばづかいながら、今度は陣笠をはずし、渡船場に蝟集《いしゅう》した人々にていねいに頭を下げた。

陣笠の下からあらわれたのは、精悍無比《せいかんむひ》の風貌《ふうぼう》であった。髭《ひげ》の剃《そ》り跡の青い色白面長な顔だちで、髷は刷毛先《はけさき》を細く固めた総髪銀杏《いちょう》に結いあげている。眉尻《まゆじり》のはねた濃い眉の下には鷹のような両眼が光を帯び、たくましい鼻梁《びりょう》と、閉じれば「へ」の字になるぶ厚い唇とがよく張った顎《あご》へとつづいていた。

それだけではない。

左の耳殻の上端はえぐれたように深く欠け損じ、陣笠をはずそうとする右手中指は内側に折れ曲ったまま利かなくなっていて、かれが幾度かの血なまぐさい戦いを勝ちぬいてきた猛者《もさ》であることを示していた。

この町野源之助は、諱《いみな》を重安《しげやす》。天保十年（一八三九）十二月三十日、三百石を食《は》む会津藩家老付組頭《くみがしら》町野伊左衛門・きと夫妻の嫡男として生まれた。当年二十八歳である。

かれはゆえあって元治《げんじ》元年（一八六四）秋以降三年半の間、阿賀野《あがの》川ぞいの会津藩領、越後国蒲原郡《かんばらごおり》の津川で謹慎生活を送っていた。それがこのたび会津藩の飛地《とびち》領である越後国魚沼郡小出島二万七千石の郡奉行《こおりぶぎょう》として再出仕を命じられ、この日ようやく着任したのだ。

身の丈五尺七寸（一メートル七三センチ）、よく引きしまった肉体をもつ源之助は、河原に居ならぶ郷元総代、庄屋たちから挨拶《あいさつ》を受けると、

「うむ、拙者は物覚えの悪いたちゆえ名前を呼びまちがえることがあるかも知れぬが、それは堪忍してくれ」

一同を笑わせてから、自分の下役として同行してきた者たちを気さくに紹介した。

小檜山包四郎《こひやまかねしろう》、田口奥五郎、林勇次郎。いずれも薄禄ながら、まだ二十代の究竟《くっきょう》な若手藩士であった。

「そして、この者は――」

といって源之助は照れたように笑い、最後に控える前髪だての少年を名指した。

「町野久吉、拙者の末弟だ。まだ十六歳なのに、どうしても同道するといいおって勝手についてきてしまったのだが、まあよろしく頼む」

そのことばにつられて目を動かし、白柄の長槍を右肩口に立てている久吉を眺めたひとびとは一瞬目を瞠《みは》った。

「なんときらきらしいおひとか」

思わず声が洩《も》れたのは、源之助の腹蔵ない話し方に安堵《あんど》していたためばかりではない。

背丈はまだ源之助に若干およばぬながら、久吉はいかつい風貌の兄とは似ても似つかぬ美少年であった。秀でた額の左右にザックリと垂れた前髪の下には、つぶらな瞳、女形《おやま》にしたいような通った鼻筋とふっくらした唇が姿よくおさまっている。

「なにさまよろしく」

久吉が前髪を揺らして会釈すると、ひとびとはあわてて小腰をかがめた。

この時、出迎えの者たちは夢にも思わなかった。久吉が兄源之助以上に剛情な気性の持主であることも、かつて年長の少年藩士と口論したあげく、

「ならば決闘して結着をつけてやる」

といいはり、親たちにほとほと手を焼かせたことがあるということも。

二

慶応四年二月は、会津藩にとっては未曾有《みぞう》の国難が襲いかかろうとしている季節である。九世藩主松平肥後守《ひごのかみ》容保《かたもり》は、文久二年（一八六二）師走《しわす》、その国力兵力を幕府に高く評価されて京都守護職に就任。以後十四代徳川家茂《いえもち》、十五代慶喜《よしのぶ》と二代の将軍を支えて公武合体に挺身《ていしん》していた。

それが、この正月三日にはじまった鳥羽伏見の戦いが旧幕府軍の惨敗におわるや、江戸への潰走《かいそう》を余儀なくされたのである。五日、薩長《さっちょう》側が日月《じつげつ》の錦旗をひるがえしたことにより、旧幕府軍——なかんずくその中心勢力たる会津藩は賊軍と呼ばれる状況に転落していた。

「官軍」

を名のった薩長勢がその後奥羽《おうう》平定を最重要事項とみなしたのも、仇敵会津藩とそれに同情的な諸藩がこの地方に蟠踞《ばんきょ》しているからにほかならない。

やむなく決戦を覚悟した会津側は、京坂から江戸へ逃れた藩兵たち、江戸詰めの老幼婦女に若松への引き揚げを急がせる一方、容保自身も帰国の途につこうとしていた。

ところが会津藩は、名目は二十八万石ながらこれまでの幕府に対する忠誠を愛《め》でられ、逐次封土や職俸を加増されて実質六十七万九千石と東国一の大藩になりあがっている。京都守護職屋敷の造営その他で財政は火の車であったが、薩長が会津討伐を叫びはじめた以上は、越後内の飛地《とびち》領――小出島陣屋二万七千石や小千谷《おぢや》陣屋十一万三千石にも防御策を講じざるを得ない。

享保九年（一七二四）以来会津領となっている小出島には、従来は代官が赴任するだけであった。その小出島に郡奉行として町野源之助が派遣されることになったのも、封土防衛の一環としてである。

小出島の農民たちは、これまでの諸代の代官とは大酒呑《の》みの小島清次を世話役として、長く厚誼《こうぎ》をむすんできた。代官やその下役たちの着任、離任時の引越しの世話から役宅の修理、雪囲い、雪除《よ》けの手伝いまでしていたほどで、双方ともに物見遊山に出かけたり酒席に誘いあったりする穏やかな関係がつづいていた。

町野源之助はいかつい風貌と耳と指の疵《きず》から、渡船場に降りたってまもなくこそ、どんなにこわいお奉行さまか、と恐れられた。しかし口をひらくとすぐ明るい気性と知れた上、小島清

次以下にものを頼む時は、

「おそれいる」

「いたみいる」

とかならずことばをそえる礼儀正しさであったから、小出島のひとびとは胸を撫《な》でおろした。


小出島は、西郊を北流する魚野川《いおの》の右岸に位置する。その岸辺の諏訪《すわ》神社の東側に高札所があり、そこから岸ぞいにのびる茅葺《かやぶ》き屋根の家並は南寄りを柳原、北寄りを横町および扇町といった。その通りから直角に東へのびる家並は、本町に上町。いずれも道の両側にならぶ軒から雪除けの雁木《がんぎ》を張り出した越後独特の造りである。


上町の手前の辻《つじ》を北に折れれば他屋町に入る。高札所から上町のはずれまで歩いても四半刻(三〇分)もかからぬ土地で、総戸数は二百五十戸。

「他屋小路」

といわれる他屋町の通りを北へ少しゆけば、その西側が小出島陣屋であった。

この陣屋の敷地面積は、約二百坪。石垣の上に木柵《もくさく》を植えた矩形《くけい》の土地の東側に長屋門をひらき、東北の隅に奥行四間左右七間半、茅葺き屋根の番所を有していた。番所の建物は、座敷ふた間、御役所ふた間、訴え所、白洲《しらす》その他に区分けされている。

この陣屋に入った源之助は、二月中は先任の役人たちに案内させて小出島の領内を入念に巡検した。そして三月になるのを待ちかねたように布令したのは、領内の村々から郷兵、村兵を採りたてる、という策であった。かれが各村の庄屋あてに出した「触れ書」は、およそ次のように命じていた。

一、村々の庄屋、郷元は郷兵となり、高四百石以上の村の者は四人、二百石以上はふたり、二百石以下はひとりを村兵として召しつれるべきこと。
一、郷兵は大小を帯び、鉄砲を携えるべきこと。大小なき場合は長脇差《ながわきざし》も可。
一、村兵は長脇差ひと振り、槍《やり》ないし竹槍ひと筋を持つべきこと。
一、郷兵には食米を出し、村兵には給分として米五俵、金五両を相渡すべきこと。
一、郷兵万一討死の節は永々苗字《みょうじ》帯刀を許し、格別身分薄き者には永々一人扶持《ぶち》を与えるべきこと。また討死の者へは弔料として五十両を相渡すべきこと。
一、郷兵はもちろん村民どもも農事の間に鉄砲剣術を稽古《けいこ》いたすべく、小出島もよりの者は陣屋稽古所にまかり出、遠方の者はもよりに稽古所を構え、教授人の出張を相願うべきこと。

一、御陣屋非常の節、小出島・元堀之内組・元浦佐組の三組は御陣屋へ駆けつけ、元塩沢組・元六日町組は三国《みくに》通り関東口相固め、川口組・三島組は下口相固め、上下とも襲来の賊徒これなき時は御陣屋へ後詰《ごづ》めいたすべきこと。

鉄砲も槍もない者は、五尺四、五寸の樫《かし》の柄《え》に分銅つき二尺の鎖をつけた得物、あるいは六、七尺の棒の先にさしわたし三尺の鉄環をつけた武器を作るよう、図面をもって指示する念の入れようであった。

うち小出島組の郷兵は計四十余名である。かれらが稽古所に指定された陣屋前庭にぞろぞろとやってきた時、源之助はみずから進み出てこの二種類の得物の使い方を伝授した。

「これらはともに、接戦となった際に役立つ武器だ。分銅つきの棒をこしらえてきた者は、敵が迫ってきたら肥柄杓《こえびしゃく》を振る要領でこの棒を横腹に叩きつけろ。なに、受けられても心配は無用だ。敵が棒か鎖を受け止めれば、分銅は予想外の方角から敵のからだのどこかを殴りつけているからだ。

棒に鉄の輪をつけてきた者は、鍬《くわ》を振りおろす気持で敵の首を輪に引っかけよ。手首か足首をスッポリ捕えて引きたおしてもよい。あとは、石突《いしづき》で突き殺すも脇差でとどめを刺すも思いのままだ」

　槍で戦いたい者たちは久吉の技を手本にいたせ、と紋羽織に仙台平《せんだいひら》の袴姿の源之助はつづけ、背後の玄関脇にたたずんでいた弟をさしまねいた。

　白鉢巻に刺子《さしこ》の稽古着、紺木綿の袴の股立《ももだ》ちを取って裸足《はだし》で進み出た長身の久吉は、右脇には本身《ほんみ》の長槍をかいこんでいる。隣り村四日町の渡船場に着いてひとびとの出迎えを受けた時、右の肩口に直立させていたあの槍であった。

　町野家は豊臣大名蒲生氏郷《がもううじさと》につかえ、天正十八年（一五九〇）、氏郷が会津四十二万石に封じられた時ともに会津入りした町野左近助幸仍《ゆきなお》を祖とする。久吉のかかえる白柄の槍は、この氏郷から下賜された大身《おおみ》の名槍《めいそう》で、槍穂三尺、銘は宗近《むねちか》。

　宗近とは平安末期に山城国にあらわれ、一条天皇の勅命によって宝刀小狐丸《こぎつねまる》を鍛えて、

「三条小鍛冶《こかじ》宗近」

　とその技量を謳《うた》われた三条宗近のこと。その鍛えは同時代の作に較べても平肉が少なく、重ねも薄いところに特徴がある。若くして兄同様宝蔵院流槍術《そうじゅつ》の達人となった久吉は、槍穂以上の長さの中心《なかご》を六尺五寸の柄《え》に呑ませたこの重宝を、出立に先だって兄から借り受けていたの

である。

久吉は玄関先を半円形にとりまいている村兵たちに依頼して、陣屋の蔵から五斗俵六俵を庭の隅へ下から三俵二俵一俵と積みあげさせた。さらにひとりの村兵に折れ目のない懐紙一枚と糸とを渡し、松の梢《こずえ》に懐紙を吊り下げさせる。

なにをなさる気か、と首をひねった筒袖《つつそで》半綿入れに股引脚半《ももひききゃはん》甲懸け姿の郷兵、村兵たちは、次の瞬間半円形をさっとひらいて二列に割れていた。槍の鞘《さや》をはずした久吉が、大身槍を水平に構えてつかつかと歩み出たからである。

三尺の鋭い槍穂は、久吉が手ならしに柄をしごくたびに陽光を反射して白金色に燦《きらめ》く。村びとたちの視線を背に浴びて前庭のほぼ中央に進んだかれは、ひとびとに端整な横顔を見せてまず松の梢にさがる懐紙に狙《ねら》いをつけた。無風に近く、懐紙は見えない塀に貼《は》られた紙のように中空に静止している。

全長九尺五寸の名槍をゆるゆるとしごきつつ左半身になった久吉は、

「リャアリャアリャアリャア！」

尻《しり》あがりに甲高くなる気合を発したかと思うとするすると足を送り、腰のそなえも美しく、

「はっ」

と穂先を繰り出していた。

次の瞬間引き足を使って元の位置に戻った久吉が、大きく息を吸いながら槍を立ててもなにごとも起こらない。懐紙は微動だにせず、松葉ひとつ散るわけでもないのだから、

（いまのはまず、実際に懐紙を突き破る前の型稽古だったのか）

と村びとたちは首をかしげた。その気持が伝わったのであろう、久吉は肩越しに首をひねり、ほほえみながら口をひらいた。

「皆の衆には、ちと分りにくかったかも知れませんな。どなたか、あの懐紙を改めて下さらぬか」

「そんじゃ、わしが」

好奇心に駆られた村兵のひとりが松の木に近づき、目を皿のようにした。

「あっ」

その村兵は急に振りむいて、なにごとか口走ろうとする。それを制して、久吉は問いかけた。

「紙はどうなっている」

「あ、穴があいてますでや」

いや驚いた、というように首を振って踵《きびす》を返しかけた村兵に、さらに久吉は呼びかけた。

「待て、いくつあいているのだ」

「え？」

ひとつの穴しか確認していなかった村兵は、驚いてふたたび懐紙を点検した。

「み、三つもあいてらあ！」

叫ぶようにかれがいったので、村びとたちの間にどよめきが走った。かれらの目には、久吉が槍を繰り出したのは一回きり、しかも寸止めで懐紙には触れなかったように見えたのである。

「ふたつの目で確かめたい者は、あとで見ればよい。次は俵だ」

久吉はざわめきを静めるようにいい、ふたたび左半身に槍を構えた。かれが六俵の五斗俵にむかって足を送りはじめた次の瞬間、村びとたちが目撃したのは手妻《てづま》のような光景であった。

「リャア」

最上段に積まれた一俵に槍穂を埋めた久吉は、突くのと掬《すく》うのとがひとつながりの動作と見える速さで槍を右肩越しにまわしていた。さらにその槍を水車のように前にまわして、二段目の俵に突き通す。

掬いあげられた俵がその背後に次々と投げ出されて重い音さえ響かせなければ、五斗もの玄米が入っている俵を槍玉に挙げているとはとても思えぬ軽やかな身のこなしであった。しかも、

「リャア」

という短い気合を久吉が六度発しおわった時、肩越しに投げ棄てられたかと思われた六俵の五斗俵は、下から三俵二俵一俵と元のごとく整然と積みあげられていた。

久吉のすずやかな顔だちと俵の山とをこもごも見つめ、村びとたちは茫然《ぼうぜん》とした。すると、源之助の声が通った。

「よし、久吉。いつ見てもみごとな腕だな。いずれじきじきに稽古をつけてとらせるゆえ、さらに精進いたせ」

その兄弟子か師匠のような口ぶりに、村びとたちはまた目を瞠《みは》った。

（小だんなさま）

と久吉を呼んで、かれらは自問した。

（いまのおっしゃりようからすると、お奉行さまはこの鬼神のような小だんなさまよりもっとお強いんだべか）

その畏怖《いふ》の表情にも気づかず、久吉は源之助のいる玄関前に歩み寄りながらにこやかに応じた。

「はい、わたくしも兄上に負けぬよう、さらに稽古に励みます。けれど蛤《はまぐり》御門の変に三番槍《やり》をつけた兄上も、この小出島ではお奉行職です。敵がきたとしても、陣屋を飛び出しで先陣を切ることは叶《かな》わぬ大事なおからだ。とすれば当地のいくさの一番槍は、この久吉と決まったようなものですよ」

「汝《にし》は相変わらず強気だのう」

源之助が目を細めて豪快に笑うのを見て、村びとたちはますます毒気を抜かれた。

四年前の元治元年（一八六四）七月十九日、長州勢が京に攻めこんで公武合体派諸藩と激突した蛤御門の変のことは、越後の農民層の間にも知れわたっている。

「新任のお奉行さまは、京の大半も焼野原となったあの大いくさに三番槍をつけた会津きっての豪傑だとよ」

「そういえば、お奉行さまの片方の耳たぶは、半分チョン切られたようになっているし、右の中指は折れ曲ったまま動かねえようじゃ。きっと京で受けた疵《きず》だでや」

郷兵、村兵を採り立てると同時に、この噂《うわさ》は小出島領の各郷村に一気にひろまっていった。

三

蛤御門の変における町野源之助の三番槍は、会津藩士なら誰知らぬ者のない事実であった。

しかしそれ以前に、源之助はゆゆしき事件をひきおこしていた。

　すなわち元治元年三月二十七日、武田耕雲斎や藤田小四郎のひきいる水戸天狗党《てんぐ》が常州筑波《つくば》山に挙兵するかと思えば、六月五日には会津藩お預かりの新選組が京都三条小橋の池田屋を襲撃。京都焼き打ちを企んでいた長州系尊王攘夷《そんのうじょうい》派志士たちを一網打尽にするなど、この年の世情は東西ともに物情騒然としていた。

　そのころ、これまで国許詰めであった源之助に、胸躍る藩命が下されたのである。

《町野源之助重安
右、八月までに京都守護職屋敷本陣詰めとして、京都に赴任いたすべき事》

　さる文久三年（一八六三）八月十八日、会薩同盟をむすんだ会津、薩摩《さつま》の両藩は長州勢を京から駆逐する政変を起こしていた。この政変、あるいは市中見廻りにおける会津藩士の活躍を聞くたびに、源之助は、

（早くおれにも京都番のお役目がまわってこぬものか）

と、居ても立ってもいられなかった。

　そこにこの藩命が下ったのだから、欣喜雀躍《きんきじゃくやく》とはこのことだった。

　溝口派一刀流剣法および宝蔵院流槍術《そうじゅつ》免許皆伝。学問よりむしろ武芸に自信のあるかれは、家宝志津《しづ》三郎兼氏《かねうじ》二尺三寸に溝口派一刀流独得の大丸鍔《おおまるつば》をつけて腰間に横たえ、下馬銀杏《いちょう》の髷《まげ》

に革羽織姿の小者の兵助には宗近の名槍をかつがせて六月中に若松を出発。江戸城和田倉門内の会津藩上屋敷に二泊したあと、勇躍東海道を西上していった。

箱根、三島、沼津と進んで右手の高みに富士の霊峰を仰ぎ、吉原をすぎると急に石橋が多くなった。五十三までかぞえて松岡村へ入れば、村はずれを滔々《とうとう》たる大河が流れていた。東海道一の急流として知られる富士川である。

両岸にゆったりと河原がひろがってはいるが、河幅は水の増減によって不定なのでその舟渡し場に桟橋のようなものは築かれてはいなかった。対岸、立場《たてば》のある岩渕村から出る渡し舟は、岩をも流す早瀬に押されてはるか下流に着岸する。その舟は河原の人足たちによって曳《ひ》き綱で上流へはこばれ、そこから人を乗せてふたたび対岸の舟着き場をめざすのである。

数人の旅の者たちとともにその渡し舟に乗りこんだ源之助と兵助は、渡し守が水棹《みさお》を櫓《ろ》にもちかえて急流に乗り入れた時にはもう眩暈《めまい》を覚えていた。平底の渡し舟は波のあおりを受けやすく、一瞬ふわりとからだを持ちあげられるかと思えば渦まく波間に沈んで不安定この上ない。

いつかしっかりと舟ばたをつかんでいたふたりは、岩渕の舟着き場にようやく着くや、酔ったような気分でふらふらと河原に降りたった。

河原を進んで支流の小体《こてい》な板橋を渡り、松林の間の坂を登ればまた東海道に出る。ふたりが板橋を過ぎようとした時、坂道から嘲笑《ちょうしょう》するような聞こえよがしの声が降ってきた。

「おいおい、あの浅葱裏《あさぎ》（田舎侍）のふらつきようはどうだ」

「まったくあのような腰つきで、あの時代がかった槍が使えるとはとても思えぬのう」

源之助は初夏の暑さに、麻かたびらにたっつけ袴《ばかま》のみの軽装になっている。その両眼は、この時藺笠《いがさ》の下で鷹のそれのような光を帯びた。

「おい、汝《にし》ら」

会津弁で呼びかけたかれは、早くも佩刀《はいとう》の柄袋《つかぶくろ》を取り去りながらつづけた。

「なんなら、拙者《せっしゃ》が槍と刀をどう使うかこの場で見せてやってもかまわぬぞ。それが冥土《めいど》のみやげとなってよければの話だがな」

町野家は、同族のうちから代々刀槍《とうそう》の達人を出しつづけた武張った家系である。

「負けるな、嘘《うそ》つくな、やん返し（仕返し）山ほど」

あまりに武骨な家憲を幼い時から仕こまれている源之助にとって、これはきわめて自然な返答にすぎない。しかし、舟渡しへゆく途中だったのであろう、源之助同様の旅仕度でその行手をさえぎったふたりの侍は逆上した。

「貴様、いってはならぬことを吐《ぬ》かしたな」

笠と刀の柄袋とを取り去った講武所髷の男がいった。

「うむ、ではあの物干竿《ものほしざお》のような代物《しろもの》を代金がわりに、また立場で寸酌してから川を渡るか」

左側の総髪銀杏髷の男も相槌《あいづち》をうつ。

ふたりがゆっくりと抜刀してともに右八双に構えた時、

「槍！」

短く叫んだ源之助の手に、兵助は背後から機敏に柄の中ほどを押しつけていた。すでにかれは志津兼氏の鯉口《こいくち》を切っており、腰を落として抜き即斬の構えに入っている。しかもその左手には大身槍を水平に提げているのだから、これはあまりに異様な構えであった。

「ひとりは刀、ひとりは槍の錆《さび》にしてくれよう。そろって繋ちこんだらどうだ」

そのことばに煽《あお》られたふたりは、

「せい」

同時に地を蹴《け》り、源之助の両の肩口めがけて大刀を振りおろしてきた。

「咄《とつ》！」

源之助が短く発した気合に耳朶《じだ》を打たれ、思わず兵助は目をつむった。

「ぐぐう」

奇怪な呻《うめ》き声につられて恐々と目をあけた時、まず兵助の視界に映じたのは主人源之助の深く腰を折った後ろ姿であった。左脇《わき》には白柄の槍を深くかいこみ、右手の志津兼氏は右上方に斬りあげたまま残心の構えをとっている。

「だ、だんなさま」

驚いて駆け寄ると、

「うむ、おれは大事ない」

源之助は答えて、ゆっくりと立ちあがった。

その左手の地面には喉《のど》と口から血の泡を噴きながら総髪銀杏髷の男が仰むけに倒れ、右手には深々と右脇腹を斬り裂かれた講武所髷の男がうつぶせにころがって五体を痙攣《けいれん》させている。

源之助は、斬《ざん》に処された罪人の首を梢《こずえ》につるしてその額を突けば、首は微動だにしないのに槍穂は後頭部に抜けるほどの槍術の達者である。左手下段から槍穂をくりだした手練の早技によって総髪の男は喉をつらぬかれ、右側から斬りこんできた男は源之助の左腰から右上方へと奔《はし》った銀色の円形線に身のなかばまで両断されていた。

人を斬ったのは初めてであった。だが、若松郊外薬師堂河原の会津藩刑場で刑死者たちの胴体の試斬をかさねた体験もあるため、源之助は自分でもふしぎなほど落着いていた。

「おい、兵助」

刀身と槍を鞘《さや》に納めたかれは、小者に死にゆくふたりの懐中を探るよう命じた。その源之助のいかつい顔が不意に翳《かげ》ったのは、兵助の差し出したふたつの木製将棋の駒形の通行手形の末尾にこう書かれていたからである。

《松平越中守《えっちゅうのかみ》家中》

松平越中守とは、源之助の主君松平容保の実弟で、桑名《くわな》藩十一万石を継いでいる定敬《さだあき》のこと。桑名藩もまた佐幕派の強藩で、定敬は京都所司代として京に勢威を張り、兄容保の尊攘激派鎮圧を助けつづけている。

（おれは、その友藩の藩士ふたりを斬ってしまったのか。これはちと面倒なことになるかも知れぬな）

源之助は思ったが「やん返し山ほど」を実践しただけだから後悔はない。

《この両名、武士の一分《いちぶん》にかかわる暴言を吐きたるにより、決闘の上成敗いたしたる者也。会津藩京都詰め　町野源之助》

あまりうまくない大ぶりな字で懐紙に書きつけたかれは、それを死者の刀で地面に突き刺して岩渕村をあとにした。

しかし、ことはやはりこれだけではすまなかった。七月初旬、釜座《かまんざ》通り下立売上ルの京都守護職屋敷に入った時、かれを待っていたのは一通の問罪書であった。

《町野源之助重安
右の者、御用の旅の途中桑名藩士と私闘におよびたるは御時勢をわきまえぬ粗暴の振舞につき、入牢《じゅろう》申しつくる者也》

愚直に姓名を書き残しておいたのが徒《あだ》となったのである。源之助は即日獄に投じられてしまった。

(これでは、科人《とがにん》として京に送られてきたようなものではないか)

さすがに憮然《ぶぜん》としたが、自分が間違っていたとは断じて思わない。

(人生にはこういう時期もある、と考えればよいのだ)

とうそぶきながら、源之助は暗く蒸し暑い牢のなかに端座しつづけた。

四

この時まだ町野源之助は知らなかったが、長州藩は公武合体派諸藩を武力によって京から叩き出そうと密謀を凝らしていた。

それはまず、前年八月十八日の政変によって爵位を削られた長州藩主毛利大膳大夫《だいぜんだゆう》慶親《よしちか》とその世子長門守《ながとのかみ》定広、そして長州落ちした三条実美《さねとみ》ら七卿《しちきょう》の赦免を訴えるために上京する、という体裁をとった。五月二十七日、長州藩は家老国司信濃《くにししなの》に上京を命令。三十日にはもうひとりの家老福原越後に江戸出府を、六月四日には毛利定広にも上京を命じたのである。

しかし六月十四日、池田屋事件の凶報が国許に伝えられるや、かれらの上京目的は一変した。目的は哀訴嘆願から進発論——武力によって政情を八月十八日の政変以前の状況にもどそうとする——に切りかえられた。国司隊、福原隊、世子定広隊のほか、第三の家老益田右衛門介《うえもんすけ》、遊撃軍御用係来島《きじま》又兵衛、真木和泉《いずみ》、久坂玄瑞《くさかげんずい》らの諸隊も京に攻めのぼることになる。

真木、久坂のひきいる忠勇隊、集義隊以下の六隊が、山崎の天王山に陣張りしたのは六月二十五日のこと。この諸隊は夜ごと山上に大かがり火を焚《た》いて兵威を誇示したので、それを遠望した京のひとびとは兵火を避けるべくこぞって荷物をまとめはじめた。

前後して来島又兵衛の遊撃軍四百は、国司の手勢百と合して嵯峨《さが》天竜寺に布陣。益田隊六百は山崎の八幡に着陣し、福原隊七百も伏見に腰を据えた。

しかし二十九日、孝明天皇は禁裏御守衛総督一橋慶喜《ひとつばしよしのぶ》に対して宸翰《しんかん》を下した。

《……長州人の入京は、決して宜《よろ》しからざることと存じ候。……》

この宸翰によって、長州からの遠征軍は天下の賊軍とみなされるべきことに決した――源之助のやってきた京は、まさに開戦前夜の様相を呈していたのである。

京都守護職屋敷では、日ましに物見や探索方の者の出入りがはげしくなった。七万坪近い宏大な敷地の北の隅にある獄舎にも、その緊迫した気配は充分に伝わってきたから、源之助は次第に苛立《いらだ》ちを強めた。

（この国家の大難に際してかようなところに押しこめられ、なんのお役にも立てぬとは）

と、ようやく桑名藩士との刃傷沙汰《にんじょうざた》を後悔しはじめたのである。

かれのつながれた獄舎は十五坪ほどのひろさで、「外鞘《そとざや》」と呼ばれる高さ二間、四寸角の杉材の格子と、「内鞘」と呼ばれる三寸角の赤松材の格子によって、二重に外界とへだてられていた。江戸小伝馬町《こでんまちょう》の牢を雛形《ひながた》にしたようなもので、この時不始末によってここに投じられているのはかれひとりであった。

「雨か、晴れか」

「長州勢の動きは」

半刻（一時間）おきに外鞘をあけ、内鞘との間の一間幅の三和土《たたき》の通路に入ってくる牢番に訊ねるのが日課のようになった。科人とはいえ源之助は上級藩士なので、

「もし異変が起こったら、拙者《せっしゃ》にも知らせてくれよ」

と頼むと、ふたりしかいない牢番は、

「かしこまりました」

と一揖《いちゆう》した。

その牢番のうち人の良さそうな顔だちをした正平という若者が、血相を変えて注進にきたのは七月十九日八つ半刻（午前三時）のことであった。長州勢は半刻前に嵯峨天竜寺を陣払いし、いよいよ御所にむかって進撃を開始したという。

「して、わが公はいずこにおわす」

「ずっと御所につめておいでと聞いておりますが」

「で、御所におけるわが藩の持ち場は」

「蛤御門にござります」

そうか、とつぶやいた源之助は、咄嗟《とっさ》に獄衣の着流しのまま内鞘近くに進み、襟元を合わせて正座した。

「正平よ」

鼻の下、両の頰《ほお》から顎《あご》のまわりにかけて無精髭《ぶしょうひげ》におおわれている源之助は、正平のもつガンドウの光を浴びながらいった。

「この町野源之助、一生の頼みだ。拙者を牢から出してくれ。おれは蛤御門にゆかねばならぬ」

「そ、そんな――」

思わず正平は絶句した。しかし源之助は深々と頭を下げて、

「頼む、このとおりだ」

と血を吐くようにいう。

「蒲生氏郷公につかえた時代以来、わが町野家の伝統は戦場にあって真っ先を駆けることなのだ。この源之助の代に至ってその伝統を破り、おめおめと獄中で指をくわえていたとあっては、おれは御先祖さまがたに対してもわが公に対したてまつっても顔むけができぬ。この気持を察してくれ」

「――でも勝手に錠前をあけたと知れたら、あっしは打首にされちまうです」

正平が気弱げに答えると、案じるな、と源之助はつづけた。

「もし幸いにもこのいくさに勝ち残り、どうやって脱牢したかと問われたら、おれは汝《にし》が見廻りにきた時格子の間から腕をのばして汝を捕え、鍵《かぎ》をうばったと答えよう。汝はおれがここを出て半刻もしたら、科人に鍵《かぎ》を取られたと手近の者に訴え出よ。さすれば、軽いおとがめです

むはず」

しかし、正平はまだ心を決しかねる風情であった。それを見た源之助は、不意に激した口調で浴びせかけた。

「ええい、ここまで申しても汝には武士《もののふ》の心が分らぬのか。ならばもう頼まぬ。いまからおれは舌を嚙《か》み破り、わが血潮によってこの内鞘に『長州の間者正平に毒を盛られたり』と書きつけて悶死《もんし》してくれる。さすれば汝も首を打たれるは必定《ひつじょう》、まあおれの黄泉路《よみじ》の供をするがよい」

音もなく立ちあがったかれは、大きく息を吸ってぶ厚い唇をひらき、精一杯舌を突き出して呼吸をはかった。

「ちょ、ちょっと待って下せえ」

正平はその顔にガンドウの光を当てて、悲鳴のような声をあげた。

首尾よく獄舎を脱け出した源之助は、闇《やみ》のなかを表長屋二階の自室に走った。下獄を命じられる前、わずか半日間からだを休めただけの部屋である。付属の小者部屋に寝入っていた兵助を叩《たた》き起こして行水、髭剃り、着更えを手伝わせた。主君の馬前に討死《うちじに》する覚悟だから、からだと肌着は清潔でなければならない。

　しかし源之助は上京をせくあまり、具足櫃《びつ》は八月におこなわれる正規の京都番の交替時期に小荷駄隊にはこばせることにして若松をあとにしてきた。勝手に牢を脱け出した身では、武具庫に走ってお貸し胴具足を借りるわけにもゆかない。なによりも、雑兵《ぞうひょう》のようないでたちで死ぬのは会津藩上士の誇りが許さない。

「ええい、面倒だ。これでいいわい」

　源之助は刺子《さしこ》の稽古《けいこ》着に会津木綿の袴《はかま》をまとい、籠手《こて》臑当《すねあ》てをつけて額には鉢金をまきつけた。

「あっしもお供させていただきますで」

　木刀を後ろ差しにしようとする兵助に、

「馬鹿者、汝《にし》はこのお屋敷に兵火がおよぶ場合にそなえ、火消しの用意をしておれ」

　短く指示を与えた源之助は、志津兼氏と宗近の槍《やり》をつかむと脱兎《だっと》のごとく中庭へ駆け出していた。

　めざすは、南側の下立売通りに面する正門である。だが植えこみの陰に折り敷いて眺めると、本殿を敷地一杯コの字型にかこむ二階建ての長屋からは、具足の草摺《くさずり》やいくさわらじを軋《きし》ませて藩兵たちが続々と中庭にあらわれつつあった。

会津葵《あおい》の家紋を描いた高張提灯《たかはりぢょうちん》がそこかしこから黄ばんだ灯を投げかけ、兵たちの姿を水《み》底《なそこ》の藻のように揺らめかせている。おそらく大かがり火が焚かれているのであろう、馬のいななきも伝わってくる南の空は赤みを帯び、屋敷内には異様に緊迫した気分が充満していた。

木陰から首をのばし、白地に「會《かい》」の字、四半《しはん》（正方形）横手つきの藩旗が次第に遠のいてゆくのに気づいた源之助は、

（おれもあの藩旗の下で戦いたい）

と切に思った。

しかしやみくもに飛び出して道場稽古に出かけるようないでたちを見とがめられたならば、元も子もなくなってしまう。

焦《じ》れながら藩兵たちの列が正門へと進んでゆくのを目送したかれは、身をひるがえして西をめざした。

「お役目御苦労。ちと外の下水で小用だ」

胸を張っていうと、正門の方角から響いてきた時ならぬ鯨波《とき》の声に気をとられていた鉄笠に雑兵具足姿の番兵は、黙ったまま通れという仕種をした。

（よし！）

難関を突破した源之助は、槍を小脇《こわき》にかいこむと闇のなかをひた走った。北側の下長者町にぶつかると右に折れて直進し、烏丸《からすま》通りをわたって蛤門に飛びこもうとする。

だがこの時、ようやく白みかけた空を背景に浮かびあがった目の先の蛤門は、門扉を固く鎖《とざ》されていた。その外側に粛然と折り敷いている会津兵たちは、ことごとくかれに左半身を見せている。つられて烏丸通りの北を見やると、まだ長州勢の姿こそ認められないものの、押し太鼓の音や鯨波の声が次第次第に近づきつつあった。

八つ刻に嵯峨天竜寺を発した国司信濃隊と来島又兵衛の遊撃軍計八百は、堀川中立売《なかだちうり》の北、一条戻橋《もどりばし》でわかれた。そして国司隊は一条通りをへて黒田藩兵の守る中立売門をめざし、遊撃軍は中立売通りから蛤門を志していたのである。

源之助が固唾《かたず》をのんで見つめていると、やがて烏丸通りの左側に、

「尊王赤心金剛隊」

と書かれた幟《のぼり》があらわれた。

と、その幟をかいくぐるようにして飛び出し、蛤門へむかって駆け出した兵たちがいた。

「われらはお味方でござる！」

かれらは口々に叫び、袖《そで》につけた会津藩の袖印を指し示した。遊撃軍決死隊が会津兵をよそ

おって蛤門を突破し、御所に迫ろうとしたのである。

が、嵯峨に放った物見の兵はすでに戻ってきているから、守兵たちは騙《だま》されない。

「射かけい」

鉄砲足軽組に前列膝《ひざ》撃ち、後列立ち撃ちの陣形をとらせた会津側は、走り寄ろうとする偽藩士たちに対して一斉に銃撃の火ぶたを切った。遅れじと遊撃軍側も五門の大砲を牽《ひ》き出し、第一弾を発射する。

蛤門外でこの小ぜりあいが始まったころ、その北側の中立売門には国司隊が接近していた。これも遊撃軍同様「尊王赤心金剛隊」の幟を朝風にひるがえし、砲五門を前後二段にそなえている。黒田藩兵にまったく戦意は見られなかったから、この部隊は中立売門を押し通って門内から蛤門へ殺到してきた。

ことの意外さに驚き門外の会津兵たちが内へ引こうとする動きに乗じて、遊撃軍は柵《さく》を破り門内に突入しようとする。

(いまだ!)

源之助は躍り出、遊撃軍を追いかけるようにして蛤門に駆け寄っていった。

しかしこの時すでに戦いの焦点は、中立売門内南側の烏丸邸とさらに禁裏寄りの日野邸に移っていた。烏丸邸裏門から侵入して日野邸正門を破れば、その眼前には唐門がある。蛤門守備の会津兵が唐門守備の友軍に合流すべく駆けつけると、早くも長州勢は日野邸正門を押しひらいて砲列を布《し》いていた。

砲は間歇《かんけつ》的に火を噴き、轟音《ごうおん》を発して会津兵を薙《な》ぎ倒す。長州側が日野邸の塀の内側に身をひそめたのに対し、唐門の外にある会津側には拠《よ》るべき地物がないのだから優劣はあきらかであった。

だがこの時代、

「槍は東に会津、西に柳河」

ということばがあるほど、会津藩士には槍に秀でた者が多かった。長州勢の硝薬がつきたと見えた時、会津藩軍事奉行飯田兵左衛門は悠然と立ちあがり、みずから抜刀して命じた。

「よし、槍を入れよ」

会津藩は軍令により、一番槍から三番槍までの者には百石の加増を約束していたから、兵たちは武者震いしてこの合図を待っていた。

最初に槍をつけたのは、窪田伴治。

「会津人窪田伴治、先頭第一なり！」

と絶叫して敵中に駆け入ったかれは、たちどころに数人を刺殺したが銃撃を浴びて斃《たお》れた。

それにもひるまず二番槍をつけたのは、飯河小膳であった。かれが火を入れた行灯《あんどん》にむかって槍をくり出しても、炎は一向に揺るがない。しかしよく見れば行灯の障子にはいくつもの穴が穿《うが》たれていることから、

「小膳の行灯刺し」

とその妙技をたたえられていた人物である。

この小膳が手近のひとりを穂先に縫い止めたところ、

「どけ、どけ」

と背後から会津兵たちを押し分けてあらわれた者がいた。町野源之助であった。

「飯河殿を討たすな」

甲高い声を張りあげたと見るや、かれは頭上に大身槍《おおみやり》を振りまわしつつ小膳の後を追った。

宝蔵院流槍術の達人ふたりが命を棄てて槍をふるうのだから、その足許にはたちまち七、八人がくずおれる。怯《ひる》んだ前列の兵に押されて長州勢の足並が乱れた時には、会津兵は全軍突撃に移っていた。

それにも増してこの方面の長州勢の敗北を決定的ならしめたのは、乾門《いぬい》警備の薩摩兵も来援

したことであった。

遊撃軍御用係来島《きじま》又兵衛は、

「戦国武者の再来」

といわれた長州藩随一の荒武者である。この又兵衛も、

「いやしくも尊王の挙をさまたぐる者は、天下の奸賊《かんぞく》なり！」

と、馬上獅子吼《ししく》していたところを狙撃《そげき》されて斃れた。

一方、伏見にあった福原越後隊は、七つ刻（午前四時）に伏見街道藤ノ森付近で大垣兵との間に兵端をひらいていた。

福原隊が撞木《しゅもく》町の木戸から発砲すると、道をふさいでいた大垣兵は大砲二発を応射。つづけて馬上の福原その人を狙《ねら》って大砲四発を撃ちかけたので福原隊は総崩れとなり、路上に死体十一を残して潰走《かいそう》した。この部隊は御所に達することなくおわったのである。

また山崎にあった益田右衛門介隊および真木和泉、久坂玄瑞以下の六隊は、この間に堺町門内東側の鷹司《たかつかさ》邸に半数の兵を入れることに成功していた。

だが玄関前に大砲三門をならべ、砲撃用意をしていたところを越前兵に発見されてしまう。

さらに会薩《かいさつ》の兵が殺到するにおよび、この侵入部隊の命運はつきた。鷹司邸に火が放たれるや、

出るに出られず五、六十人焼死。負傷した久坂玄瑞も、玄関前に屠腹《とふく》して果てた。

会津藩には、合戦当日の酒は飲み放題という不文律がある。

「おお、汝《にし》も生きていたか」

「長賊どもにやられるおれと思うか」

いくさ果てたころ、御所内のあちこちに置かれた酒樽《さかだる》にむらがった兵たちは、硝煙で黒くなった顔に白い歯を見せながら柄杓《ひしゃく》に口を寄せた。

するとその酒樽のひとつに、ぬっと血だらけの右手をのばした者がいた。その中指は根元を深く切られてブラブラになっている。それにもかまわず柄杓で酒を呷《あお》ったこの男に、思わず兵たちは顔をむけた。

「ああ、やはり会津の酒はうめえ」

男が満足そうに柄杓をもどすと、

「に、汝は町野源之助でねえか」

という驚きの声があがった。

「刺子の稽古着で突っこんだ三番槍は、ありゃ汝であったか。それにしても、どうやって牢を蹴破《けやぶ》ったのか」

それには答えずもう一杯酒を飲み干した源之助は、たちまち牢につれもどされた。左耳がチクチクと痛むので手を当ててさぐり、耳殻の上端が抉《えぐ》りとられていることに気づいたのはその途中でのことである。

その耳に血止めの薬を塗られ、右手中指の縫合手術を受けた源之助は、長州藩追討の朝命が下された二十四日にふたたび問罪書を投じられた。

《右の者、今般の騒擾《そうじょう》において三番槍の功をとげたりとはいえど脱牢の罪免れがたし。よって百石加増の内には数えず、御沙汰《ごさた》あるまで津川にての謹慎を申しつくる者也》

ただちに源之助は若松へ返され、さらに会津領越後国蒲原郡《かんばらごおり》津川へと旅立った。

以後三年半の年月をかれはこの阿賀野川ぞいの積み出し港ですごし、おって同居を許され長女おなをつれてやってきた妻おやよとの間に長男源太郎をもうけた。

十代なかばにして源之助に嫁いだおやよは、町野家の同族で溝口派一刀流剣術師範をつとめる町野忠左衛門の次女である。結婚前から親戚《しんせき》づきあいがあっただけに姑おきとども仲が良く、町野家の家風にすぐ溶けこんだ。

町野家の者たちは、男たちが、

「負けるな、嘘《うそ》つくな、やん返し山ほど」

といい聞かされて育つのに対し、女たちは、

「質朴をもって旨とすべし」

と教えこまれている。

いつも地味な会津木綿の小袖をまとい、手を赤くして立ち働いているおやよは、義父伊左衛門がすでに歯のなかばを失い、好物のニシンの山椒漬《さんしょうづけ》がよく嚙めなくなったと気づけば七輪で軽く焙《あぶ》ってやわらかくしてから膳にのせる、といった気配りをする女性であった。

しかし、源之助の右手中指は筋がうまくつながらなかったらしく、内側に折れ曲ったまま動かせなくなってしまった。ただし七歳のおなをや三歳になった源太郎にはそれが珍しいらしく、触らせてほしいとせがんでは無感覚なのをいいことにのばしたりひねったりする。

この妙な遊びの相手をしてやっているうちに、小出島郡奉行として再出仕せよとの藩命が伝えられたのだった。

第二章　戊辰小出島

一

新政府が徳川慶喜《よしのぶ》追討令を発したのは、鳥羽伏見の戦い終了後の慶応四年（一八六八）正月七日のことであった。これを受けて山陰・東海・東山《とうさん》・北陸の諸道と中国四国・九州地方には鎮撫《ちんぶ》総督が派遣されることになった。

うち、越後《えちご》をもふくむ北陸道の鎮撫総督に任じられたのは、従三位《じゅさんみ》高倉永祜《ながさち》。同副総督は従五位下四条隆平《たかとし》。同月二十日、若狭小浜《わかさおばま》藩と芸州藩の兵をひきいて京を出発した一行は、三月十五日越後高田城下に着陣、越後諸藩の代表を集めて新政府への恭順を説いたあと、信州をへて四月四日に江戸へ入った。

道中、かれらに対抗しようとする勢力は皆無であった。しかしだからといって、関東およびその周辺がまったく無風だったわけではない。

三月六日、新選組あらため甲陽鎮撫隊の二百は、甲州勝沼において東山道官軍と激突。九日にはおなじく旧幕脱走諸隊のひとつ衝鋒隊《しょうほう》九百が、信州中之条陣屋にむかう途中、梁田《やなだ》で官軍斥候隊と交戦してそれぞれ一敗地にまみれた。後者の梁田戦争に際しては、近在の佐野・足利《あしかが》・吹上・吉井の四藩も警備のため出兵したほどである。

同日、下総結城《しもうさゆうき》藩では佐幕派藩士十余名が脱藩して上野の彰義隊と気脈を通じたし、十日にはそれまで水戸の藩政を壟断《ろうだん》してきた佐幕派諸生党の七百が、天狗《てんぐ》党に追われて城下を脱出する事件があった。

このように戦火が各地に飛火すれば、庶民も動揺せざるを得ない。三月下旬、小出島《こいでじま》領内に伝わってきた風聞は、

「上州でおこった『世直し大明神』と称する賊徒に、三国《みくに》峠を越えて魚沼郡《うおぬまごおり》南部の上田庄に乱入してくる気配が見える」

というものであった。

それと小出島陣屋に伝え、かつ兵の出動を嘆願したのは上越の国境にほど近い六日町と元塩沢の庄屋たちであったから、町野源之助はみずから出陣することにした。

この時小出島にある会津藩士の総数は、かれとともに赴任してきた三名と弟久吉のほか十二人。これに越後村松脱藩の遠藤甲斐蔵《かいぞう》、おなじく高田脱藩の洲崎乙弥、関川兵馬が客分として

逗留《とうりゅう》していた。これら三名は、国許の藩論が勤王に傾いたことを非とし、会津に投じようとして小出島に潜行してきたのである。

「勇気隊」

を名のったこれら十九名に若松から増派された六名が加わっていたため、源之助はまずこれら二十五名をしたがえて三国峠へ出撃しようとした。

出陣に先だつ三月二十二日、かれは紋羽織に白足袋《たび》、仙台平《せんだいひら》の袴《はかま》姿で隣り村四日町の諏訪《すわ》神社におもむき、武運長久の祈願祭をとりおこなった。

この式典には、勇気隊、郷元、庄屋、郷兵、村兵たちも出席。まず源之助が、金一両を奉献すると郷元、庄屋たちは御神酒《おみき》三樽《たる》とスルメとを奉納し、列席者には強飯《こわめし》をふるまった。

社殿でこのふるまいが始まるのに先だち、源之助は上座に立ちあがって一場の挨拶《あいさつ》をした。

「本日は農事多忙のところに御参集を乞い、まことに恐れ入る。されどこの神社は名高い信州諏訪社の末社にて、実は会津の氏神も諏訪社の神なのでござる。会津では信州諏訪社に遠慮いたし、『訪《わ》』の字を言偏《ごんべん》ぬきで表わすならいなれど、その縁起はこういうものと聞きおよんでおり申す。

戦国乱世の時代、会津は蘆名《あしな》氏の国でござったが、この蘆名氏が新宮《しんぐう》氏という一族と合戦いたしたことがある。蘆名氏の軍が河沼郡のうちへ進むと、鉾《ほこ》をかついだひとりの禰宜《ねぎ》がその前を横切った。兵が誰何《すいか》すると、禰宜はこう答えた。

『それがしは、信州諏訪社の禰宜なり。当社の神は軍神なれば、かく行きあいたてまつること吉祥《きっしょう》というべし。今日のいくさ、かならず利あらん』と。

蘆名氏は喜んでこの禰宜を先頭として進軍したところ、はたして新宮氏は戦わずして降《くだ》った。その神徳に感じ、蘆名氏は当時まだ黒川といっておった若松に諏方社を勧請《かんじょう》いたし、諏方社は元禄のころ朝廷より正一位を贈られて今日に至った。わが会津藩においては代々の藩公以下この諏方社を尊崇いたし、ほかならぬ拙者《せっしゃ》も氏子のひとりでござる。かようないわれもござれば、本日よりこの諏訪神社を小出島陣屋の祈願所といたしたく存ずる。どうか皆の衆も、以後ますます崇敬して下されたい」

飛地《とびち》領に生きる農民たちにとって、会津本領のそれとおなじ氏神を祀《まつ》るのは誇らしいことであった。食事がおわると郷兵、村兵たちは、神主に頼んで鉢巻、タスキ、肌着など出陣の際に身に着けるもののいずれかに神印を捺《お》してもらった。

それもおわったころ、ふたたび源之助は口をひらいた。

「では皆の衆はここで解散いたし、それぞれの農事にもどるがよい。おってわれらは三国峠へおもむくが、われらが使者を立てて出兵を命じぬかぎり、いつもどおりに暮らしておればいいのだ」

大半の郷兵、村兵は、そろそろ田を起こさねばならない季節なのに家をあけねばならなくなるのか、と不安を感じていた。それを見こした源之助のことばに、一同は安堵《あんど》して村々へ散っていった。

勇気隊および増援の六名をしたがえ、町野源之助が三国峠をめざしたのは二日後の三月二十四日のことである。

久吉以外は、ことごとくフランス陸軍の軍装を模した黒ラシャの筒袖《つつそで》洋袴に身を固めていた。両刀を帯びて右肩にゲベール銃をあずけ、頭には陣笠《じんがさ》を載せている。左肩から右腰へと弾薬入り胴乱の吊《つ》りひもを流し、足ごしらえは黒足袋わらじ掛けであった。

銃をもたないのは、源之助と久吉のみ。源之助は鉢金を額にまいて、両の胸前と背中とに左三つ巴《どもえ》の大紋《だいもん》を打った緋《ひ》の陣羽織を着用。久吉は上に黒ラシャの筒袖、下に錦の短か袴を着け、朱鞘《しゅざや》の大小を差して宗近の大身槍《おおみやり》をかついでいた。

三艘《そう》の川舟に分乗して魚野《いおの》川を南へ遡《さかのぼ》ってゆくと、右岸に仰ぐ魚沼郡の山塊は八箇《はっか》峠（六〇二メートル)、栃窪峠(六七〇メートル)、当間山(一〇一七メートル)と次第に険しくなりまさる。左岸にはなおも残雪を冠した越後三山が、たがいに交錯するように長い稜線《りょうせん》を輝かせていた。

その間に分け入るように六里水行し、六日町で下船した一行は、塩沢、関宿、湯沢と魚野川ぞいの三国街道を喘《あえ》ぎのぼって黄昏《たそがれ》時に三俣《みつまた》宿に入った。ここまでくれば、三国峠(一二四四メートル)へは七里半の道のりである。

「いやはや、どちらを見ても峨々《がが》たる高山ばかりだのう。かの上杉謙信公は、兵八千をひきいて三国峠を十数回も越えて関東におもむいたというが、まことに大遠征であったことがよく分るわい」

温泉につかって戦国の名将に思いを馳《は》せながらも、源之助はその日のうちにさらに三国峠寄りの二居《ふたい》、浅貝《あさかい》両宿の村役人を呼び寄せることを忘れなかった。

二居、浅貝は、三俣宿とあわせて、

「三国三宿」

と呼ばれている。しかし、二居と浅貝の村役人は、三国峠方面に今のところ不穏な動きはない、と異口同音にいった。

すると、三俣宿で問屋を営む三右衛門《さんえもん》という者がやってきて告げた。

「これはお奉行さま、よいところへお越し下さいました。実は宿場はずれに志賀之助と申す無宿者が子分七、八人とともに住みつき、荷駄はこびの馬追いや宿場の者にゆすりたかりを働くので近ごろ困りきっているのでごぜえます」

「その志賀之助とやらが、『世直し大明神』と唱えておるのか」

上座に端座していた源之助が鷹のような目を光らせると、三右衛門は答えた。

「峠むこうの上州では、そう名のっていたのかも知れませぬ。いずれにせよ上州で悪さを働いて追手を受け、越後側に逃げてきたのはたしかなことで」

「よし、そやつはわれらに任せておけ」

そう答えながら、

（勇気隊のなかでは、いったい誰が一番腕が立つのか）

と源之助は考えていた。

翌朝、――。

羽織、小袖尻《しり》からげに紺股引《ももひき》姿の三右衛門を先頭に立て、三俣宿と二居宿の間の萱付原《かやつきのはら》にむかったのは十人の勇気隊隊士であった。

「兄上、無宿者は十人前後、いずれも喧嘩《けんか》慣れした者ばかりでしょうから、召し捕るなら倍の人数を出すべきではありませぬか。しかも、兄上も拙者も出ないとは――」

旅籠《はたご》湯本湯之助方に居残っていた久吉が心配顔で訊ねたが、

「案ずるな、遠藤甲斐蔵に策は授けた」

源之助は、朝から悠々と酒を呑《の》みながら答えた。

十人がもどってきたのは、朝霧が晴れ四方の山々の輪郭が甦《よみがえ》ったころあいであった。

先頭を意気揚々とすすんできた村松脱藩遠藤甲斐蔵は、左手に血のしたたる生首を提げていた。その背後にはゲベール銃に囲まれ、後ろ手に縛された無宿者七人が、蓬髪無精髭《ほうはつぶしょうひげ》におおわれた垢《あか》じみた顔に恐怖の色をうかべてつづいていた。

「うむ、ご苦労だった」

旅籠の門前に床几《しょうぎ》を出して腰かけていた源之助は、作法どおり首実検をして遠藤にほほえみかけた。

「うまくいったようですな」

「はい、お奉行にお教えいただいたことがまんまと壺《つぼ》にはまりましてな」

長身痩軀《そうく》、手足の長い遠藤は、やれやれというように答えた。

昨夜、志賀之助一味が棲《す》みついているのは萱付原の廃屋と聞き、源之助はかれに秘策を授けていた。

……ゴロツキどもというのは、一軒家に固まっている時は頭目をとりまくようにしてたむろするものだ。頭目は子分どもよりよい身なりをし、一段高い場所に胡坐《あぐら》をかいたりしているから、入ってゆけばすぐに分るはずだ。

「失礼」

と声をかけ、静かに破戸《やれど》をあけて入ってゆき、

「志賀之助氏《うじ》であったな」

とまっすぐ目を見つめてすすめば、左右に居流れる子分どもは何事かと思って見守るだろう。その間に志賀之助を間合のうちに捉え、一刀のもとに斬り捨てるのだ。その気合を合図に銃隊が飛びこめば、子分どもはなすすべもなく一網打尽となるだろうて、……。

源之助はかねてから、遠藤は剣術よりも神夢想無楽流の抜刀術に非凡な冴えを見せる、と聞いていた。脱藩して小出島に投じたその胆力、手足が長く相手を間合のうちに捉えやすい体形をもあわせ考えて、源之助はかれを討手に指名したのだった。

志賀之助の首と胴体の埋葬を命じた源之助は、

「すでに『世直し大明神』一味は誅戮《ちゅうりく》したゆえ、安堵して農事に専念いたせ」

と村々に伝えながら小出島へと帰っていった。

二

このころ新政府軍本営たる大総督府の奥羽《おうう》平定工作は、少なからぬ齟齬《そご》をきたしていた。

大総督府は、三月二日仙台藩六十二万石にむかって奥羽鎮撫総督軍八百を派遣することに決定。従一位九条道孝を鎮撫総督に、従三位沢為量《ためかず》を副総督に、十九歳の従四位少将醍醐忠敬《ただゆき》を参謀に任じ、薩摩《さつま》藩士大山格之助と長州藩士世良《せら》修蔵とを下参謀に指名した。わずか八百の兵力では雄藩会津に立ちむかえないから、仙台藩六十二万石および近隣諸藩の尻を叩《たた》いて会津に討入らせようというのである。

しかし、この読みは甘すぎた。一行は十九日に仙台入りしたものの、まもなく藩論を佐幕にまとめた仙台藩は、水面下で米沢《よねざわ》藩十八万石、二本松藩十万石その他とともに会津藩に接触。おって庄内藩十七万石も、自藩が会津同様追討目標とされていることに気づくや会津と攻守同盟をむすぶに至った。

これら芳《かんば》しからざる奥羽の状況を見た大総督府は、北陸道鎮撫総督軍に越後口出兵を命じた。まず越後を朝廷の勢力下に置き、かつ新潟湊《みなと》を制圧して会津藩の補給路を断たねばならない。

海をもたない会津藩は、武器弾薬その他の物資の補給を新潟湊に頼っているからである。そして、やがて兵員増強なり次第白河口から会津へ進撃するであろう奥羽鎮撫総督軍と相呼応し、越後口から会津に攻め入る、というのがその最終目的とされた。

四月十四日大総督府は薩摩、長州、加賀、富山、長府の五藩に出兵を命じ、つづけて新発田《しばた》藩五万石、村上藩五万石、村松藩三万石、与板藩二万石、三根山《みねやま》藩二万石、清崎藩（旧糸魚川《いといがわ》藩）一万石、黒川藩一万石にも出兵通告をおこなった。いよいよ越後にも、戦火のおよぶ気配濃厚となったのである。

そのころ、北関東にも波乱がおこっていた。

四月十六日から二十三日にかけて、旧幕陸軍奉行大鳥圭介のもとに集結した旧幕脱走諸隊が下野国《しもつけのくに》小山《おやま》、宇都宮《うつのみや》、下総結城方面で東山道総督府軍と衝突。たがいに勝敗があったが総じて旧幕脱走諸隊は東山道総督府軍に痛打を与え、日光街道から会津西街道（下野街道）をへて会津へと北上していった。

「総野の戦い」

と呼ばれる一連の戦闘がこれである。

これに参加した東山道総督府軍のうち、もっとも消耗のはげしかったのは、長州出身の内参謀祖式金八郎のひきいる支隊であった。宇都宮へと北上していった本軍を追及できなくなったこの支隊は、古河《こが》に兵力を集結させたあと新たに上野国《こうずけのくに》北辺――会津藩領および越後国《くに》との国境《ざかい》方面――の巡察と鎮撫を命じられ、閏《うるう》四月八日に沼田藩三万五千石の城下へと移動した。

沼田から沼田街道を北東に八里下ってゆけば戸田の番所があり、その三里ほど先に尾瀬沼がひろがる。これを北に越えれば会津領である。沼田街道をへて会津入りをめざす旧幕脱走兵を網にかけるべく、沼田藩は戸田の番所に佐野藩一万六千石、足利藩一万一千石、前橋藩十七万石、高崎藩八万二千石からの援兵と自藩の兵とを出すことにした。

そして、沼田から沼田街道とは対照的に北西にのびてゆく街道が、三国街道なのである。三国峠の国境方面はこれまでほとんど等閑視されてきたが、この方面も巡察隊の警戒するところとなった。かれらの警戒対象が、峠のかなた小出島にある会津の兵力であることはいうまでもない。

対して会津藩も、白河口、日光口、越後口に出兵してこれら官軍側の動きに対応しようとした。白河口総督は国家老西郷頼母《たのも》。日光口総督は総野の戦いを切りぬけて来援した江戸脱走の幕臣大鳥圭介だが、会津きっての切れ者として知られる会津藩若年寄の山川大蔵《おおくら》が副総督としてついている。越後口総督は、三月一日に若年寄から家老にすすんだばかりの一瀬要人《いちのせかなめ》であった。

一瀬に付属する正規兵は、朱雀《すざく》二番寄合隊、同二番足軽隊、同四番士中隊、青龍三番士中隊、同二番足軽隊、砲兵三番分隊の約五百五十。

十六歳、十七歳の少年藩士からなる白虎《びゃっこ》隊、五十歳以上の老藩士からなる玄武《げんむ》隊に対し、朱雀隊は十八歳から三十五歳までの者たちを集めた最精鋭部隊、青龍隊は三十六歳から四十九歳までの藩士たちで構成されていた。約百名規模の各隊に「士中」「寄合」「足軽」の別があるのは、隊士が上士、下士（徒士《かち》）、足軽のいずれの身分に属するかによる。

三月中旬以降、これら諸隊は越後の飛地領のひとつ蒲原郡水原《かんばらごおりすいばら》の陣屋を本拠としたが、ここには越後高田藩と戦って一敗地にまみれた衝鋒《しょうほう》隊も集結し、約一千の兵力となった。ほかに小千谷《おぢや》に遊撃隊五百、水原南方の五泉《ごせん》に結義隊二百余、桑名《くわな》藩飛地領加茂に桑名兵三百、海道筋の出雲崎《いずもざき》付近に水戸藩脱走諸生党の五百が蟠踞《ばんきょ》して、高田在陣の官軍約四千と対峙《たいじ》するかたちとなったのである。

こうした情勢の変化にともない、小出島陣屋にも緊張の空気が張りつめた。いずれ高田在陣の官軍が高田から北上して会津側兵力と激突すれば、上州在陣の官軍もこの動きに策応して魚沼郡進出をめざすであろう。閏《うるう》四月初旬、上州へ放った密偵たちからの相つぐ報告によってそれと確信した町野源之助は、ふたたび三国峠へ出陣することにした。

前回の出兵後ひと月あまりの間に、小出島にはさらに兵が増派されていたため、源之助のひきいる兵力は小出島の郷兵四十を入れて七十余であった。これに五百五十石どりの藩校日新館の元学校奉行で、今は第二遊撃隊隊長となっている井深宅右衛門《いぶかたくえもん》が兵三十余をしたがえて小千谷陣屋から来援。他の郷兵、村兵百九十余をくわえると約二百九十の兵力となった。

源之助がこれらの兵を順次くりだして陣屋を出発したのは、閏四月十日のこと。

「日光大神君」

と墨書された縦長の先旗をひるがえし、中軍には町野家家紋左三つ巴を白地に赤く染め出した四半横手つきの隊旗を掲げての進軍であった。

しかしあくる十一日三国三宿に分宿して上州側の様子をうかがうと、なぜか侵攻の気配はまったくないという。

「ならば郷兵、村兵たちは春耕でもっとも忙しい盛りだ。百五十を残して、あとは返そう」

源之助のはからいにより、選ばれた者たちは嬉々《きき》として帰郷していった。

おなじ十三日、源之助は残った兵たちと土地の大工、人夫たちをつれて浅貝をへ、三国峠へと登っていった。

峠からは、西へ稲包山《いなつつみ》（一五九八メートル）、大黒山（二〇七二メートル）、白砂山（二一四〇メートル）とつらなる銀色《しろがね》の三国山塊、おなじく東へは仙ノ倉山（二〇二六メートル）、谷川岳（一九六三メートル）とつづく日本有数の大連山が見わたせる。さらに正面には赤沢山（一四五五メートル）、松岩山（一五一二メートル）といった上州北辺の山々が眺められた。さらにすすみ、

「三国権現」

と呼ばれる祠《ほこら》に参拝した源之助は、眼前にひろがる乱山突兀《とっこつ》たる雄大な風景を観望したあと、越後の方角をかえりみた。青く霞《かす》む上州側には新暦六月の初夏の光が燦爛《さんらん》としているのに、越後から会津にかけての方角には灰色の雲が垂れこめて、心なしか陽光も翳《かげ》っているように感じられた。

それも道理、冬場にこの峠に立つ者は上州側には晴朗な関東平野の冬の日射しを、越後側には吹きすさぶ吹雪や霰《あられ》を見ることがあり、三国峠は、

《蓋天《がいてん》南北を限るなり》

といわれる険岨《けんそ》ただならぬ地なのである。

三国権現の前に大工と人夫を残し、源之助と兵たちは上州側山麓《さんろく》へと下っていった。ここも越後側にかわらぬ九十九折《つづらおり》の難路で、しかも山道の左右に根を蛇のようにうねらせる榧《かや》や榛《はん》の

木の老樹が頭上に枝々を交叉させているため、明りなき隧道《すいどう》のなかをゆくようであった。

この本道を峠から十町（一〇九〇メートル）ほど下れば、

「大般若塚《だいはんにゃづか》」

という断崖《だんがい》絶壁上にひらけた小体《こてい》な平地に出る。さらに一里先の永井宿（七七六メートル）まで、わずか一里十町の道のりをゆく間に今日の標高にして四百六十七メートルも降《くだ》ったが、官軍が進出している気配はなかった。

三国権現まで鉢金を汗に濡らしてもどった源之助は、大工、人夫、郷兵、村兵たちに命じた。

「これより大般若塚の地に土俵《つちだわら》を積みあげて胸墻《きょうしょう》陣地を築く。砲座も造り、その前方の道へはあたりに繁る大木を伐り出して倒し、道をふさいでしまうのだ」

この胸墻陣地に四ポンド山砲一門を据え、やがて迫るであろう官兵たちを食い止めようという作戦である。

同時にかれは、大般若塚後方と三国権現の前、そして浅貝の宿入口にも食い違いの柵《さく》をもうけさせた。食い違いとは柵や塀をひとつながりではなく少しずつ互い違いになるよう造ることで、この食い違いを越えようとする者は直進をはばまれ、左右にウロウロして守備兵に五体を曝《さら》さねばならない。これは、万一大般若塚の陣地を抜かれた場合の二段目の備えであった。

翌十四日、三箇所の食い違いは早くも完成し、浅貝のそれでは通行人改めもはじめられた。その後も敵兵襲来の気配は絶えてないので、源之助はふたたび郷兵、村兵の一部に帰郷を許した。

予想外の事件が出来《しゅったい》したのは、それから五日をへた閏四月十九日のことであった。

三

十九日は朝から蕭々《しょうしょう》たる雨だったので、源之助以下数名と大工たちが大般若塚へ降りていった以外は、二居と浅貝の本陣、脇《わき》本陣に分宿してからだを休めていた。

源之助はさらに胸墻陣地の防備を固めるべく、大工たちに厚さ六分（一・八センチ）半間幅の襖《ふすま》のような板二十枚を作らせ、その板に三寸釘を隙間《すきま》なく打ちつけさせた。

それを横倒しにした大木の先の坂道に敷きならべ、落葉に埋めて新たな障害としたのである。

三国権現と大般若塚の間から沢へ下ると法師温泉という湯治場《とうじば》があると聞き、この温泉みちにもおなじ仕掛をほどこして万全を期した。

その間、――。

二居宿の本陣富沢清左衛門方の縁側に面した一室で、脂汗をうかべて苦しんでいる者がいた。

今井慶吉、三十二歳。

　小出島川井新田の庄屋のせがれとして生まれた慶吉は、庄屋職見習いのため親戚《しんせき》の小出島郷元井口《いのぐち》惣兵衛方にあずけられて育った。性質は温和にして勤勉、村びとたちの評判もよい実直な男である。この二度目の三国峠出陣に際して小出島の郷元四人は陣屋留守居《るすい》を命じられたため、かれは井口家の名代として参陣した。ところが慶吉はこの日にわかに腹痛に襲われ、一室に敷いた煎餅《せんべい》布団に横になっていたのである。

　すると午後八つ半（三時）ごろ、雨を押して山中に分け入り、山菜や赤蛙《あかがえる》を取ってはそれを肴《さかな》に酒を酌みかわしていた会津兵たちが帰ってきた。

　そのうちのひとりに、栗村惣蔵という同心がいた。源之助赴任以前から小出島詰めになっている古参の者で、むろん今井慶吉とは顔なじみである。

　この栗村が筒袖洋袴《つつそでようこ》に蓑笠《みのかさ》姿、無刀のまま門をふらふらと入ってくるのに気づいた慶吉は、

「お帰りなさいませ」

　というつもりで左肘《ひじ》をつき、上体を起こそうとした。

　しかし、あまりの腹痛に声が出せない。のみならず完全に起き直るのも苦しく、上体をわずかに起こし左肘をついた姿勢で栗村に顎《あご》でうなずくような恰好《かっこう》になってしまった。

悪いことに栗村は、普段はおとなしいのに酒が入るとガラリと人が変わり、同席の上役に噛《か》みついたり同僚を意味もなく殴りつけたりする酒乱であった。

「やい、慶吉」

角張った顔にはめこまれた窪《くぼ》んだ両眼は、この時もう据わっていた。

「てめえ、いつからそんなに偉くなりおった。武士に対して仰向いて挨拶《あいさつ》するとは、おれより枕《まくら》の方が大事なんだな。このままでは捨て置きがたい、しばらくそこに待っておれ」

そういうと栗村は、玄関の方へ姿を消した。

だがこの時もまだ慶吉は、かれが本気で怒鳴ったとは思わなかった。酒席につらなるたびにかれに悪罵《あくば》を投げつけられるのは、家常茶飯のことなのだ。

が、栗村の乱酔した頭には殺意が充満していた。自室から刀を取り、足音高く廊下をすすんできたかれは、慶吉の部屋に近づきながら叫んだ。

「今井慶吉、覚悟せえ！」

さいわい慶吉の臥《ふ》す手前の部屋には、郷兵、村兵たちがたむろしていた。かれらは驚いて廊下に飛び出し、

「これはなにゆえの御立腹でございます、まずは堪《こら》えて下せえ」

と口々に宥《なだ》めながら、押し包むようにして栗村を門外へつれ出してしまった。

ところが栗村は、まだ諦《あきら》めなかった。裏口から戻り、廊下の反対方向から慶吉の部屋に侵入したかれには、その枕元に数人の男たちがいるのも目に入らない。また横になっていた慶吉に馬乗りになり、ものもいわずに二発、三発と殴りつけた。

「なにするんだ」

さすがに腹を立てた慶吉は、両手で顔をかばいながら上体を起こし、必死に栗村を突きとばす。すると飛びすさった栗村はやにわに抜刀し、

「下郎！」

と喚《わめ》きながら、慶吉の右脇腹《わきばら》にその刀を突き通した。同室の男たちが止めようもない、一瞬の間の出来事であった。

「あっ」

と叫んだ慶吉は、その場にくずおれて海老《えび》のようにからだを丸める。

口の端に酷薄な笑いをうかべて納刀した栗村は、顔を蒼白《そうはく》にして居すくんでいる男たちを睨《ね》めすえて訳の分らぬことをいった。

「おれは抜きはしなかったぞ、よいな」

その両眼に狂気が宿っていることに気づいた男たちは、怯《おび》えてうなずいた。

「な、なるほど、抜きはなさいませんでした……」

これを聞いて身をひるがえした栗村は、いろり部屋に行ってひとりつくねんと炉端に座りこんだ。炉端にいた郷兵、村兵たちが固唾《かたず》を呑《の》んで見守るうち、栗村は次第に狂乱から醒《さ》めた。

「う、う。おれは今たしか、慶吉を斬ってしまった。さればおれも切腹しなければなるまい」

ゆらりと立ちあがったかれは、その場で立ち腹を切ろうとした。

「ちょ、ちょっとお待ちを」

その挙動を見守っていた男たちが、一斉に飛びかかって大刀を奪う。抵抗の素ぶりも見せず、酔い醒めの索然たる表情で一同を見まわした栗村は、蹌踉《そうろう》たる足どりで玄関式台へむかった。

この間に今井慶吉は、同行の小出島陣屋つきの医師橘融斎により、疵口《きずぐち》の縫合手術を受けていた。

「痛みはどうじゃ」

手術をおえて融斎が訊ねると、慶吉は気丈に応じた。

「いえ、さほど痛みもないすけ、そう深手ではありますまい。それよりも朝方からつづいている腹痛の方がきつくて」

その一刻（二時間）ほどのちには、付近に潜んでいた栗村が捕えられ、富沢清左衛門方の庭先に引っ立てられてきた。

大般若塚から帰って事件のあらましを報じられていた町野源之助は、唇を真一文字にむすび、まだ残る雨のなかを傘もささずにその庭にむかった。あとからは、恐いもの見たさに郷兵、村兵たちが及び腰でつき従う。

同僚たちに捕えられ、連行されてきた栗村は、黒ラシャの筒袖洋袴を雨に濡らし、両手を後ろ手に縛られて荒莚《あらむしろ》の上に悄然《しょうぜん》と胡坐《あぐら》をかいていた。

「栗村、惣蔵よ」

源之助はその前に立ち、無表情に呼ばわった。

「陣中においてかような不始末を仕出かすとは仮借いたしがたい。よってただいまより拙者《せっしゃ》が太刀取りをつとめ、その方を斬に処す。誰か、いましめを解いてやれ」

水桶《みずおけ》と柄杓《ひしゃく》がはこばれた。緋《ひ》の陣羽織姿の源之助は志津兼氏を抜きはなち、柄杓から刀身に水を流す。

死の恐怖に四角い顔を蒼黔《あおぐろ》くして横目にそれを眺めた栗村は、せめて死に際は潔《いさぎよ》くしようと思い返したのだろう、正座に直って合掌《がっしょう》すると、一心不乱に唱えはじめた。

「南無阿弥陀仏《なむあみだぶつ》、南無阿弥陀仏、……」

そして静かに首を前に差しのべ、三度目の念仏をおえた時、源之助はみごとにその首を打ち落としていた。三尺（九〇センチ）ほど前に飛び、あたりに血を振りまいて地に落ちた首は、源之助の方に顔を見せて目を三度までまたたかせた。

その遺体に合掌して上段の間にもどった源之助は、一部始終を見届けていた井深宅右衛門を招いて丁寧《ていねい》に訊ねた。

「井深さま、拙者は日新館の学生《がくしょう》時代からどうも学問は苦手で、本日もあのような措置しか思いうかびませんでした。なにかお感じのことがござりましたら、どうか忌憚《きたん》なくおっしゃって下さりませ」

この時三十八歳。町奉行、奏者番上席、京都詰め軍事奉行、学校奉行などを歴任し、博学多識で知られた宅右衛門は答えた。

「いや、あれでよいのじゃ。郷兵に斬りつけても会津藩士ゆえ罪に問われぬというのであれば、人心は離反いたして小出島の防備は立ちゆかなくなる。『禍《わざわい》は福の倚《よ》る所』ということばもあるが、お手前の果断によってますます小出島の民は陣屋と心を一にするじゃろう」

源之助はこのことばに人知れず安堵《あんど》した。

今井慶吉が疵口からじわじわと出血をつづけ、ついに事切れたのは翌日午前中のことであった。源之助はただちに、亡骸《なきがら》を小出島に搬送するよう命じた。

四

この事件のあった閏《うるう》四月十九日はまた、越後口官軍が高田への集結を完了した日でもあった。かれらの第一攻撃目標は、小出島と柏崎——会津、桑名両藩の飛地領である。その同時攻略をめざし、越後口官軍は二十五日をもって行動を起こすことに決した。

これに応じ、上州在陣官軍——祖式金八郎に代わって上州巡察使に任じられていた丹波出身の原保太郎、土佐の豊永貫一郎は、前橋、高崎、沼田、佐野および安中《あんなか》藩三万石、伊勢崎《いせさき》藩二万石、吉井《よしい》藩一万石、七日市《なのかいち》藩一万石の兵を動員。三国峠越えをめざすことになった。

その間に三国三宿在陣の会津側には、若干の変化があった。井深宅右衛門を隊長とする第二遊撃隊が小千谷にもどり、入れ違いに同隊組頭池上武助《ぶすけ》のひきいる兵四十余が来着したのである。大般若塚の砲も一門から二門に増強された。両軍の間に最初の小ぜりあいが起こったのは、二十一日早朝のことであった。

大般若塚の胸墻《きょうしょう》陣地より二、三町（二一八—三二七メートル）先に忽然《こつぜん》と約三十の官兵があらわれ、一斉に鯨波《とき》の声を上げたのである。会津側の守備兵十も、負けじと陣地内から鯨波の声を合わせた。すると坂下から銃声が轟《とどろ》き、陣地付近に数発の小銃弾が飛来した。

しかし、それだけであった。会津側が応射を開始する前に、官兵たちは、いち早く麓《ふもと》へ退却してしまったらしかった。

二居の本陣でその飛報を聞いた時、町野源之助は即座にいった。

「それは、斥候隊が大般若塚の陣地が虚仮《こけ》おどしのものかどうかを確かめにきたのだろう。ということは、本軍の進撃も間近いということだ」

日暮れを待ち、かれは上州側へ次々と探索方を放って官軍の進出地を確認させた。深夜から払暁にかけて順次帰ってきた者たちの報告を総合すると、

「官軍は永井宿から二里十二町先の須川宿に集結しつつあり、兵力は千ないし千二百に達する模様」

という結論になった。こちらの四倍近い兵力だから、迅速に対策を講じなければならない。

源之助は領内各地に早飛脚を出し、帰郷した郷兵、村兵を呼びもどす一方、塩沢、六日町両組には郷兵、村兵のみならず十五歳以上六十歳までの男子のうち壮健な者はすべて三国峠へ急ぐよう布令した。

しかし、いったん帰郷した郷兵、村兵たちは農事に繁忙をきわめていて出足が鈍い。二十二、二十三の両日はなにごともなくすぎたものの、まだひとりも来会する者がなかった。

一方、――。

上州巡察使の先鋒隊《せんぽうたい》は二十二日のうちに須川から永井へと進出し、この地で兵を二分していた。上州諸藩の兵を中心とする混成軍であるから、かれらは永井から峠へ達するには本道と間道とがあることを熟知している。

永井から大般若塚をへて峠に至る本道には、豊永貫一郎が高崎半小隊、前橋一小隊、佐野半小隊と砲一門をひきいて進撃することになった。永井から法師温泉をへて大般若塚と三国権現の間に出る間道、いわゆる、

「法師みち」

には、原保太郎が吉井一小隊、佐野半小隊とともに進出することになる。

この時代の一小隊は大体四、五十人規模だから、多く見つもっても本道部隊は約百人、間道部隊は約七十五人。その他の官兵は万一に備える後詰め部隊とされていた。

二十四日の夜明け前、かれらはそれぞれの藩旗を立てて前進を開始した。

やがて払暁となり、明け六つ刻（六時）となったが、登るにしたがって視界は濃い乳色の霧

に閉ざされ、夜が明けたのかどうかも分らぬ暗さであった。

だが両隊は三日前に放った斥候隊に釘を踏み抜いた負傷者のあったことから、本道、間道の双方に釘を一面に打ちつけた板が埋められていることを知っている。槍《やり》をもった兵を先頭に立て、石突《いしづき》で道を突かせながら進んだ両隊は、その釘つきの板を排除することに成功して、また湿った乳色の闇《やみ》のなかを高みへとすすんでいった。

このころ町野源之助は、手勢七十とともに大般若塚の胸墻の内にある。

（おれがこの峠を攻めるなら、この霧に乗じるのを上策とする）

と考えたかれは、番兵十人を置いておくだけでは心もとなくなり、手勢をつれて大般若塚に駆けつけてきたのだった。

「日光口の霧降《きりふり》峠の霧も十間（一八メートル）先を見通せぬほどだが、こちらの霧はまた一段と濃いな」

「下界から見れば、われらは雲のなかでいくさ仕度をしているのでしょう」

かれが久吉と話していた時、その下界の方角から一発の銃声が尾を曳《ひ》いた。官軍本道部隊がようやく倒木の障害を越えて、探り筒を放ったのである。

「よし、ついに官賊襲来だ。砲を射かけい！」

霧のかなたにいかつい顔をむけた源之助は、瞬時にしてこれが、二十一日の前哨戦《ぜんしょうせん》につづく本戦のはじまりであることを察知していた。

耳と腹に響く音を残して四ポンド山砲が砲弾を発射すると、あたりには硝煙が漂い、霧が一段と濃くなったように思われた。

霧の奥からも、砲音のお返しが来た。左右の山襞《やまひだ》からは谺《こだま》が撥《は》ね、一発が二発にも三発にも感じられる。つづけて豆のはぜるような音が連続して湧《わ》き起こり、その一弾は突っ立っている源之助の耳殻の欠けた左耳に空気を切り裂く音を伝えて飛び去った。

「負けずに応射！」

久吉が前髪に霧のしずくを光らせて叫ぶと、陣地内の会津兵七十もゲベール銃による一斉瞰《かん》射《しゃ》を開始した。

しかし互いに姿を見透かせず、銃砲声の響く方角をやみくもに撃つだけだから戦況は変わりようがない。いつか、銃撃戦は持久戦の様相を呈しはじめた。

霧はいっかな晴れる気配を見せないまま、午前五つ半（九時）すぎとなった。やがて、

「兄上、見えぬ敵を撃ちつづけたところで埒《らち》は明きませぬ。この霧を利用して一気に敵陣に肉薄し、刀槍による斬りこみで結着をつけましょうぞ」

土俵《つちだわら》を凹の字型に積みあげた陣地の奥で源之助が床几《しょうぎ》に腰を下ろしていると、錦の短か袴《ばかま》を着けた久吉が端整な顔を上気させて血気盛んな提案をした。

「その斬りこみには、われらも同道いたします」

小檜山包四郎《かねしろう》と古川深次郎も、それを聞きつけて歩み寄った。源之助とともに小出島入りした小檜山包四郎は、与力組小檜山鉄蔵のせがれで六石二人扶持《ぶち》、二十六歳。古川深次郎もおなじ禄高を食《は》む二十四歳の若手藩士である。

「まだ、まだ」

源之助は、短く答えて首を振った。

だが久吉は、兄が蛤《はまぐり》御門の三番槍ならおれはこの戊辰《ぼしん》のいくさの一番槍だ、と勝手に決めている。いったん持場へ去ったかと思うとすぐまたやってきて、おなじ進言をしてやまなかった。

「まだ、まだ」

源之助もおなじことばを返すうち、遅れてやってきた池上武助隊の好川滝之助二十一歳、おない年の湯浅六弥も、

「久吉殿がゆくならわれらもお供させていただく」

と言い出した。

「まだまだ」

源之助がなおもおなじことばをくりかえすと、小檜山、古川、好川、湯浅の四人は、鉄笠《てつがさ》の端から霧のしずくをしたたらせながら陣地先端の久吉の持場へ近づいていった。

高みから一陣の風が吹きつけ、筒袖洋袴に二刀差し、ゲベール銃を手にしたかれらの後ろ姿は一段と濃密になった霧に溶けこむ。

(焦ってはならぬ。この霧が薄らぎ、かすかにでも敵の姿が見えてきた時が戦機だ)

源之助がつぶやいた時、

「ゆくぞ、つづけ!」

という甲高い声が耳朶《じだ》を打った。あきらかに久吉の声である。

「おう!」

複数の声がそれに応じ、陣地先端から人の激しく動く気配が伝わってきた。つづけてどよめきが湧き起こる。

「なんと」

濃い眉《まゆ》をピクリと動かした源之助は、鎖つきのいくさわらじを鳴らして霧のなかへ駆け入った。

陣地先端に貼《は》りついていたはずの兵たちは、てんでに土俵から身を乗り出し、眼下の急な坂道を見下ろしている。

その間に長身を割りこませて見つめると、今しも霧のかなたへ消えようとしているのは五人の男たちであった。雲のなかの稲妻のように一瞬目を射たのは、久吉のもつ大身槍《おおみやり》の穂先に違いない。

「わあああ」

耳を澄ましていると五人の喚声が伝わり、つづけて乱射音が谺した。

斬りこみ隊の喚声は弱まったものの、なおも途切れない。さらに銃声が轟き、

「リャアリャアリャアリャアリャア！」

久吉独得の気合をたしかに聞いた、と感じた時、源之助は思わず両のこぶしを握りしめていた。

――パーン
という軽い、乾いた音が流れてきたのは、数呼吸ののちのことであった。それきり下界は静謐《せいひつ》をとりもどした。と思った時には、

「えい、えい、おう」

勝利の鯨波の声が全山をゆるがすように響《とよも》した。

「くそ、全員斬死《きりじに》してしまったのだ」

誰かが歯ぎしりして叫ぶ。陣地内には沈痛な空気が漂いだした。

しかし久吉たちの身を捨てての斬りこみは、まだこの日の戦いの先触れにすぎなかった。

やがて風が強まって霧が流れ、周辺の木々の緑がちらほらと見えはじめたころ、法師みちを駆けあがってきた一隊があった。原保太郎ひきいる官軍間道部隊である。

大般若塚と三国権現の中間地点に這《は》いあがってきたこの部隊は、胸墻陣地に後詰めする池上武助隊四十と、三国権現前に控えていた郷兵、村兵百余の間に割りこむかたちとなったからたまらない。

背後から銃撃を受けた池上隊は仰天して一気に崩れたった。郷兵、村兵たちも泡を喰らい、なすすべなく浅貝方面へと逃げ散っていった。なかには急な下り斜面のこととて走るたびに道中差《ざし》の鐺《こじり》がカッカッと地面にぶつかり、その反動でつんのめりそうになるので道中差も投げ捨てて逃げた村兵もある。

冷静に彼我の兵数を計ったならば、官軍間道部隊はわずかに七十五前後。それと見定めがつきさえすれば、いかに不意に出現した新手の敵とはいえ、会津側としては前後から押し包んで殲滅《せんめつ》することも可能であった。

しかし、本道をはさんでの戦いに気を取られるあまり法師みちに対する警戒を怠っていたこと、および霧のなかから兵力不明の敵があらわれて前軍、後軍を分断する形になったことが恐怖心を煽《あお》り、かれらを裏くずれへと誘ったのである。

「よし、ここにいては袋の鼠《ねずみ》だが、味方を誤射してはならぬから鉄砲は撃つな。陣地を捨て、全軍抜刀して斬り抜けよ」

源之助は叫ぶと、

「つづけ！」

という声を残し、やみくもに乱射してくる背後の敵にむかって斬りこんでいった。

五

三国峠奪取に成功した官軍は、二十四日は峠と三国権現付近に休息。二十五日に追撃前進を開始して三俣宿に達したが、敵影を見ない。二十六日さらに北進して六日町に至ったところ、すでに北陸道鎮撫《ちんぶ》総督軍の一部が信濃《しなの》川右岸の十日町から進出ずみであった。

両軍協議に入ったが、北陸道鎮撫総督軍が順調に作戦を展開しているのであれば、上州巡察使がこれ以上越後方面に深入りする必要はない。いつ関東の別方面に移動を命じられるかも分らない現状にかんがみて、豊永貫一郎と原保太郎は上州へ兵を返すことにした。

二十八日六日町を出発、沼田に帰陣したのは五月一日のこと。三国峠の戦いの死傷者は、官軍側が戦死三、負傷三。会津側は戦死三、負傷四と記録したが、これは町野久吉と四人の同行者がどうなったかが伝わってからのことであった。

上州巡察使と六日町で鉢合わせした北陸道鎮撫総督軍とは、そのうちの、

「山道軍」

のことであった。北陸道軍参謀、薩摩の黒田了介（清隆）と長州の山県《やまがた》狂介（有朋《ありとも》）は、柏崎南の海岸ぞい鯨波《くじらなみ》に南下してきた桑名兵に当る部隊を海道軍、内陸部へ小出島、小千谷とまわりこみ長岡城奪取を最終目的とする部隊を山道軍と名づけたのである。

山道軍の構成は、薩長各一小隊と東山道《とうさんどう》軍軍監たる土佐人岩村精一郎のひきいる信州諸藩の兵、それに尾張《おわり》、越後高田、おなじく椎谷《しいや》の藩兵。

これらは右支隊、中央支隊、左本隊に別れて小出島をめざしつつあったが、うち六日町まで進出したのは薩摩外城《とじょう》三番隊、長州二小隊、松代《まつしろ》一小隊、飯山一小隊と砲一門、尾張一小隊からなる右支隊であった。二十四日、その先遣隊として六日町入りした松代兵は、魚野川左岸魚沼山の八箇《はっか》峠（六〇二メートル）の要地に大かがり火を焚《た》いて勢威を誇示した。

町野源之助が兵をまとめ、負傷者四名を畚《もっこ》に乗せてこの六日町付近まで撤退してきたのは二十四日夜更けのことであった。暗い夜空に赤い十字の光芒《こうぼう》を投げている大かがり火の列に気づいたかれは、魚野川左岸から右岸へわたって衝突を避けることにした。

はこばれている負傷者のうちのふたりは、久吉とともに斬りこみをかけた小檜山包四郎と古川深次郎であった。かれらは久吉に遅れじと難路を駆け下るうち、霧の晴れ間に身を曝《さら》してしまった。そこに官軍の一斉射撃を浴び、小檜山は腰と肩に、古川は右手と左足に銃弾を受けて倒れた。官兵が本道をくる前にふたりを助けたのは、峠の地理に詳しく木陰伝いに降りていった浅貝の村兵たちであった。

ふたりが後送されてきたと知った時、源之助は、

「残る三人はいかがした」

と畚に身を屈めて訊ねた。

「ぬ、抜け駆けの罪を犯したあげくこのざまで、なんとも申し訳ござりませぬ」

勝気そうな顔を歪《ゆが》めた小檜山は、喘《あえ》ぎながら答えた。

「……われらを乗り越えてさらに進んだ好川と湯浅は、二度目の一斉射撃でやられたと思いますが、確証はありませせん。久吉殿はさらに先を疾駆しておられましたから、敵陣に駆け入るこ

とに成功したことだけはたしかです、……。

（ああ、久吉はあたら十六歳の身空《みそら》で単身敵陣に突入したのか。斬死したのは間違いあるまい）

源之助は無念の思いを噛《か》みしめながらも、今は肉親の死のみを哀しんでいる時ではない、と感情を圧さえて引き揚げてきたのだった。

魚野川右岸の地で、源之助はいったん郷兵、村兵たちを各自勝手に帰郷させることにした。大勢が固まっていては、目につきやすいからである。負傷者の搬送は、かれらの手にゆだねた。

さらに池上武助隊を先行させた後、源之助と手兵七十は小人数に別れて小出島をめざすことにした。

魚野川右岸には、坂戸山という小体《こてい》な山が張り出している。翌二十五日、その鞍部焼松越《あんぶたいまつごえ》を越えて下原村の西珠院に休息した一行は、六日町北東部の二日町から乗船。魚野川を下って午後八つ半刻（三時）に小出島の渡船場《とせんじょう》に着いた。

小出島西南のはずれ柳原口にあるこの渡船場には、陣屋世話役小島清次を筆頭に、陣屋留守《るす》居《い》役に任じられていた郷元総代、庄屋たちが一行を出迎え、

「おお、お奉行さまの御帰還じゃ」

「けど、小だんなさまのお姿が見えぬでや」

とざわめき立った。

小出島に三国峠の敗報が届いたのは、二十四日深更のことであった。ために陣屋留守居役たちは、ようやく出兵していった郷兵、村兵たちにむかって呼びもどしの早駕籠《はやかご》を出したり、小千谷陣屋に使者を派したり、不安ななかにも大童《おおわらわ》の半日を送っていたのだった。

「久吉は、討死した」

ことば少なに語った源之助は、まっすぐ陣屋に入ってその後の官軍の動きについて報告を受けた。すると六日町に進出した官軍の一部は、早くも浦佐に迫りつつあるという。

浦佐は六日町―小出島間のほぼ中間、魚野川左岸の宿場町で、浦佐から小出島へは北北東にわずか二里の道のりである。船を用いれば半刻（一時間）もかからず小出島に達することができるから、源之助は敵に早くも内ぶところに飛びこまれたように感じた。

「これは率直に申して、どうにもまずい事態に相なった」

着更えもせず奉行所の一室に通ったかれは、かたわらに筒袖洋袴の池上武助、下座に小島清次以下を控えさせて口をひらいた。

「上州からの官賊と高田からの官賊とに挟まれ、われらはどうも後手《ごて》にまわってしまったようだ。この小出島にいたしても、土地はいたって平らかゆえ、四方から敵が襲来すれば防戦のしようもあるまい。よってわれらは小千谷に移り、かの地の陣屋と合力して戦おうと存ずるが、皆の衆はどう考える」

「それが上策かと」

かたわらの池上武助が細面な顔でうなずいた。しかし小島清次以下は、愕然《がくぜん》としたようであった。清次は、急ぎ膝《ひざ》をすすめて述べ立てた。

「て、手前どもは百四十年このかた、会津さま御支配の下に、その御恩をこうむって生きてきた百姓どもでござります。聞けば三国峠の戦いでは、郷兵、村兵どもはせっかくお奉行さま考案の武器をもっていたにもかかわらず逃げ走るだけだったようでござりますが、今度は死んでも踏みとどまれと、きっと申しつけます。どうか、どうかこの小出島を見捨てないで下さりませ」

雪深い越後の、そのまた奥地である魚沼郡の村びとたちにとって、西国者の多い官軍はいわば異人にひとしい存在であった。かれらに土地を奪われれば何をされるか分らない、という恐怖感が先に立ち、このような嘆願となってあらわれたのである。

そこへ、昨夜小千谷陣屋へ走った使者が駆けこんできて注進した。

「お奉行さまに申し上げます。昨晩小千谷陣屋に急を報じましたところ、あちらでは小出島応援のため兵約二百を急派して下さる由にござりました。手前が今朝あちらを発《た》ちます時には皆さまもう出立準備にかかっておいでしたから、おっつけお着きになろうかと存じます」

「ほう、ならば話はまったく別だ」

源之助が眉《まゆ》をひらくと、小島清次たちも胸を撫《な》でおろして喜んだ。

その夕方七つ半刻（五時）に陣屋前庭に整列したのは、陣笠《じんがさ》に黒ラシャの筒袖洋袴、左腰に両刀をたばさんで右肩に剣付きゲベール銃をあずけた約百八十の兵であった。井深宅右衛門を隊長とする三小隊約百二十、元若松町奉行で百八十石どりの山内《やまのうち》大学ひきいる一小隊約五十、そして衝鋒隊の砲兵十。山内隊の者たちが、山内家家紋である、

「大一大吉大万」

を陣笠に描いているのは、かれらが同家譜代の家臣、農民から徴集された者たちだからである。

源之助が出迎えに出ると、井深隊には他の隊士たちとおなじ軍装ながら、ひとまわり小柄な少年のまじっているのが目についた。まだ前髪だてのこの少年のみは、ゲベール銃より銃身が三分の一短い新式元ごめ七連発のスペンサー銃をかついでいる。

（ああ、ここにも久吉のように勇んで戦場にきた者がいる）

源之助が思わずその少年に目をむけていると、

「また参ることになりました」

と歩み出た井深宅右衛門がつづけた。

「あれは拙者《せっしゃ》の嫡男梶之助でござる。まだ十五歳ゆえ城下に留まっておれと幾度も申しておいたのに、わが隊に若松から補充の兵がきた時一緒にきてしまいましてな」

困ったものだ、という口調であったが、宅右衛門はなかばせがれの利《き》かん気が頼もしげな風情でもある。

（この井深梶之助だけは死なせてはならぬ。十代で討死するのは久吉だけで充分だ）

と源之助は思った。

六

その夜町野源之助は、井深宅右衛門、山内大学とともに小出島防御策を検討した。しかし、小出島はあまりに守りにくい地形であった。

小出島は、俯瞰《ふかん》すれば西側にクチバシをむけた文鳥の頭のような形をしている。うなじから喉元《のどもと》にかけては佐梨川が西流し、南の浦佐方面から北流してくる魚野川にほぼ直角に流れこむ。このふたつの流れによって底辺と左辺とを切り取られた柳原口を下顎《したあご》とすれば、そこから下クチバシの輪郭をなぞって西へ彎曲《わんきょく》してゆく魚野川の、クチバシ上端部分が四日町の集落。おなじくこのクチバシの先端にむかい、頭頂部分から上クチバシの輪郭を描いて魚野川に合流するのが破間川《あぶるま》である。

上クチバシのなかほどは日渡新田口《ひわたりしんでんぐち》と呼ばれ、破間川の渡船場にほど近い。下クチバシのつけ根には魚野川の渡船場があり、また東側は会津領と越後国の境をなす山塊にむかってひらけきった地形だから、これを小出島の郷兵四十を入れてもわずか二百五十余りで守りきるのは至難のわざに違いない。

(しかし、敵の兵力がどれほどであってもなんとしてもこの地を支えきるのだ)

唇をへの字にむすんだ源之助が、井深・山内と取り決めたのは次のような策であった。

一、町野・山内の両隊からは、兵八十を出して四日町を守備する。
一、井深隊百二十は、組頭池上武助、茂原半兵衛の両副将のもとに柳原口を守備する。
一、柳原口と日渡新田口とに砲各一門を置き、衝鋒隊の砲兵を配する。
一、他は陣屋守備とする。

浦佐に進出した官軍先遣隊の一部はさらに陸路堀之内にまわりこみつつある、という飛報が入ったので、浦佐から北上してくる敵に対しては柳原口を、堀之内から東上してくる敵に対しては日渡新田口を固める必要が生じたのだ。

堀之内は、浦佐からはほぼ真北に二里二十八町。四日町の先で破間川を合わせた魚野川が西へ流れてゆけば、その左岸にひらけた最初の宿場町で、ここから船を雇えば破間川へ漕《こ》ぎ入れて四日町に上陸するのはきわめて容易なことであった。

こうして小出島陣屋は南と西に敵を見る形となり、当夜のうちに行動を起こさざるを得ない状況に追いこまれた。

まず剣付きゲベール銃を肩にした兵三十は、三十町（三・三キロ）北西にすすんで四日町に着陣。破間川の渡船場から魚野川の堤の上を諏訪《すわ》神社前まで巡視した。

おなじく郷兵、村兵たちは柳原口の佐梨川川辺から魚野川との合流地点をへ、四日町に至る長大な川筋に大かがり火を焚《た》いて敵の来襲にそなえ、その監視を徹夜でつづけた。

小出島から見れば魚野川対岸にある藤権現の山頂と、地元の者たちが、

「二之沢之平《にのさわのたいら》」

と呼ぶ山にもかがり火をもうけた。二之沢之平の頂きに、兵は出さずに、

「小出島備場《そなえば》」

「井口惣兵衛備組《そなえぐみ》」

と墨書した旗を二本立てさせたのは、敵を欺《あざむ》くための方便である。

そして夜五つ半（九時）すぎ、老幼婦女と負傷者病人に避難命令が出されたので、小出島はにわかに騒然とした。

あけて二十六日早朝、町野・山内両隊は左三つ巴《どもえ》の四半の旗を先頭に四日町へ出陣していった。

源之助は、百戸足らずの四日町の家々から餅搗《もちつ》き用の臼《うす》を集め、魚野川にそって胸壁がわりにならべたてる。また渡し船の水棹《みさお》や櫓《ろ》を集めて等間隔に地面に突き立て、横木でむすんで即席の銃座を構築。その一角には、百匁榴弾砲《もんめりゅうだんほう》一門を据えつけた。

渡し船は、小出島との連絡用の小舟二艘《そう》を残してことごとく破間川上流の地に匿《かく》してしまい、やがて堀之内から迫りくるであろう敵の渡河を不可能ならしめた。仮本陣とされたのはクチバシの先端に近い林昌寺で、ここに「日光大神君」の旗を掲げたのは郷兵、村兵たちの集合の目印としてである。

柳原口でも、佐梨川右岸の堤の上に木呂《ころ》を積みあげて胸壁とした。木呂とは川流しされてきた材木のことで、佐梨川上流の村々から小出島の問屋あてに流され、この地に集積されていたものであった。佐梨川の岸辺にはこの木呂が量にしてほぼ千坪分積まれていたが、うち半分はかがり火の薪《まき》に供され、残る半分が胸壁に用いられたのである。

町方《まちかた》に住む者たちは、前夜にひきつづきこの日も家族の避難や米俵、箪笥《たんす》、夜具、馬などの運び出し、土蔵の目塗りなどに忙殺されていた。

深夜、浦佐と堀之内にむかって探索方が放たれたころから豪雨となり、かがり火を焚く番兵たちは火が消えるのを防ぐのに懸命となった。

この二十六日までに浦佐に集結しおえた官軍山道軍右支隊は、薩長および松代、飯山、尾張の混成軍約五百。ここから堀之内へ分派されたのは、薩摩半小隊、飯山一小隊、尾張一小隊の百二十余であった。

二十七日八つ刻（午前二時）を期して浦佐を発した右支隊主力は、豪雨を冒して魚野川左岸から右岸へ渡河し、小出島めざして北上を開始した。払暁を目処《めど》に、堀之内分派隊とともに一気に小出島を席巻《せっけん》しようという作戦である。

魚野川右岸をすすむと、約一里先に虫野村という小集落がある。その先の原虫野新田に会津側の物見二名を認めたかれらは、銃撃してふたりを追いはらうとますます行軍速度をあげて佐梨川左岸へ近づいていった。

　遅れて未明の七つ刻（四時）に動きはじめた堀之内分派隊が、魚野川右岸へすすんで四日町のかがり火の列を眺めたのは払暁のころであった。

　物見の報告によってその接近を知っていた町野・山内両隊と郷兵、村兵たちは、すでに胸壁に貼《は》りついてゲベール銃の筒先を対岸にむけている。これに気づいた堀之内分派隊は、右岸ぞいに走る空堀《からぼり》大石堰《せき》のなかに身をひそめ、雨がようやく小降りとなったのに乗じて一斉射撃を開始した。

　負けじと町野・山内両隊も応射をはじめ、百匁榴弾砲も轟音《ごうおん》を発した。この砲は口径こそ小さいが爆裂弾を発射できる上、霰弾《あられだま》も撃ち出せるので高い殺傷率が期待できる。

　間近に沸《わ》きおこる銃砲声、付近に飛来して土や砂利を弾《はじ》き飛ばす銃弾に度胆《どぎも》を抜かれ、郷兵、村兵たちは四日町の庄屋星助作《すけさく》ら十人以外は武器を棄てて逃げ散ってしまった。

　だが、日渡新田口の砲兵も四ポンド山砲を撃ち出したし、船はどこにも見つからない。ために東の空が白んでも、堀之内分派隊は渡河の機会を見出せなかった。

　右支隊本軍が佐梨川左岸に着いた時には、小出島の空のかなたからこの銃砲声と谺《こだま》とが殷々《いんいん》と響いていた。

「後《おく》れを取るな」

左岸ぞいに展開したかれらは、勢いに乗ってそのまま渡河を決行しようとした。しかし右岸の堤上の木呂の陰から井深隊が銃火をひらいたので、兵たちは散開したまま応射を余儀なくされた。若手藩士の多い井深隊は戦意盛んで、なかなか渡河の機会を与えない。

業《ごう》を煮やしたのは、薩将淵辺直右衛門《ふちのべすぐえもん》。みずからは黒熊《こぐま》のかむり物をかむり、詰襟服ズボンにトンガリ陣笠《じんがさ》形式の半首笠を頭にのせた薩摩兵四十をひきいる淵辺は、上流へと迂回《うかい》していった。そして小出島東南部の浦町で渡河すると、家々に火つけしつつ佐梨川右岸を西進。井深隊左手に迫って側射を加えた。

悪いことに、官軍が元ごめ施条式《ライフル》、椎《しい》の実型ミニエー弾を撃ち出すスナイドル銃で武装しているのに対し、井深隊のゲベール銃は先ごめ滑腔《かっこう》銃だから、一弾を発射するやいちいち鉄製カルカを使って銃口から丸弾を押しこまねばならない。さらにその銃口には白兵戦を予期して銃剣が付けられていたため、装弾にも銃剣で手を傷つけない用心が必要とされた。

この弾ごめの手間と左手からの側射で井深隊の銃火が衰えたのを見、長州奇兵一番隊長元森熊次郎は白熊《はぐま》のかむり物を朝風に靡《なび》かせて立ちあがると、フロック型軍服の右肩から左腰へと流した革紐《かわひも》に吊《つ》った長刀を抜いて命じた。

「全軍、抜刀突撃じゃ！」

「おお」

喚声が怒濤《どとう》のように沸きあがる。歴戦の長州兵たちは韮山《にらやま》笠に詰襟服、ズボンわらじがけの姿を平然と井深隊に曝《さら》し、水しぶきをあげて渡河に移った。

七

浦町へまわりこんだ薩摩兵四十は、すべてが井深隊への側射攻撃に加わったのではなかった。浦町口で二隊に別れると、一隊は井深隊にむかい、一隊は南北に走る浦町の通りを伴内小路へと疾駆。上町と本町の境の辻《つじ》をさらに北進して他屋小路に至り、小出島陣屋に乗りこんだのである。

「賊徒ばら覚悟、大将《てしょ》はどこぞ！」

「一気ぶっ殺してくるっわい」

聞いたこともない薩摩訛《なまり》の怒声に総毛立った門番、陣屋留守居役の郷元総代たちは、防備を忘れて逃亡してしまう。陣屋はたちまち燃えあがった。

これを見て辻まで引き返したこの一隊は、本町の通りを西進。高札所前の辻にぶつかるところれを左折し、柳原口へむかった。この部隊は、前方と左手から攻め立てられて木呂の胸壁から引いてきた井深隊の背後に迫ったのだ。

この日も井深隊に付属し、ひとり七連発のスペンサー銃を操って戦っていた井深梶之助の回想がある。

《ソレと云うので隊は町の入口の土手にそうて開展した時は、最早《もはや》敵軍から撃ち出す弾丸はヒウヒウと身辺を掠《かす》めるようになり、頓《やが》て銃口から出る白煙がパッパッ飛ぶのが見えるようになった。兵が土手にそうて開展する時、自分は父上の許《もと》を離れ一人で土手を胸壁にして、所持の六連発《(ママ)》の元込銃を以て敵の撃ち出す白煙の辺りを目標として応戦した。

その時の心持を追想するのに、別段恐ろしいと云う感じはなく、亦《また》余り狼狽《ろうばい》もしなかったようである。自分の向った正面の方は敵味方共に小銃のみの合戦であったが、側面即ち町野隊の守って居た方面では川を隔て敵味方より撃ち出す大砲の音が頻りに聞えた。斯《か》くして、戦ったのは何時間であったか可なり長いようであったが、後から考えて見れば、僅《わず》かに壱時間位のものであったと察せらるる。兎《と》に角《かく》に、斯くして戦って居る中に次第に三方より包囲攻撃の中に陥り、我等は前後より挟撃に逢い且《か》つ後方に火の手が揚がり、遂に退却の必要に迫まられ《(ママ)》土手を離れて市中に引き揚げた。そうして、其の時其処《そこ》に集まった者は僅かに二十名足らずであったろうか。その中に中隊長の池上武助氏が負傷して居た。此の一団の者が其処に居た時の事である。何処《いずこ》から潜み込んで来たものか、敵軍の一人が抜刀を振り翳《かざ》して我等の背面から突進して来た。ソレと云って之《これ》に立向ったのが、山崎尚三郎と云う士であった。敵は抜刀此方は鎗《やり》であった。処が、此の敵は往来に面して家屋とその前にある生垣の間を突貫して来たので、山崎氏は一方から鎗を以て之に立向い、敵味方一人ずつの戦斗《せんとう》であったが、自分は丁度その生垣の外に立って居たから、まだ彼等が切り結ばない間に元込銃を以て一発ズドンと遣《や》った。距離は僅かに一間とあるか無いかの所ゆえ弾丸は急所に当たったと見え、彼は立所《たちどころ》に斃《たお》れてしまった》

梶之助のまわりにいた兵数が《二十名足らず》とあるのは、残る百名近くがすでに白兵戦に移りつつあったことを意味する。

後方から肉薄した薩摩兵とも刀槍で斬りむすんだ井深隊は、散開して柳原と本町の地物に拠《よ》り、三方からきた敵に頑強に抵抗しつづけた。白刃をふるってこれに斬りこもうとした長州の元森熊次郎は、身に剣と銃弾による重創七箇所を受けてその場に悶絶《もんぜつ》したほどである。

この乱戦に異彩を放ったのは、村松脱藩の遠藤甲斐蔵であった。

この日遠藤は、陣屋留守居役たちの指揮を托《たく》されて陣屋に居残っていた。しかし志賀之助を一刀のもとに屠《ほふ》って抜刀技に自信をつけたかれは、実戦に出たくてたまらない。

四日町と柳原の双方から銃砲声が伝わるに至りいたたまれなくなって前庭に出ると、まだ蓑《みの》笠《かさ》をつけてたむろしている村兵のひとりに命じた。

「その方の蓑笠を、ちょいと拙者に貸せ」

その蓑笠をまとい、蓑でおおった腰に大刀を垂直に差しこんだ遠藤は、高札所の辻の先の諏訪神社境内に陣取って、北の四日町と南の柳原口のどちらに助太刀しようかとしばらく思案していた。

その間に陣屋に火つけした薩摩兵の一隊が、高札所の辻を折れて柳原にむかったのである。

音もなくこれを追尾した遠藤は、薩摩兵、長州兵と井深隊の兵が斬りむすびはじめると、するするとすすんでその乱戦に加わった。

その蓑笠姿に官軍が、たかが農兵、と油断する間に、

「えっ」

と圧さえた気合で抜刀し、長州兵ひとりの胴を存分に抜く。それに気づいた薩摩兵三人が、三方から、

「チェスト！」

と示現流独得の気合を発し、右八双からのひねり撃ちを加えた。だが太刀風を見切って身を躱《かわ》した遠藤にはかすりもしない。

目標を見失った右側の男が鍬《くわ》で畑を起こすような前のめりの姿勢になると、その左側に身を旋転させた遠藤は、後ろ襟に一打を見舞った。そして間髪を容れず舞うような動作で残るふたりに迫り、身を沈めて一撃で両者の膝《ひざ》の皿を斬り割ると闇《やみ》のなかに身をひるがえしていた。

「あの者につづいて駆けい！」

目敏《めざと》くこれを見た井深宅右衛門が指示し、みずからは盾《たて》となって銃をかまえたので、井深隊は戦死三、負傷一を残したのみで虎口を脱することに成功したのだった。

柳原口を抜かれた影響は、ただちに四日町で健闘中の町野・山内両隊に及んだ。砲手なきため未使用であった柳原口の四ポンド山砲が官軍の手に落ち、四日町に砲弾を送りこみはじめたからである。

この砲撃に、魚野川右岸胸壁の町野・山内隊は初めて動揺した。その銃火が不意に散発的になったのを左岸から見た官軍堀之内分派隊は、銃撃戦の最中に見つけ出していた船数艘に分乗して全軍渡河に移る。

町野・山内両隊は、なおも応射をつづけようとした。しかし正面からの砲火、左側面からくる砲撃は次第に精確さを増し、胸壁に貼りついているだけでは死を待つしかない状況になる。

「全軍、林昌寺へ退《さが》れ！」

硝煙に顔を黒くした町野源之助が両眼のみを光らせ、抜刀して号令した。隊士たちは蜘蛛《くも》の子を散らすように、背後の畑地へ駆け出してゆく。

だが、柳原口から撃ち出される砲弾は、これらの人影の上にも容赦なく飛来した。

町野隊に属した陣屋租税掛、十石三人扶持《ぶち》の佐藤源右衛門《げんえもん》五十五歳は、砲弾の直撃を受けて畑のなかに斃れた。

小出島脱出を潔しとせず、この方面に走って戦いつづけようとした井深隊の望月武四郎も砲弾の破片を手足に浴び、日渡口の覚張《がくはり》常五郎方に身を隠した。しかし疵《きず》は深く敵の喚声は刻々と近づいてきて、生きながらえるのは絶望的かと思われた。

すでに家人は避難し、ひと気のない家である。その茶の間の仏壇によろめきつつ歩み寄り、五両あまりの入った財布を供えた望月は、みごとな達筆で障子戸に辞世を書きつけた。

筒音に鳴く音やすめしほととぎす会津に告げよ武夫《もののふ》の死を　　輪形月《わがたのつき》

そして望月は、脇差《わきざし》で喉《のど》を突いて死んでいった。享年二十三であった。

林昌寺に引いた町野・山内隊の残兵たちは、最後の力をふりしぼってなおも死闘を展開した。境内に銀杏《いちょう》や桂の老樹を繁らせた林昌寺は、まことに小体《こてい》な寺である。門前にひるがえる「日光大神君」の旗からここを会津側本営と悟った官軍は、門外に四ポンド山砲を据えて本堂を撃ち、さらに銃陣を布いて一斉射撃を開始した。

桂の大枝は砲弾に砕かれて白い疵口を中空に曝し、まだ青い銀杏の葉は銃弾に引き千切られて根元一面に散りしく。本堂に身をひそめた会津兵がたまらじとゲベール銃を乱射した後抜刀斬りこみに移ると、刀と銃剣で迎え討った官軍はかれらを本堂内に追い返した。

多勢に無勢、しかも屋内での乱戦となり、もはや習い覚えた剣さばきも役に立たない。源之助は気合と悲鳴、足音と剣戟《けんげき》の響きのなかで無我夢中に志津兼氏をふりまわすうち、返り血を浴びて顔面を朱に染めていた。

会津兵たちの必死の戦いぶりに恐れをなし、官軍の突入が止んだ時、

「おれにつづいて血路をひらけ！」

源之助は獣の吼《ほ》えるような叫び声をあげて、本堂をかこむ詰襟服の集団のなかへ駆けこんでいった。むろん、目に映った人影はすべて斬《き》っ払《ぱら》う覚悟である。

「お奉行を討たすな」

誰かが怒鳴り、生き残りの会津兵たちは一丸となってそれにつづいた。

鳥羽伏見の戦いを経験した官軍主力の薩長兵は、退路を断たれた敗兵ほど死に狂いして危険な存在はないことを熟知している。源之助以下が体当りするかのように突進してくるとふたつに割れて鋭鋒を避けたので、源之助たちはそのまま破間川の岸へと疾走していった。

その背後の四日町の家並も火つけされ、陣屋と柳原、本町西側の天を焦がす火焔《かえん》と相まって、小出島には大火災が発生していた。

しかし源之助たちには、それを振り返るゆとりもない。匿《かく》してあった船を曳《ひ》き出して対岸にわたると、六十里越をめざして落ちていかざるを得なかった。

明け六つ刻に始まったこの戦いが、終結したのは五つ半刻（午前九時）ごろのこと。戦傷者は会津側が戦死九、負傷九。官軍側が戦死十三、負傷十六。小出島二百五十戸のうち百三十二戸が焼失したが、源之助がいち早く住民たちに避難命令を出していたため、住民側では小出島の小島九兵衛と四日町の利右衛門《りえもん》の女房とが流れ弾に当って死亡しただけであった。

収容する者もなく炎の下に横たわっていた会津兵数名の死体はやがて焼け焦げ、火災が収まると野犬に喰《く》われて蒼白《あおじろ》い骨を覗《のぞ》かせた。

また林昌寺を見物にいったひとびとは、凄惨《せいさん》な光景を見出してその場に立ちすくんだ。戸障子は乱闘にことごとく骨を破られ、柱には深い刀傷、畳にはべったりと血が付着。その場に放置されていた炊き出しの弁当のなかには毛髪つきの頭皮が混入し、境内には手指三本、肉片その他が散らばっていたのである。

日渡口の一軒に自刃した会津藩士の死体があると聞いて出むいた松代藩の蟻川賢之助は、「輪形月」の署名のある辞世に胸を打たれて返歌を詠んだ。

　辰閏《たつのうるう》四月下旬
小出島の戦ひにみまかりし敵ながらやさしきもののふの心根を弔ひて
ほととぎす魚野川辺の夏嵐永久《とは》に伝へよ波騒《なみざい》の声

蛇足ながら、輪形月の「筒音に鳴く音やすめしほととぎす会津に告げよ武夫の死を」という絶唱が会津に知られるようになったのは、昭和六十三年（一九八八）になってからのことである。

輪形月とは満月のことであり、望月武四郎の姓を暗示する。小出島――現新潟県北魚沼郡小出町の滝沢健三郎氏らは早くからそれに気づいており、戊辰《ぼしん》百二十周年記念事業が各地でおこなわれたこの年、元小出島陣屋跡に表には輪形月詠草を、裏には蟻川賢之助の返歌を刻んだ歌碑を建立した。

その除幕式と会津藩戦死者供養祭にまねかれ、会津若松市の識者たちは初めてそれと知ったのである。自分の死を「会津に告げよ」という望月武四郎の最期の希《ねが》いが叶《かな》えられるには、なんと百二十年もの歳月が必要だったのだ。

なかには、辞世も残さず死んでいった会津の負傷兵もいた。一例は、井深隊の樋口常作二十歳。柳原口の戦いに腿《もも》に貫通銃創《じゅうそう》を受けたかれは、井深隊を離れて岸辺にひそんで様子をうかがった後、魚野川を泳ぎわたって対岸の青島村に逃れた。

星文四郎方に匿《かくま》われたかれのもとには、小出島陣屋付きの医師であった橘融斎がひそかに通って治療をつづけた。だが、弾は急所を射抜いていてどうにもならない。

身の行末を思って自刃を決意した樋口は、閏四月二十九日深夜、星文四郎家の墓所のある「地獄覚悟」という場所にからだを運んでもらった。そこに東面して座したこの青年は、あくる五月一日の日の出を拝して従容《しょうよう》と切腹したのである。法名、鉄応義胆居士。

三国峠から畚《もっこ》で運ばれてきた小檜山包四郎と古川深次郎も、悲運の途《みち》をたどった。撤退行の途中、六日町の手前塩沢宿に残留潜伏したふたりは、さらに三俣寄りの一日市《ひといち》村をへて長崎村の光明寺に移転し、官軍の目を逃れて外科医の治療を受けつづけた。だが六月下旬に発覚。小出島在陣官軍の手によって小千谷に護送され、二十八日斬に処されたのである。

これに先だつ閏四月二十六日、坂本龍馬を斬った男として知られる元京都見廻組与力頭《がしら》今井信郎《のぶお》を隊長とする衝鋒隊の百五十は、小千谷街道を信濃川ぞいに北上してきた官軍山道軍左本隊と激突していた。戦場となったのは、小千谷の南方一里半の芋坂《いもさか》と、その十町小千谷寄りの雪峠。

この戦いに敗れ、衝鋒隊は会津領小千谷陣屋へと退却したが、この時陣将たるべき会津藩越後口総督一瀬要人《いちのせかなめ》は、すでに信濃川下流の長岡藩領妙見村へと兵を引いていた。

衝鋒隊もこれを追って妙見村にむかったので、小千谷陣屋はもぬけの殻となる。そこに山道軍左本隊が進撃してきたので、この陣屋は小出島陣屋のように力戦することもなく山道軍に無血占領されてしまった。

こうして会津藩は、越後における二陣屋を一日のうちに失ってしまったのだった。

第三章　帰る鶴群《たずむら》

一

小出島《こいでじま》脱出にかろうじて成功した会津《あいづ》兵たちは、その日夕刻ようやく六十里越の麓《ふもと》まで逃れた。かれらは払暁から持場に貼《は》りついて戦いはじめたため、いずれも朝からなにも食べていない。腹は空《す》ききり足は疲れ、意識もなかば朦朧《もうろう》として大白川にたどりついたのである。

井深梶之助に至っては、まだ体力がないため途中で歩けなくなり、人足を傭《やと》い畚《もっこ》に乗って追尾してきた。そして別の人足とすれ違うや食いかけの握り飯をもらい受け、一気にむしゃぶりついたほどであった。

「この村に一泊したい」

という声もあったが、多くは風声鶴唳《かくれい》にも驚く敗兵特有の恐怖感に襲われている。

「今宵《こよい》のうちに峠を越えぬと、追撃を受くるやも知れぬ」

という主張が通り、大白川で徴発した提灯《ちょうちん》数張りの明りだけを頼りに峻嶮《しゅんけん》を越えることになった。

しかし町野源之助に、この引き揚げに加わる気はまったくなかった。

「実弟を討死させ町野家重代の名槍《めいそう》をも失ったあげく、小出島二万七千石まで官賊に奪われてどの面《つら》さげて若松へ帰れるか、拙者《せっしゃ》はこの地に踏みとどまって水原《すいばら》その他の友軍に連絡をつけ、さらに、一戦いたす覚悟だ」

総髪銀杏《いちょう》の髷《まげ》も乱れた源之助は、初めて喧嘩《けんか》に負けた餓鬼大将のように強情にいった。

「そのとおりじゃ」

井深宅右衛門がうなずいたので、かれらふたりは同調者数名と越後《えちご》に残留することになった。


その間に、会津藩をめぐる四囲の状況にはやや好転の兆《きざし》があった。

五月一日、仙台藩領白石城につどった仙台、米沢、庄内以下の奥羽《おうう》二十五藩は、会津藩救済を目的とする軍事同盟をむすんだのである。

——奥羽列藩同盟。

戊辰《ぼしん》の戦いは、東国諸藩対西国諸藩、という輪郭をついにあらわにしたわけで、この影響は越後方面にも如実にあらわれようとしていた。

譜代の越後長岡藩七万四千石は、これまで会津側にも官軍側にも与《くみ》せず、越後平野の形勢を観望する態度をとってきた。同藩首席家老河井継之助《つぎのすけ》は、この年四十二歳。

「蒼龍窟《そうりゅうくつ》」

の雅号の示すごとく、やがては天下に号令しようという覇気《はき》を秘めた、一種の傑物といってよい人物である。この時点までに横浜のプロシャ人武器商人スネル兄弟から機関銃の原型であるガットリング機関砲二門、ミニエー銃数百挺《ちょう》、大砲数門を買いつけて軍制の洋式化に成功していたかれは、その強力な武備を背景として会津藩と官軍との間に割って入ろうと考えていた。

（会津兵の越境行為をとがめるかたわら、官軍には会津討伐の不可を説き、会津処分の全権をわが藩にゆだねさせた上で会津に恭順を勧めるのだ。もしわが進言を容れねば、会津であれ官軍であれこれを討つ。こうしてこそ初めて戦いの名分も立ち、わが藩は天下に呼号することができるというものだ）

という思いのもとに、継之助は五月二日単騎小千谷《おぢや》へ疾駆。官軍山道軍の一翼を担って小千谷入りしていた東山道鎮撫《とうさんどうちんぶ》軍軍監岩村精一郎に嘆願書を差し出し、持論を述べようとした。

しかし、岩村は聞く耳を持たない。継之助が袴《はかま》の裾《すそ》をつかんで押しとどめようとするのを振り払って退座したので、継之助はついに奥羽列藩同盟に加わることを決意した。

おって村上藩五万一千石、村松藩三万石、三根山《みねやま》藩一万五千石、黒川藩一万石、新発田《しばた》藩十万石も長岡藩に歩調をそろえたから、ここに三十一藩からなる奥羽越列藩同盟が成立したのである。

継之助を軍事総督とする長岡兵四大隊約二千の本営は、長岡城下から南へ一里の摂田屋《せったや》村に置かれていた。越後口出陣の会津藩諸隊も続々と集結中と聞き、源之助は連日の豪雨のなかを単身摂田屋村におもむいた。

五月六日かれがその本営光福寺に入ってゆくと、出迎えたのは会津藩朱雀《すざく》四番士中隊の中隊頭佐川官兵衛であった。

「よお、源之助ではないか。小出島ではさすがの汝《にし》も苦戦したようだの」

三十六歳とかれより八歳年上の官兵衛は、持ち前の豪放な気性を見せて磊落《らいらく》に笑いかけてきた。しかし源之助は、

（まずい奴《やつ》に会ってしまったな）

と思って会釈を返しただけであった。

佐川官兵衛は三百石どりの物頭《ものがしら》で、安政年間（一八五四―六〇）に江戸詰めの火消頭をしていた時、火事場《やくば》から引き揚げてきた定火消《じょうびけし》の旗本と鉢合わせして喧嘩となり、その旗本を一刀

のもとに斬り伏せてしまったことがある。そして桑名《くわな》藩士ふたりを斬った源之助同様若松に返され、長い間謹慎生活を送った。

その謹慎もゆるめられたころ、官兵衛は源之助の姉おふさと祝言を挙げたのである。当時日新館の学生《がくしょう》であった源之助は、武学寮で溝口派一刀流の剣をまなぶ時は官兵衛の教えを受けていたから、ことのほかこの婚姻を喜んだ。

だがまもなく、官兵衛はおふさを離縁してしまった。

「気に入らないから返す」

あまりにも簡潔な官兵衛のことばの裏に、どのような思いが隠れていたのかは、源之助には知る由もない。しかし血の気の多いかれは、

（おのれ、わが町野家に恥をかかせおって）

と官兵衛に憎しみを覚えた。これがきっかけとなって源之助は溝口派一刀流剣法よりも官兵衛と顔を合わさない宝蔵院流槍術《そうじゅつ》の道場に通いつめるようになり、ついにはその奥義《おうぎ》を究めたのだった。

元治《げんじ》元年（一八六四）七月の蛤《はまぐり》御門の変に脱牢して三番槍をつけた時、左耳と右手から血を流しながら平然と樽酒《たるざけ》を呑《の》む源之助に気づき、

「あやつこそ会津武士の典型じゃ」

と舌を巻いた藩士たちは少なくなかった。しかし今では、佐川官兵衛こそ会津武士の典型だ、といわれているのも、源之助にはあまり面白くない事実だった。

源之助と入れ違いに、慶応二年（一八六六）初夏になってようやく京都詰めを命じられた官兵衛は、上京してまもなく京都守護屋敷のうちにもうけられた京都日新館の学校奉行に就任。学生百人からなる諸生組の隊長を兼ね、さらに人望によって別選組隊長に推挙された。

別選組とは弓馬刀槍《きゅうばとうそう》四芸のうち少なくとも二芸に抜群の技量をそなえた四十名を選《よ》りすぐった新設部隊で、いわば京都在番会津藩士中の最精鋭部隊である。

鳥羽伏見の戦いにこれらをひきいて先陣を切った官兵衛は、采配《さいはい》にためらいを見せた旧幕府陸軍奉行竹中丹後守重固《しげかた》を叱《しか》りつけるかと思えば、敵弾に刀を折られ右眉《まゆ》の上に負傷しても悠々と部下たちを指揮し、以後、

「鬼官兵衛」

と畏敬《いけい》されるようになった。

その兵力寡少をものともしない胆力、戦機を見抜く決断力は、越後平野に進出してからも変わらない。不利な戦況にあって二枚腰、三枚腰の戦いぶりを見せる佐川隊――朱雀四番士中隊

と付属の砲兵隊——は、いつしか強悍《きょうかん》をもって知られる衝鋒《しょうほう》隊、天才的軍略家立見鑑三郎《たつみ》のひきいる桑名藩雷神隊に伍《ご》して、「佐幕派強い者番付」の上位に謳《うた》われるようになっていた。

そのように力戦をつづける佐川隊に対し、町野隊が一日にして瓦解してしまった事実も源之助には屈辱と感じられた。

(だが、戦場で私情を云々《うんぬん》していてもはじまらぬ)

思い直した源之助は、

「お久しゅうござる」

と官兵衛にとってつけたような挨拶《あいさつ》を返して、河井継之助のいる本堂脇の間へとむかった。

継之助は、正面の床の間を背にして座っていた。紺絣《こんがすり》の単衣《ひとえ》に平袴《ひらばかま》、赤い旭日模様の大ぶりな扇を開け閉《あ》《た》てしながら、物思いに耽《ふけ》っていたらしかった。

源之助の気配に気づいてもたげられたその顔を見ると、小さな髷とひろい額の下に眼裂の深く切れこんだギョロ目が光っている。

「——さようか。けれどまあ長岡領に官賊は入れまいから、おみしゃんも安堵《あんど》しやれ」

かれが小出島戦争のあらましを告げると、継之助はそれが癖《くせ》らしく、上唇を皮肉っぽく尖《とが》らせて答えた。

まもなく佐川官兵衛も源之助の志津兼氏とおなじ大丸鍔《おおまるつば》をつけた佩刀《はいとう》をたずさえて入室し、酒肴《しゅこう》がはこばれた。長岡藩主牧野駿河守忠訓《するがのかみただくに》は、来援の諸隊歓迎のためこの本営に越後の銘酒を大量に送り届けているのである。

「ところでおみしゃん、小出島にお手つきの女子《おなご》はおらなかったのかね」

「え？」

突然なにを言い出すのか、と思いながら源之助がうなずくと、継之助は勢いよく盃《さかずき》を傾けてから自分の妻おすがの話をはじめた。

「なんだ、それは惜しいことをした。越後の女は餅肌《もちはだ》での、雪の晩に共寝すると湯タンポがわりにぽかぽかするほどだ。おれも江戸で学問をしておった時代は、吉原へよく女郎買いをしに行ってのう、長岡の貸座敷でもよく遊んだものだで、下女がおすがにいいつけたこともあったでや。するとおすがは、こう書いて答えおった」

といって、かれは俗謡らしきものを口ずさんだ。

〽ここじゃ浪人あすこじゃいくさ主《しゅう》の浮気も無理がない

「どうだ、よくできた女だろう」

と継之助が破顔したので、源之助は鼻じらんだ。

(いくさ前夜というのに、なにをいっているのだ、この愚物《ぐぶつ》め)

継之助はそれも気にならぬかのように、

「おすがはな、おれの気性がよく分っているから安心なのだ」

といい、また盃を呷《あお》って最近の逸話を披露した。

継之助の下僕松蔵という者が伝えたところによれば、継之助がこの本営へと出立する用意をする間におすがはひそかに松蔵を呼び寄せ、こう告げたという。

「松蔵や、いよいよ戦端がひらかれればお味方は敗北いたすかも知れず、そうなった時はだんなさまが開戦の責めも敗北の咎《とが》も一身に引きうけることになるでしょう。だんなさまの御決意から察するに、無事な再会はあるいは期しがたいかも知れぬとわたくしは覚悟しています。ですからどうか松蔵は、わたくしに代わってよくだんなさまにお仕えしておくれ。不幸にも万一のことがあったならば、せめて遺髪だけは持ち帰るのですよ。

御両親さまへの孝養と家事の処理については、わたくしは決してだんなさまに御心配をおかけするようなことはいたしませせぬ。またいかなる窮地に立たされようとも、家門を汚すような不都合は断じていたしませぬから、いずれ折をみて、この旨をだんなさまにとくとお伝えするのです」

　女房の悋気《のろけ》など聞いていていられるか、と思ってぐいぐいと飲んでいた源之助は、途中から居ずまいを改めた。継之助が話しおえた時には、かれはおすがという会ったこともない女性の気持が痛いほどよく分って、しみじみとした気分になっていた。

「源之助よ」

　溝口派一刀流道場の兄弟子格だった官兵衛が、コの字型に置かれた膳のむかい側からゆっくりと口をひらいた。

「河井氏《うじ》はこうおっしゃっているのだ。汝《にし》はもう一戦を願って単身ここまでやってきたようだが、いったん帰国して御新造にそれとなく覚悟を促し、それからまたやってきてはどうかと」

（このふたりは、おれが雪辱を期すあまり隊士たちだけ若松へ返し、勝手に動きまわっていることを初めから案じてくれていたのか）

　ようやくそれと気づいた源之助は、深々と頭を下げることしか知らなかった。

二

若松へ帰った町野源之助は、鶴ヶ城に登城して新進の家老梶原平馬に小出島戦争敗北の模様を報告したあと、許されてしばらく自宅に休養した。

町野家は、鶴ヶ城の北大手門外を東西に走る郭内《かくない》本《ほん》二ノ丁の通りが桂林寺通りとまじわる辻《つじ》から西へ三軒目の北側にある。

近隣はすべて会津藩上士の拝領屋敷だが、西へ一軒置いて諏方《すわ》通りが南北に走り、さらにその西側には諏方社の宏大な境内がひろがっていた。本二ノ丁のはるか東寄りには、佐川官兵衛の屋敷もある。

源之助不在の間、町野家を守っていたのは父伊左衛門五十一歳、母おきと四十七歳、姉おふさ三十一歳、妻おやよ二十四歳、長女おなを七歳、長男源太郎三歳の六人であった。

文化十三年（一八一六）十一月十一日生まれ、幼名を惣太郎、のち主水《もんど》と名のったこともある伊左衛門は、慶応四年二月のうちは不時備組《ふじそなえぐみ》の隊長として津川にあった。源之助が小出島奉行に指名されると同時に家督をゆずり、隠居して、

「閑栄」

と号している。源之助は姉おふさの次に生まれた長男で、下には次男幸之進、三男源五郎、四男久吉がいた。しかし源五郎は夭折《ようせつ》し、幸之進はすでに別家を立てている。

家族はすでに久吉は討死した模様、と承知していたが、源之助は家族を表十二畳にまねいて改めて告げた。

「久吉を先頭に、五人の者がつづけて吶喊《とっかん》いたしましたが銃弾を浴びて倒れ、のち助けられたふたり以外は帰って参りませんでした。それゆえ、久吉は敵陣へ突入いたしたものの勇戦むなしく討死したものと判じざるを得ませぬ。父上、母上、どうか久吉の猛き心をほめてやって下さりませ」

「そのとおりじゃ」

白髪髷の下に源之助によく似たいかつい顔を見せている伊左衛門は、町野家に代々伝わる話をしはじめた。

……会津町野家の祖左近助幸仍《ゆきなお》は蒲生氏郷《がもううじさと》公につかえ、氏郷公没後はその跡継ぎ秀行公のもとで二万八千石の大身《たいしん》となり白河城城代をつとめた。この左近助の言として伝わることばによれば、蒲生氏郷は牢人者《ろうにんもの》たちを召しかかえる時はかならずいって聞かせた。

「わが陣中には、赤い陣羽織を着て銀の鯰尾《なまずお》の兜《かぶと》をかぶった奴がひとりおる。いくさと相なった時は、その者に負けぬように駆けよ」

牢人あがりの者たちが戦場へおもむくと、はたして赤い陣羽織に銀の鯰尾の兜の騎馬武者が先陣を切り、一騎駆けで敵の間に突進してゆく。負けてはならじとかれらが追いかけて見れば、それはほかならぬ氏郷自身であった。

氏郷のこのようないくさぶりを見て、太閤《たいこう》秀吉は家臣たちに訊ねたことがある。

「蒲生と織田信雄《のぶかつ》とが相戦うとする。蒲生は一千騎、織田は一万騎の兵力とした場合、その方どもならどちらに加勢するか」

家臣たちが答えかねていると、秀吉はいった。

「余であれば、織田信雄方につくであろう。と申すのも、織田方について戦い、兜首の五つも挙げれば、そのなかにはかならず蒲生の首がまじっておるからじゃ。もし蒲生方について織田方を攻めに攻め、九千九百九十の首を奪ったとて、そのなかに信雄の首はあるまいて」

もってまわったいい方ながら、秀吉が氏郷の命を惜しまぬいくさぶりを高く評価していたことを示す逸話である。

「――すなわちこれが蒲生家の士風であり、わが町野家の家風でもあるのだ。じゃによって久吉の死は、ほむるべきものではあっても悲しむべきものではないということじゃ」

伊左衛門が語りおえると、源之助は妻子を見まわしながら答えた。

「父上もああおっしゃって下された。聞けば日光口は山川大蔵《おおくら》殿が固く守りつづけているものの、すでに白河城は抜かれて奪回もままならず、若年寄横山主税《ちから》さまも討死なされた由。おれもやがてはわが公の馬前に討死するものと腹を括《くく》っているが、汝《にし》らはいやしくも武士《もののふ》の家族だ。万一の場合の覚悟をしておくことこそ肝要だぞ」

つづけてかれは河井継之助の妻おすがの心映えのみごとさを伝え、妻おやよに命じた。

「融通寺《ゆずうじ》町の呉服商大谷屋に命じ、全員の白無垢《しろむく》無紋の死装束《しにしょうぞく》をあつらえておくのだ」

おやよが父母によく仕えてくれるので、源之助は小出島赴任中も家のことはまったく心配していなかった。

帰ってきて面喰らったのは、伊左衛門が娘《じょう》、娘とおなをを猫可愛がりするため、おなをが自分をすっかり人見知りするようになっていたことぐらいであった。しかし源太郎は、

「指、いじりたい！」

とよくまわらぬ舌でいい、源之助の胡坐《あぐら》のなかに収まっては、その利かない右手中指を弄《もてあそ》んで笑い声を立てるのをつねとした。

源之助が若松で休息している間に、河井継之助は動きはじめていた。長岡兵二千の兵力に会《かい》桑《そう》両藩と衝鋒隊との協力をあおぎ、五月十日には信濃川右岸の要衝榎木《えのき》峠を攻略。つづけてこの峠から白岩高地、浦柄《うらから》、朝日山（三三三メートル）、薬師山とつらなる稜線《りょうせん》を確保して、長岡城南方を安泰ならしめたのである。

しかし、官軍側も負けてはいない。十九日の朝七つ刻（四時）、百年ぶりの大氾濫《だいはんらん》となっている信濃川を左岸から右岸へと強行渡河し、その東方に位置する長岡城へ攻めこんだ。

それと知り、摂田屋村から城へと急行した継之助は、渡里《わたり》町口に六連装、毎分百八十発連射可能のガットリング機関砲を据えて連射し、

「どうだ、よく当るだろう」

と歯を見せて左右の兵に笑いかけた。

だが長岡城は平城《ひらじろ》で石垣も低く、攻めやすく守りにくい小城郭である。肩口に被弾した継之助は、もはやこれまでと悟るやみずから城に火を放ち、藩主一族を会津へ落としたのち、長岡の北東八里半、加茂へと兵を引いた。

それでもなお、継之助は屈しない。二十五日から六月一日にかけて佐川隊、衝鋒隊と合流したかれは、二日、官軍主力の集中する今町の逆占領に成功し、長岡へ三里の見附へと再進出した。

以後の五十余日にわたり、北越戦線は膠着《こうちゃく》状態をつづけるが、見附周辺の百束村、福井村、大黒《おおくろ》村にはときおり官軍が侵入し、小ぜりあいがくりかえされた。

むろんこれらの戦況は、逐一会津鶴ヶ城に報じられている。

在城の家老たち――田中土佐、神保内蔵助《くらのすけ》、萱野権兵衛《かやのごんべえ》、梶原平馬、上田学太輔《がくだゆう》、内藤介《すけ》右衛門《えもん》、諏訪伊助らは、出陣諸隊の死傷者と睨《にら》み合わせ、補充部隊を逐次投入する方策をとっていた。加療の必要な者は若松へ戻ることを許されるが、癒えれば原隊への復帰を命じられる。

越後口にあってもっとも力戦をつづける佐川隊は、送り返してくる傷病兵の発生率ももっとも高かったから、このころ会津藩首脳たちは佐川隊への重点補充を考えはじめていた。

「七月初旬のうちに大斥候として越後口におもむき、朱雀四番士中隊の中隊頭となることを命ず。わが公におかせられては佐川官兵衛はやがてこの若松へ召還いたし、七百石どり若年寄兼軍事奉行に席次を進めようとの御存念なれば、その後の佐川隊の指揮はその方がとるのだ」

家老たちのつらなる席に呼ばれた町野源之助が、このように指令されたのは六月下旬のことであった。

三

「大斥候」

は、戦国の世には大物見と呼ばれた。物見がひそかに敵状を探って復命するだけでよいのに対し、大物見には時として数百騎が付され、探り得た敵状によっては独断で開戦することも許される。

史上もっとも有名な例は、元亀《げんき》元年（一五七〇）十二月に起こった遠州三方《みかた》ヶ原《はら》の合戦に先だち、徳川家康が浜松城から武田信玄軍三万五千にむけて放った大物見の奮戦ぶりであろう。

すなわち同年十月三日、家康は信州から南下してきた武田の大軍に対し、内藤信成を大物見に派遣。さらにその帰路を案じて本多平八郎、大久保忠世のふたりに後を追わせた。

かれらが千二百騎をひきいて山名郡三香野《みかの》の高地に登り、武田勢のひしめく太田川左岸の木原、西島方面を俯瞰《ふかん》していると、それと気づいた信玄が命じた。

「あれを逃さざるよう討ち取れ」

この時武田軍から出動したのは、先鋒《せんぽう》たる山県昌景《やまがたまさかげ》勢と馬場信春勢であった。その全兵力は不明ながら、このふたりは武田二十四将のうちにかぞえられる有力武将であるから徳川方三隊の数倍の軍勢ではあったろう。これを見た徳川方三隊は、磐田《いわた》郡の見附で薪《まき》を多数調達して火を放ち、その煙に乗じて北の一言坂《ひとことざか》へと退却していった。

ところが用意周到な信玄は、甲州出発に先だち遠江《とおとうみ》、三河両国の絵図を研究し、嶮難《けんなん》の地から大小の川の流れ、渡し、深田《ふけ》、たまり池の状態まで調べあげていたのである。山県・馬場両勢は本道と間道とに別れ、煙に惑わされることなく追尾したので、徳川方三隊は一言坂の坂頭であやうく捕捉されそうになった。

この時敢然と馬首をめぐらしたのは、二十五歳の本多平八郎であった。『四戦紀聞』にいう。

《黒絲《くろいと》の鎧《よろい》を着し、鹿角《ろっかく》打ったる冑《かぶと》に、唐《から》の頭《かしら》掛けたるを被《かむ》り、黒の駿馬に乗り、敵味方の真中へ、屑《もののかず》ともせず馳《は》せ入り、竪横《たてよこ》に馳せ廻り、下知すること七八度に及べば、大久保忠世内藤信成諸軍を指揮して一言坂の下迄《まで》引《ひき》の退く》

このように大物見は、時として本営の指示を仰がずに開戦しても軍令違反には問われない。

町野源之助は大斥候として越後へゆけといわれた時、この本多平八郎の故事を思い出し、

(やっと小出島の雪辱戦ができるぞ。久吉よ、仇は取ってやるからな)

と奮い立った。

しかし会津藩は国境《くにざかい》守備のために兵力を割いているから、本多平八郎のような数百人規模

の大斥候隊を組むわけにはとてもゆかない。源之助に付されたのは、小出島戦争における町野隊生き残りの十人であった。

しかもこの年の六月下旬は、新暦八月中旬に相当する。盆地特有の油照りに焙《あが》られて黒ラシャの筒袖洋袴《つつそでようばかま》などは着ていられないから、源之助たちは麻帷子《かたびら》に野袴、脛巾《はばき》という武者修業者のようないでたちで越後へ旅立った。

越後街道を西へ十五里弱すすんで津川に出、ここから帆かけ船で揚川《あがかわ》を下って新潟湊《みなと》をめざした。会津人が揚川と呼ぶのは阿賀野《あがの》川のことで、水量豊かなこの川を滑るように下ってゆけば、両側から峨々《がが》たる山塊の岩肌が迫って船は岩の割れ目に吸いこまれてゆくような気がする。

追い抜かれた筏《いかだ》流しの老人がゆっくりと水棹《みさお》を使いながらひなびた唄を歌っているのを眺めていると、めざす越後平野が戦雲におおわれているとは夢のような気さえした。

旧幕府の天領であり新潟奉行の支配地であった新潟湊は、この五月以降、米沢、庄内、新発田など奥羽越列藩同盟諸藩の管理するところとなっている。

「まだ敵が海路迫りくる気配はござりませぬな」

同盟軍の湊奉行でもある米沢藩総督色部長門が請け合ったので、源之助たちは安堵《あんど》して陸路見附をめざした。米の売りさばきと武器弾薬類の購入とをこの湊に頼っている会津藩としては、新潟湊の失陥はすなわち官軍に喉元《のどもと》を扼《やく》されることを意味する。

連日の豪雨にぬかるむ道を海道ぞいにほぼ十里下り、弥彦に入った。この地で土地の者に訊ねると、官軍は五里先の出雲崎に蝟集《いしゅう》しているという。

「これは、敵の斥候がおるやも知れぬ」

なに、敵が姿を見せたらこちらから斬りこみをかけてやる、と平然とうそぶいた源之助は、しかし十人の配下にうながされて信濃川ぞいに南へすすむことにした。この道を直進すれば、佐川隊のいる見附に出るからである。

が、三里半すすんで地蔵堂という宿場で休息していた時、前方から約百五十人からなる部隊がすすんでくる、という飛報がきた。

「旗はどのようなものか」

源之助が志津兼氏を引きつけながら宿の者に問うと、意外な答えが返ってきた。その隊旗は横手つき縦長の白布の中央に日の丸を描き、その上には横二線の朱筋が、その下には四本の横線が入っているという。

「それは朱雀《すざく》四番士中隊の進軍旗だ」

いそぎ草履《ぞうり》を突っかけた源之助は、野袴にはねをあげながら宿場口にまで出迎えに走った。

近づいてくる黒ずくめの集団の、旗手の次につづいているのは身の丈五尺五寸ほどのぶ厚いからだつきをした男であった。

一町の距離をへだてて見つめていると、桶型鍔《おけがたつば》つき帽を取って額の汗をぬぐったその男も、源之助に気づいた気配であった。濃い眉《まゆ》とたくましい鼻梁《びりょう》を見せた角張った顔が近づくにつれ、右は二重瞼《ふたかわめ》、左は一重瞼《ひとかわめ》というその特徴ある両眼の目尻《めじり》に笑みが刻まれた。

「佐川カンベ殿、お待ちしておりました」

旅装のままの源之助は、吊《つ》りあがり気味の双眸《そうぼう》をにこりともさせず事務的にいった。官兵衛、という時、会津人は語頭音を強く発音するのでカンベと聞こえるのである。

「歴戦まことに御苦労に存ずるが、寡兵をもって西軍の動きを封じておられるいくさぶりのみごとさは、若松表にても讃えられており申す。よってこのたび、わが公におかせられてはお手前の席次を七百石どり若年寄格にすすめ、軍事奉行をおおせつけられることに相なりましてござる。まだしばらくは朱雀四番士中隊と付属の砲兵隊の指揮をおねがいいたすが、いずれ若松召還の命が達せられる手はず。お手前には総指揮をおゆだねいたすが、それがしはこれより中隊頭として朱雀四番士中隊にくわわり、お手前の召還後はそれがしがかわって総指揮をとることになり申した」

「おお、その件しかとうけたまわった」

官兵衛は、ほぼ二ヵ月ぶりに再会した源之助に対し、なつかしげな笑みをたたえて答えた。

「ところでいつぞやは河井氏にまくしたてられてゆっくり話す間もなかったが、汝《にし》も蛤御門の変以来、苦労が相ついだようだな。むろん、もう子供もあるのだろうな」

「一男一女をあげましたが、姉もまだ家におりまするよ」

家のことを訊かれて急に姉おふさと官兵衛の一件を思い出し、源之助はわざとぶっきら棒に答えて地蔵堂村へと踵《きびす》を返した。


その後も両軍は一進一退をつづけたが、いつか同盟軍は戦局を有利に展開しつつあった。そして七月初旬、同盟軍はじわじわと四方から長岡城に接近、二、三里をへだてた地点から環攻を加える気配をみなぎらせた。

それと察した官軍側は、仁和寺宮《にんなじのみや》嘉彰親王を総北越征討総督として西園寺公望《きんもち》、壬生基修《もとなが》を参謀に任じ、長州、岩国、筑前《ちくぜん》、越前《えちぜん》、肥前《ひぜん》、芸州の兵を柏崎に送りこんだので、官軍総兵力は無慮三万に達した。

対する同盟軍総兵力は、わずか八千にすぎない。しかし七月十七日、河井継之助は栃尾《とちお》に移した本営に会桑その他の諸将をまねき、長岡城回復の奇策をうちあけた。

見附の南方から長岡城東北部にかけて、八丁沖と呼ばれる方一里余の大沼沢がひろがっている。徒渉《としょう》不可能といわれるこの八丁沖を夜陰に乗じて縦断潜行し、一気に長岡城に突入する、というのである。

同盟諸藩の賛同を得た継之助は、ただちに本営を栃尾から見附に進め、二十日をもって決行期日とした。

だが連日の豪雨はなおもつづき、八丁沖は蘆荻《ろてき》も水に没して一大湖水と化している。やむなく決行を二十四日まで延期した継之助は、それまでの数日間を見附に出張ってきた町野源之助、佐川官兵衛とともにすごした。

この数日間は、源之助にとって終生忘れがたい日々となった。

八丁沖の水の引き具合を見たいという継之助に官兵衛とともにしたがい、見附と長岡のほぼ中間にある福井村まで出かけた時のこと。にわかに降り出した篠《しの》つく雨に打たれ、豪農渋谷邸に雨宿りした官兵衛は、

「こりゃ、風邪《かぜ》をひきそうだ。すまぬが昼風呂を馳走《ちそう》してくれぬか」

と頼み入れた。

官兵衛が井戸屋形の外にある風呂屋形に消えてしばらくたった時、農作業場をかねる渋谷邸裏庭の垣の外から連発音がひとしきり響いた。官軍斥候が、湯気の洩《も》れはじめた風呂屋形に探り弾を撃ちこんだらしかった。

「敵だ！」

継之助と酒を酌んでからだを暖めていた源之助は、志津兼氏をひっつかむと裸足で庭に飛びおり、風呂屋形へと走った。

しかし源之助がそこに見出したのは、なにごともなかったように平然と檜《ひのき》の湯舟につかっている官兵衛の筋骨のよくみのった上体であった。

「カンべ殿、今このあたりに鉄砲玉が撃ちこまれはしませんでしたか」

血相を変えて引戸をあけた源之助に、官兵衛はたちこめる湯気のなかから答えた。

「うむ、撃ちこまれはしたが、当ってはおらぬから心配は無用だ。湯が洩《も》るのだけは、ちと困るがの」

「は？」

ことばの意味がつかめず源之助が首をかしげると、ほれ、と官兵衛は湯舟の内壁に押しつけていた右手を離す。その瞬間、湯舟の横腹からは湯が弧を描いて勢いよくほとばしりはじめた。

「その穴は、まさか今の鉄砲玉のあけた穴では？」

「うむ、こんな穴をあけられては、湯が減ってますます風邪をこじらせてしまうわ」

源之助は、官兵衛の豪胆さに舌を巻くしかなかった。

おなじ日の夜。

「まったく佐川氏は胆の座った御仁だでや。ま、わしもきっとお城を回復していささか恥をそそいで御覧に入れるがの」

継之助がいろりばたに胡坐《あぐら》をかき、旭日の扇をひらいて胸許に風を入れていた時である。

前庭から爆裂音がひびいてなにかが板戸を突き破り、車座になっていた源之助、官兵衛、継之助の視界は瞬時に灰かぐらで真っ白になった。

奥の台所から女どもの金切声が走る。だが、第二弾の来る気配はなかった。

やがて灰かぐらがおさまると、いろりばたには源之助と官兵衛の姿しかなかった。官兵衛が相変わらず胡坐をかいたままなのに対し、源之助は思わず片膝《かたひざ》立ちになり、志津兼氏をつかんで刀身のなかばまで引き抜いていた。

「ふむ、案じやんな。一発だけのようじゃ」

咄嗟《とっさ》に隣室に姿を隠した継之助がもどってくると、

「いやはや、おふたかたは大砲の玉よりも速うござるな」

官兵衛は総髪銀杏《いちょう》の髷《まげ》から灰を払いながら落着いていった。

「なに、灰かぐらが舞っただけだったところを見ると、五十五匁《もんめ》玉ぐらいの火縄大筒だ。この雨では火縄もすぐ湿っちまうから、もう敵は逃げ出しているだろう。源之助、残念ながらその刀は届きそうもねえぞ」

赤面して納刀した源之助は、立て膝をあらためると官兵衛にむかって生真面目《きまじめ》にいった。

「いや、カンべさま。お手前はなんという豪傑なのです。それがしは姉の一件以来、率直に申してお手前にちと面白からざる思いを抱いておりましたが、それがしはお手前に及びもつかぬ者であると今つくづく知らされました。昔のよしみで、今後はどうか昵懇《じっこん》にお願いいたします」

「いや、今日はちと敵陣間近に来すぎたかも知れぬ。日暮とともに見附に引くといたそうか」

継之助が声をかけたが、源之助と官兵衛はまだ黙ったまま眼と眼を見かわしつづけていた。

四

長岡兵六百十二をひきいた河井継之助が、膝の上までくるぬかるみに苦しみながら夜の八丁沖をわたり、長岡城に突入したのは二十五日八つ刻（午前二時）のことであった。

意表をつかれた官軍守備兵は、いたるところで潰走《かいそう》。参謀西園寺公望みずから畔道《あぜみち》をこけつまろびつして逃れ、山県狂介は夜着のまま応戦を命ずる狼狽《ろうばい》ぶりを示した。継之助は、ついに執念の長岡城奪還をはたしたのである。

しかし、このような大ばくちを打った以上、長岡兵も無疵《むきず》ではあり得なかった。

城門近くまですすみ、紺絣《こんがすり》の単衣《ひとえ》に平袴《ひらばかま》、高下駄姿で旭日の扇を振って指揮していた継之助は、大勝に気をよくし、持参のふくべから葡萄酒《ぶどうしゅ》を飲むゆとりを見せた。そこに北側の新町口《あらまち》苦戦の報がきたので、かれは分捕った馬にまたがって新町口へ急行した。

そこで下馬し、通りに張り出した雪よけの雁木《がんぎ》の下からむかいの雁木に移ろうとした時であった。一弾が飛来し、かれは左膝下を砕かれて倒れ伏した。

「若松に引いて養生なされ」

翌日に入城した佐川官兵衛と町野源之助は、蒼白《あおじろ》い顔をして横たわる継之助にこもごも勧めた。だが継之助は、

「会津に行けば、なにかいいことでもありますかねえ」

と、力ない笑みを返すのみであった。

官兵衛と源之助は、この負傷に苦しむ奇傑と別れ、長岡を去らねばならなくなった。二十五

日のうちに官軍の新手一千余が松ヶ崎に上陸し、新発田藩も官軍に寝返って新潟湊へ進撃しはじめた、との知らせがきたため、いそぎ三条へ北進することになったのである。

しかもこのころ、長岡西方の関原に下がっていた官軍参謀山県狂介は、反攻作戦の立案に余念がなかった。二十六日から二十七日にかけて関原の諸隊を信濃川左岸に移したかれは、二十九日早朝を期して渡河進撃を開始させた。

長岡城奪還なって疲れを噴き出し、その後兵力分散を余儀なくされていた同盟軍は、同日正午やむなく長岡城火薬庫に放火して栃尾、見附方面に撤退。その日のうちに同盟軍湊奉行色部長門も自刃して新潟湊も官軍の制圧するところとなったので、北越方面の同盟軍はようやく敗色を濃くした。

この「長岡の二番破れ」を三条で聞いた官兵衛と源之助は、継之助の身を案じながらも加茂新田、黒水村と苦戦をかさねた。

しかし八月二日には三根山藩が、四日には村松藩が官軍に降《くだ》り、列藩同盟を離脱していった。ために佐川隊をはじめ会桑長岡の諸隊、水戸藩脱走諸生党、衝鋒隊その他は、やむなく会津領蒲原郡《かんばらごおり》の小松村へと兵を引いた。

官兵衛に若松引き揚げの命令が伝えられたのは、この小松村でのことであった。

北陸道鎮撫《ちんぶ》総督軍と並行し、奥州街道を北上した奥羽鎮撫総督軍は、五月一日に白河城を抜くと、同月二十四日には棚倉藩、七月十三日は磐城平《いわきたいら》藩を攻略。十六日には三春藩の内応によって同地に進出し、二十九日には三春兵の嚮導《きょうどう》によって二本松藩霞ヶ城を陥落させていた。猪苗代《いなわしろ》方面の国境《くにざかい》が危うくなったので、会津藩首脳たちは屈指の猛将佐川官兵衛を呼びもどす必要に駆られたのである。

帰国に先がけて官兵衛は、源之助を招いて親身に告げた。

「白河口すでに破れ、この越後口も頽勢《たいせい》におもむいたようなれば、いずれわれらは全軍鶴ヶ城に引き、籠城戦《ろうじょうせん》をくりひろげつつ援軍を待つことになるやも知れぬ。拙者《せっしゃ》は主命なれば一足先に帰るが、汝《にし》は短慮に走って斬死しようなどとはゆめ思うなよ」

「いえ、カンべさま。おことばですが武士《もののふ》には武士の死に時というものがあります。小出島の戦いに一敗地にまみれ、越後でさらに敗けをかさねたならば、この源之助、なんの面目あって会津に帰れましょうや」

源之助は、上端の欠け損じた左耳をかれに突き出すようにして反駁《はんばく》した。すると、

「それが短慮だと申すのだ」

といって、官兵衛は問いかけた。

「もし汝が斬死してしまったならば、朱雀四番士中隊と砲兵隊の百五十人はどうなると思うか」

「さあ、それは」

「汝のような気性の隊士であれば、こういうに違いあるまい。『隊長を討死させて、なんの面目あって会津に帰れるか』とな」

「いや、──」

言葉尻《ことばじり》をつかまれて源之助が撥《は》ねあがり気味の眉《まゆ》を寄せると、官兵衛はもう少し聞け、というように手で制してつづけた。

「そうなれば、全員が斬死してしまって町野隊は地上から消えてしまうことになるのだぞ。それでなくても指揮者を失った兵がいかに意気沮喪《そそう》するものかは、河井継之助氏が倒れて以降の長岡兵を見れば察しがつこう。よいか源之助、われらのいくさの目的は、越後を支えることよりも断々固として鶴ヶ城を守り抜き、この戊辰の戦いが君側の奸《かん》たる薩賊長賊の仕掛けたものであってわが公に非はないことを諸藩に訴えつづけることにあるのだ。そのためには、死んではならぬ。生きて戦いつづけ、訴えつづけるのだ、分ったか」

「よく、分りましてござる」

なるほどと思い、源之助が率直に答えると、官兵衛は不ぞろいな目を細めてほほえんだ。

その官兵衛が若松へと去っていったのは、八月九日のことであった。

源之助が官兵衛を見送った小松村とは、北に大日岳（二一二八メートル）を頂点とする飯豊《いいで》山地、南に重畳たる越後山北辺の乱山を仰ぐ越後国蒲原郡《かんばらごおり》の一寒村である。三条、加茂、黒水村と転戦してなお越後との国境を守ろうとした会津藩諸隊は、いつのまにか官軍がかれらを放置して会津領をめざしはじめたことに気づき、八月六日急遽《きゅうきょ》小松村まで引き揚げてきたのだった。

高山四方に屹立《きつりつ》するこのあたりでは、山あいから聞こえる犬や鶏の声によって人里の存在を知るしかない。平地もほとんどないので、

「苅野畑《かのはた》」

と称して山あいの草木を焼き、その跡に粟《あわ》、そば、麻を植えたり薪炭《しんたん》を作ったり、冬には猿、熊、カモシカの類を撃ったりして生計《たつき》を立てねばならない人口稀薄な土地柄なのである。

町野隊はこの村の入口に二重に胸壁を築いて守備についたが、その津川寄り、阿賀野川左岸の石間村には朱雀二番寄合隊、町野隊付属の砲兵隊、築城隊、結義隊なども集結。会津藩越後口総督一瀬要人《いちのせかなめ》、若年寄萱野《かやの》右兵衛も来会して本営の趣を呈していた。

その小松村と南の宝珠山《ほうしゅ》につらなる山上とに長州振武隊を中心とする官軍大部隊があらわれたのは、十一日朝五つ刻（八時）のことであった。

同時に官軍別働隊は、石間村対岸の左取村《さどり》にも迫り、付近の山上に布陣していた白虎二番寄合組隊、別楯《べったて》寄合組隊を一蹴《いっしゅう》して石間村へむかった。それと知った町野隊は小松村を捨て、石間村で諸隊と合流して最前線の胸壁に貼《は》りつき、優勢な敵にむかって猛射を開始した。

しかし歴戦の長州兵は家や樹木、土地の凹凸の陰へと機敏に走りこんで撃ちまくるナポレオン流の散兵戦術を熟知している上に、元ごめ施条式で命中率と連射性、弾着距離にすぐれたスナイドル銃を装備している。対して会津側は先ごめのミニエー銃やゲベール銃で応射するものの、火力、兵力ともに比肩できずにたちまち死傷者が続出した。

相つぐ撃発音に銃弾が鉄笠《てつがさ》にあたって撥ねる音、空気を切り裂く音が重なり、悲鳴、呻《うめ》き声もまじり合って次第に敗色が濃くなってゆく。それにつれて後詰め部隊のなかからは、村の後方へと引こうとする者が目立ちだした。

胸壁に貼りついている朱雀四番士中隊の隊士たちにも、カルカを使って玉ごめする時にチラリと源之助をふりかえる者が多くなった。撤退行に慣れてしまったかれらは、

（そろそろ隊長が、引き揚げの鉦《かね》を乱打するころだ）

と各自勝手に判断して、攻めが甘くなっているのである。

(おれを新参の隊長と見くびっていやがるな)

そう思った時には、源之助の頭からは佐川官兵衛に死ぬなといわれたことなど消え去ってい
る。地に伏せていたかれは、長身をゆらりと揺らして立ちあがった。

総髪銀杏の髷に鉢金を巻いたその頭部は、前方の敵陣から見透かせるから危険この上ない。

「隊長、お立ちなさるな」

背後から声がきたのも無視し、源之助は洋袴の腰紐《こしひも》に差しこんでいた鉦を抜きとると足もと
の地面に叩《たた》きつけた。鉦の音は銃砲声の轟《とどろ》くなかでもよく聞こえるので、会津藩士は、

「鉦が打ち鳴らされたら引け」

と教えられている。

源之助がその鉦を投げ捨てた行為が、なにを意味するのかはおのずと知れる。怒りと腹立た
しさにいつもは蒼白い顔を朱に染めた源之助は、志津兼氏を抜きはなって絶叫した。

「汝《にし》らの腰の引けたいくさぶりはなんだ！　佐川氏ならば、決して退却などいたさぬぞ。諸隊
そろってこのざまならば、おれひとり突っこんでくれよう。汝らは勝手に生き恥を曝《さら》せ」

鷹のような双眸《そうぼう》を悔し涙に光らせたかれは、胸壁に駆け寄ると緋《ひ》の陣羽織の裾《すそ》をひるがえし

て一気に跳びこえようとした。

その時源之助の右上腕部に殴りつけられたような衝撃が走り、そのからだは今まさに跳びこそうとしていた胸壁の下に叩きつけられた。

「隊長、しっかりなされ」

支えられながら立ちあがって右腕を見やると、黒ラシャの筒袖《つつそで》が焦げてきな臭いにおいを放っている。銃弾が掠《かす》っただけだ、と声低くいったかれは、なおも手から離さずにいた愛刀の刃を燦《きらめ》かせながら右肩をゆるゆるとまわし、

「こんなことでやられるおれと思うか」

と誰にともなくいってふたたび胸壁を乗りこえようとした。そのすさまじい闘志に隊士たちが驚嘆の色をうかべた時、

「もうよい、町野、少し休んでおれ」

と命じながら源之助の脇腹《わきばら》を突いた男がいた。

(なにをしやがる)

源之助がふりむくと、そこに立っていたのは陣笠陣羽織、右手に白毛《はくもう》の采配《さいはい》をつかんだ一瀬要人であった。

閏《うるう》四月末、官軍と一戦も交えず小千谷陣屋から長岡藩領妙見村へ下がってしまったこの越後口総督は、今こそ死して策の過ちを謝する時、と思い切っている。小者三人が背後からわたすミニエー銃をとっかえひっかえ撃ち出しながら命じた。

「拙者はここに踏みとどまって死ぬる覚悟だ。全軍繰り引きに引き揚げい」

「それはなりませぬ」

驚いて飛んできたのは、軍事奉行のひとり日向《ひなた》左伝である。

「総督の生死は三軍の士気にかかわることなれば、どうか退いて後図を策して下さりませ。わが身はすでに老い、国に報じることのできる月日もいくばくもなき身なれば、それがしこそここにとどまりて難に殉じようと存ずる」

この切迫した会話を聞くうちに、たまらなくなって源之助は口をはさんだ。

「たとえ重臣方がひとり、ふたりとどまろうと、この頽勢はくつがえせますまい。むしろ全軍退き、再戦を期そうではござらぬか」

「もっともである」

という声が多かったので、会津諸隊は撤退と決した。

（まさか一瀬さまと日向さまとの言い合いは、おれを斬りこませぬための芝居だったのではあ

るまいな)

拾いあげた鉦を叩きながら源之助は思ったが、もはや確かめている暇はなかった。

五

十五日、津川に引いてこの要衝をあまたの胸壁で固めた会津諸隊は、十六日、阿賀野川右岸北方の新谷《あらや》が官軍に焼きはらわれたと知って右岸西方の川口に町野隊を送り、砲火をひらかせた。

町野隊付属の砲兵隊は、鳥羽伏見の戦いに白足袋《しろたび》を合印《あいじるし》として奮戦した白井五郎太夫《ごろだゆう》隊の生き残りが中心である。鳥羽で白井を討死させてしまった復讐《ふくしゅう》を誓っているから、闘志なお旺盛《おうせい》であった。

同日昼少し前、新谷の官軍が諏訪峠を越えて右岸に近づいてくると、源之助は全員を左岸に引き、船も筏《いかだ》もこちら岸につないでしまった。やがてあらわれた四、五百の官軍とは、ひろやかな川面《かわも》をへだてて砲戦となった。

日ごろは両岸の奇岩絶壁、そこに生い立つ赤松や杉の古木が水面に倒立した姿を映し、その上に白い水脈《みお》を曳《ひ》いてゆっくりと帆かけ船のゆきかう渓谷に殷々《いんいん》たる砲声が交錯する。その発射音、爆裂音によって青い川面には縮緬皺《ちりめんじわ》が生じ、滔々たる流れの下に黒い背を見せていた雑《ざ》魚《こ》の群れも銀鱗《ぎんりん》をひるがえして深みへ逃れた。

やがて官軍側には死傷者続出し、たたなわる山の陰へと引いていった。いち早く対岸に砲を据え、断崖《だんがい》上に仰角を合わせていた会津側が久々に勝ちを制したのである。

「よし、いつもこの調子でやれ」

町野隊の死傷は皆無であったから、ようやく源之助は機嫌を直した。

すると十七日未明の七つ刻（四時）、川口の対岸吉津から伝令がきて本営からの命を伝えたので、町野隊は阿賀野川左岸を石間寄りの五十島《いがしま》へ再進出した。

五十島とは、背後を西の菅名《すがな》岳（九〇九メートル）と南の日本平山《にっぽんたいら》（一〇八一メートル）とに囲まれた渡船場の地で、会津藩口留《くちどめ》番所が置かれている。いつか官軍は、阿賀野川両岸に点在する村々をひとつひとつ攻略しながら津川へ迫る形勢となっていたのである。

町野隊は五十島の岸辺から日本平山寄りの丘に登り、密生した木々の梢《こずえ》から落ちてくる山蛭《やまびる》の攻撃に苦しみながらも眼下の対岸を注視しつづけた。

五十島の対岸を走る道は、崖下《がけした》を走る細い一本道になっている。やがて視野の左手からすすんできた官軍の大部隊がその一本道を通過すべく前後に細長くのびた時、町野隊付属の砲兵隊は狙《ねら》い撃ちの砲火をひらいた。官兵たちは崖下に死者数名を残し、武器弾薬を捨てて逃げまどう。

「うむ、やはりわが封土を踏めばこちらのものだな。刀槍の戦いにもちこめれば、もっと戦果をあげられるのだが」

これで交替したカンべさんにも顔が立ったというものだ、と源之助が満足していると、ふたたび後方から伝令がきた。

「西兵すでに吉津村に入り、火を放ちましたるによりただちに兵を収めて下され」

これは、川口よりさらに津川寄りの谷沢の本営にある軍事奉行添役《そえやく》田中八郎兵衛からの指令であった。五十島と谷沢の間にある吉津を奪われては、五十島の町野隊は孤立無援となりかねない。やむなく町野隊は、阿賀野川左岸ぞいの道を南東の谷沢まで撤退していった。

しかし、吉津に官軍はまだ侵入していなかった。田中は吉津の一戸が失火したのを官軍来襲と思いこみ、前線に踏みとどまっていた町野隊を無意味に引き揚げさせてしまったのである。

谷沢村に入ってそれと知り、もっとも激怒したのは朱雀四番士中隊付属の医師武藤英淳《えいじゅん》であった。この時五十一歳。十代から気骨ある者として知られ、かつて蝦夷地《えぞち》巡検の旅に出た時には藩庁にしばしば建策して注目を浴びた英淳は、佐川官兵衛とともに越後口に出征するや困難な戦いに力戦して死んだ隊士多数を看取ってきた。

虚報によって撤退命令が下るのであれば、越後各地に屍《しかばね》を曝した兵たちの死をどうするのだ、と持ち前の巨眼を見ひらいたかれは、本営の門前にすすむと特徴ある大きな口から大音声《だいおんじょう》を張りあげた。

「武藤英淳がものを申す。兵の進退は国家安危のかかわるところ、よろしく慎重ならざるべからざるものである。しかるに今、御身《おんみ》らは軽々しく流言を信じて町野隊長に兵を引かせてしまった。ここにおいてや、もはや当地以西は西軍の有に帰し、わが封土は日々縮小の途《みち》をたどることと火を見るよりもあきらかである。御身ら、なぜすみやかに腹を切り、責めを負おうといたさぬのだ！」

英淳は目と口はいやに大きいが、全体としては端正な風貌《ふうぼう》なので、いかにも正義のために怒っているという印象がある。英淳がひと息入れていると、あわてて駆けよった番兵がその耳に口をつけるようにしていった。

「武藤さま、どうかもう少し声を落として」

すると英淳はその番兵を睨《にら》みつけ、ふたたび叫んだ。

「声のでっかいのはわしの天性だ！」

本営内でこの騒ぎを聞いていた一瀬要人も、思いは英淳と同じであった。かれはこの日をもって田中八郎兵衛を罷免し、二百八十石どりの柴太一郎をもってその後任に充《あ》てることにした。柴太一郎は聡明な家系として知られる柴家の当主で、鳥羽伏見の戦いにも軍事奉行添役として活躍した。ちなみにその弟四朗はのちの東海散士、おなじく五郎はのちの陸軍大将である。

武藤英淳が医師という立場を忘れて指弾したことは、誤ってはいなかった。十九日、会津諸隊はふたたび阿賀野川周辺に散開して抵抗を試みたが、二十三日まで砲火をまじえてもついに失地回復はならなかったのである。

そして二十四日の夜五つ刻（八時）、谷沢の本営には激しい衝撃が奔《はし》った。二本松から安《あ》達太良《だたら》山を迂回《うかい》して西進した白河口官軍が、二十二日要衝母成《ぼなり》峠を突破して猪苗代《いなわしろ》に進出。二十三日早朝、夜来の雨をついて滝沢峠から若松へ乱入した。だから夜に昼をついで若松へ兵を返せ、という最悪の通達がきたのである。

谷沢の本営からは、四方に伝令が走った。驚愕《きょうがく》の面持で参集した諸隊は、沈痛な思いを胸に秘めて一気に若松へと全力行軍しはじめた。

二十五日の朝津川に入ると、付近の山々からは追尾してきた官軍が砲撃をしかけてくる。その押さえとして一部を残留させ、町野隊を先鋒《せんぽう》として越後街道を一路東進していった。

上り下りの激しい道をこの日は五里半駆けつづけ、下野尻《しものじり》の宿場に入ると全員が倒れこむようにして眠りに落ちた。あくる二十六日は夜明けとともに跳ね起き、前方に立ちはだかる漆《うるし》の紅葉しはじめた山々を分けるようにして束松峠《たばねまつ》へ登りつめた。

束松峠の名は、古来この峠の頂上付近にたがいに相拘束するような形をした赤松が自生していることに由来する。

今や樹齢百歳になんなんとする束松の林を前景として、兵たちは一斉に東側を遠望した。諸山はつらなるもののこれ以東に峠より高い山はないので、この頂きからは会津盆地の沃野《よくや》がはるか下方に俯瞰《ふかん》できる。

新暦十月十一日の秋晴れの空の下にひろがる会津盆地には、刈り入れのおわった稲が稲架木《はさぎ》に掛けられ、黄色い壁を喰《く》い違いにならべたように見えた。

しかし、息せききって峠へ登りつめた者たちの目に、そのようなものは映りもしなかった。かれらがことごとく喰い入るように凝視しているのは、郭内の武家屋敷とおぼしき盆地中心部から立ち昇り、中空に黒雲のようにたゆたっている幾条もの黒煙であった。

「おお、なんと惨澹《さんたん》たる光景か」

「早くも郭内《かくない》は焼き払われてしまったのか」

「いや、みなは屋敷を自焼させて城に走ったに違いない」

さまざまな声が飛びかった。会津藩士のほとんどはその郭内に拝領屋敷を持っているから、それぞれが家族のことを案じながら口に出せずにいるのが痛いほど分る。源之助自身も、

（これは、わが家族たちはもはや生きておらぬと覚悟せねばなるまい）

と歯を喰いしばった。

妻おやよは質朴柔順なななかにも強いものを秘めている女性であり、姉おふさも町野家の血を引くだけに並ではない気丈さをそなえている。それだけに彼女たちが、源之助が越後再出陣を前にしてあつらえておくよう命じた死装束をほうり出して逃げ惑ったとはとても考えられなかった。

ふたたび疾走にうつった町野隊は、午後八つ刻（二時）には若松へ三里の坂下《ばんげ》まですすんだ。村びとたちに訊ねると、官軍はさらに一里半若松寄りの高久《たかく》の先で越後街道を扼《やく》しており、郭内に残留していた藩士とその家族の多くは二十三日朝の早鐘の合図で城に走ったが、逃げ遅れた者あるいは籠城《ろうじょう》を潔しとしなかった者たちは自宅で自刃した。またかなわぬまでも一太刀、と官軍に立ちむかって討死した者も少なくないらしい、という。

源之助は聞けば聞くほど居たたまれない気持になり、やみくもに城下へ走り出したくなった。その思いは誰しもおなじであろうが、落着いて眺めると、すでに兵たちは顔や首筋に粉のように塩気を噴き出すほど疲れきっている。このまま突入すれば返り討ちに遭うだけだ、と思い直し、源之助は隊士たちを振り返って命じた。

「本日は坂下泊りとして鋭気を養う。明日は越後街道口に塁を築いている官賊を速攻によって撃破し、一気にお城に入城することをもって主眼といたす。ゆえに明日は、かたわらを駆ける者が死傷いたしたとて顧みてはならぬ。負傷して立てなくなった者は、潔くみずからをおのが刃にゆだねるのだ。よって一同身に帯びるところは得手の得物のみとし、それ以外は宿に置いてゆけ。今宵は湯浴みし髪を梳《くしけず》り髭《ひげ》を剃《そ》り、下帯を代えて身を清浄にしておくのだ」

負傷した者は自決せよ、という異様な命令にも驚く者は皆無であった。会津藩士はすべて藩校日新館の学生《がくしょう》時代に切腹の作法を学んでいるし、国のために討死することは武門の誉れと考えているからたじろぎはしない。

この夜町野隊の者たちは弾薬箱はこびの小者たちも請《しょう》じ入れ、永訣《えいけつ》の宴を張った。

六

二十七日暁闇《ぎょうあん》の時刻、筒袖洋袴《つつそでようこ》桶型鍔《おけがたつば》つき帽に身をかためて黒足袋《くろたび》わらじで足ごしらえし、腰に巻いた晒《さらし》の帯に両刀を差してゲベール銃か長槍を手にした町野隊の百五十は、ほぼおなじ身なりの結義隊百五十をしたがえて、一里十六町先の高久へと猛進していった。

高久は若松城下大町札《おおまちふだ》の辻《つじ》に発する越後街道の最初の宿駅で、札の辻の西北一里十九町の位置にある。

「町堀」

と呼ばれる水量豊かな清流が街道を縦に割って流れ、その両側に五十余軒の町家が軒をならべていた。ほぼ中央東側には代官所、西側には郷頭《ごうがしら》宅があり、その間の道路上には、

「宿中安全」

と横腹に刻まれた巨大な石灯籠《いしどうろう》が立っている。

その石灯籠に火が入っていないのは、昨夕火を点《とも》す者がいなかったことを示していた。代官所と郷頭宅を調べても、案の定誰もいない。

「ともかく誰か探し出して、郭内の様子を訊き出してまいれ」

源之助の下知にしたがって隊士たちは宿場周辺に散ったが、ここまでくればひとに聞くまでもなく郭内が猛火につつまれていることはよく分った。東南の空は時ならぬ夕焼けのように赤く染まり、その下には黒煙が渦を巻いているのが眺《なが》められたからである。

百雷の同時に落ちるような砲音、爆裂音がさほど遠くない地点から間断なく伝わり、時折地震のように足もとが揺れるのは、早朝からまた官軍が大砲攻めを始めたからに違いない。

（一体、わが会津藩はどうなろうとしているのか）

源之助は自分の背丈に倍する石灯籠の前に仁王立ちになり、眉《まゆ》を吊《つ》りあげ唇をへの字にむすんで不吉な空を見つめつづけた。

まもなく四方から駆けもどってきた隊士たちの報告によると、二十三日早朝に滝沢峠を降《くだ》り、若松の大手にあたる甲賀町《こうかまち》の郭門《かくもん》を突破した官軍先鋒隊は、甲賀町通りを鶴ヶ城内堀ぞいの本《ほん》一ノ丁へ直進し、追手門のある北出丸に銃撃を浴びせたという。

しかし、いち早く逃げきった老幼婦女を収容して諸門を鎖《とざ》した城兵たちは、火矢によって手近の武家屋敷を焼きはらう焦土戦術で迎え討った。鶴ヶ城周辺を焼野原とすることにより、官軍の拠《よ》るべき地物をなくしてしまおうとしたのである。

この火と官軍側のつけ火とが相まって郭内は猛火の舐《な》めつくすところとなり、本一ノ丁北側にならんでいた重臣宅――内藤介右衛門邸、西郷頼母邸、萱野権兵衛邸、田中土佐邸をはじめ、西出丸外側の日新館まですでに焼け落ちたという。

が、この捨身の策は功を奏し、官軍側は郭外に引いて砲撃戦に切りかえた。鶴ヶ城危うしと知り、猪苗代方面、日光口その他に突出していた会津兵は負傷者多数を出しながらも続々と城内へ帰っていったから、今や城内にはほぼ三千の兵力があるはずだ、……。

「さらに二日前には、この先の涙橋《なみだばし》付近で激しい戦いがあったそうで」

と報じる者もいた。

町野隊よりも先に越後から引いてきた諸隊と衝鋒隊、長岡兵約四百が長州、大垣の兵と遭遇し、乱戦になった。会津側には、白鉢巻に襷《たすき》掛け、義経袴姿で薙刀《なぎなた》を手にした婦人七、八名もまじっていたという。

源之助は知る由もなかったが、この女性たちはのちに、

「会津娘子軍《じょうしぐん》」

と呼ばれ、白虎隊とともに会津戊辰戦史に特筆されることになる者たちであった。江戸常詰めの藩士であった中野平内の妻おこう四十四歳、娘の竹子二十二歳、その妹優子十六歳、依田まき子三十五歳、その妹菊子十八歳、岡村すま子（年齢不詳）。

美貌《びぼう》と書に堪能なことで知られた中野竹子は、江戸から引き揚げてきて坂下《ばんげ》に仮住まいしていた時には、その美しさに誘われて入浴風景を覗《のぞ》き見にきた若手藩士を薙刀をつかんで追いかけた、という逸話も残している。

衝鋒隊とともに戦い、入城することを願った竹子は、しかし胸に銃弾を受けて即死した。その薙刀には、辞世を記した短冊が結びつけられていた。

武士《もののふ》の猛き心にくらぶれば数にも入らぬ我が身ながらも

源之助はこれらの報によって、鶴ヶ城は郭内をへだてて官軍にほぼ囲繞《いにょう》されてしまい、自分たちはその円環の外側にいることを悟った。

「しかし、聞けばわが隊以外にもまだ入城かなわず、官賊の背後に取り残されている諸隊もあるようだ。これらの諸隊と合力《ごうりき》し、なんとか帰城を果たそうではないか」

源之助がいうと、全員がこれに賛意を示した。入城しさえすれば、妻子の生死を確かめられる。

しかしこの時、越後街道の背後から接近してきた両隊があった。越後から引いてきた上田学太輔隊と、郭外を北側から迂回してきた萱野権兵衛隊である。

家老萱野権兵衛は、二十二日二本松街道を猪苗代の先、大寺《おおてら》村まで進出し、二本松から進出してくるであろう官軍を待ちうけていた。だが官軍は間道の母成峠へとまわりこんで、猪苗代の支城亀ヶ城を一気に抜き、その西方戸ノ口原守備の諸隊をも撃破して会津盆地へなだれこんだ。

それと知り、急ぎ城下に兵を返した萱野隊は、郭外北のはずれの蚕養《こがい》口で桑名の精鋭二百と合流。北西へむかいつつある官軍の小荷駄隊に横なぐりの逆襲をかけた。

桑名兵は銃撃の合間を縫って官軍に斬りこむ強悍《きょうかん》さであったが、この時、若松へ落ちてきていた桑名藩主松平定敬《さだあき》が近習数騎とともに米沢へむかった、という知らせがきた。桑名兵二百は主君を守ろうと一斉に戦場を離脱し、米沢街道へ走る。これによって戦力の半減してしまった萱野隊は、攻めを断念して高久へ退却してきたのである。

陣笠陣羽織の下に小具足を着こみ、籠手臑当《こてすねあ》てをつけている萱野権兵衛は、当年三十九歳。沈着な性格で人望があり、溝口派一刀流の秘太刀の相伝者としても知られていた。かれは細いがおだやかな瞳、よく顎《あご》の張った口もとに微笑をうかべ、源之助と上田学太輔を代官所に招いてこれまでの経過を淡々と語った。

「西軍は敵ながらまことに迅速に侵入してまいったにより、甲賀町口で防ぎきろうとした田中土佐殿と神保内蔵助殿は、郭門を破られるやもはやこれまでと切腹したと聞き及ぶ」

田中と神保は、ともに家老職をつとめる者である。

「御両者はじめ多くの藩士たちが犠牲となってくれたにより、わが藩は籠城戦にもちこむことができた。じゃが、お城に入った者たちの多くは着のみ着のままの姿であった由。御城内の兵糧がいつまで保《も》つか心もとないので、われらは今日よりこの高久を本陣といたし、出撃戦を展開して城中に食料を送りこむ役目をはたそうではないか」

「それでは、――」

苦戦をつづけてきた隊士たちに、家族たちの安否を知らせてやることができぬではありませんか、といいかけて源之助はこらえた。

「汝《にし》自身が家族に後ろ髪を引かれておればこそ、さようなことを申すのであろう」

と反問されては武士の一分《いちぶん》が立たぬ、と源之助は考え直していた。

そこにまた馬蹄《ばてい》の音と馬のいななきが伝わり、権兵衛とおなじ身なりながら身の丈五尺に足らない小柄な人物が入ってきた。権兵衛と同い年の家老西郷頼母。

短軀《たんく》ながら大東流柔術の達人で体幹に厚みがあり、頭の鉢のひらいた異相に口髭《くちひげ》、顎鬚《あおひげ》をたくわえていることから、

「ヒゲダルマ」

と渾名《あだな》されている男である。かれは玄関に身を入れるやいなや、気ぜわしげにいった。

「おお、ここにいたか。拙者《せっしゃ》ただいまその方らへの主命を拝してまいったにより、これより伝達いたす」

「ははっ」

式台に腰を下ろしていた権兵衛、学太輔、源之助の三人が頭を下げると、頼母の甲高い声が通った。

「藩兵、四境の守備を撤して入城いたし、城兵日に日に加わる。よって北越より帰りし兵およびなお城外にある部隊は、これよりは城に入らずして敵をふせぐべし、とのことである。以上」

その声は代官所前庭に蝟集《いしゅう》した兵たちにもよく聞こえたから、兵たちは動揺した。

権兵衛も城外に踏みとどまろうといっていたのだが、それは提案というかたちをとっていた。対して頼母は頭が切れるあまり他人の意見を無視する狷介《けんかい》な気性であり、さらに藩内唯一の和平論者として浮きあがった存在であった。そのため町野隊の者たちは、

（自分は和平論を唱えておいて、われらにはお城に入らず戦いつづけろと吐《ぬ》かすのか）

と一斉に反撥《はんぱつ》したのである。その空気を察知した源之助は、たまりかねて、

「御家老」

と顔をもたげた。

「越後口出陣の諸隊はこの閏《うるう》四月より五月雨《さみだれ》の泥濘《でいねい》のなかを各地に転戦いたして安らぐ暇となく、一度入城してわが公の御尊顔を拝したてまつり、かつ家の者らの安否を知ってよりさらに奮発いたそうと思いつめてここまで引き返してきたのでござる。これら歴戦の兵をもってすれば官賊の攻囲を打ち破っていったん入城いたし、さらに出撃戦を展開いたすもたやすきこと。どうか、どうか一度は兵たちを入城させてやっては下さりませぬか」

武骨一方の者かと思っていたら、町野隊長もたまにはいいことをいうではないか、と兵たちがこのやりとりを固唾《かたず》を呑んで見守っていると、

「女々しいぞ、町野」

頼母は叱咤《しった》するようにいった。

「ならば申して聞かせるが、わが西郷家より入城いたしたのは、拙者のほかには嫡男の吉十郎のみだ。他の家族はすべて入城を望まず、わが屋敷のうちに自刃して果てた。それは女子供をつれて入城いたし、大事な兵糧を喰《く》いつぶしては国に迷惑がかかるのみ、とかねてより拙者が申し聞かせていたからじゃ。わが西郷家以外にも、同様の思いからあえて自宅を動かず、西兵

の侵入に先んじて黄泉路《よみじ》におもむいた者は少なくない。それでも汝《にし》らは、城に入りたいなどと申すのか」

恭順論者として知られていたかれが、長男を除く一族全員を自害させて城に入ったとは、驚くべきことばであった。

「――相分りましてござる」

返すことばも知らず、源之助は自分よりもはるかに背の低いヒゲダルマにむかって一揖《いちゆう》した。

七

「拙者はどうも城中で白眼視されているらしいから、もはや城内には戻りにくい。これより米沢へ走って援を乞うてまいるにより、しばらくもちこたえていてくれ」

恭順論を唱えながら、今は断固抗戦を叫ぶに至った複雑な胸中の一端を覗かせた西郷頼母は、馬腹《ばふく》を蹴《け》って米沢街道の方角へと去って行った。宿のはずれに待ち受け、その後を追うように馬を走らせはじめた少年は嫡男吉十郎であろう。

ふたりの後ろ姿を見送った萱野権兵衛、上田学太輔、町野源之助の三将は、あらためて軍評《いくさ》定をおこなった。

その結果、萱野隊と町野隊は高久に残留し、上田隊とその他の諸隊は束松峠のかなたの野沢宿へ引くことになった。津川方面から迫りつつある官軍をどこかで喰い止めないかぎり、かれらは背後の越後口官軍と前方をふさぐ白河口官軍に挟撃されてしまうからである。

野沢は高久の西方約六里、津川—若松十四里半のほぼ中間に位置する大きな宿駅で、周辺の山々には三十万本もの杉が植林されている。

しかし、そこからさらに越後蒲原郡と奥州河沼郡との境にほど近い白坂《しらさか》まですすんだ上田隊先鋒は、津川から阿賀野川を遡行《そこう》してきた官軍の痛打を浴びた。敗走したかれらと歩調を合わせ、上田隊は野沢宿の三里半高久寄り、舟渡《ふなと》村まで後退してしまう。

それと知って町野隊は急ぎ加勢に駆けつけたが、学太輔は源之助に阿賀野川北岸の館ノ原を守るよう命じた。薩長、越前、岩国、松代、新発田の兵からなる越後口官軍は、その方面に右翼隊をむかわせているという。

そのあとの町野隊は、転戦につぐ転戦であった。会津側城外諸隊は越後街道とその間道上、阿賀野川とそれに合流する只見川、日橋《にっぱし》川の周辺に散って「点」としての防御体制を布くしかなかった。だが「面」となって東進してきた圧倒的に優勢な官軍は、橋脚を洗う川の流れのようにその間の村々に浸透したのである。

官兵は、昼間炊事の煙に気づけばかならず銃火を見舞ってきた。夜、かがり火や松明《たいまつ》のあかりを見ればまた銃射を浴びせるので、もはや町野隊に若松の方角から響いてくる砲声を気に留めている暇はなくなっていった。

源之助が長岡藩家老河井継之助の死を知ったのも、この館ノ原でのことであった。

九月四日、五段梯子《ばしご》の藩旗を掲げた長岡兵百余が来援したので、源之助は隊長格の男にさっそく継之助のその後の疵《きず》の経過を訊ねた。すると男は暗い目つきになり、低い声で伝えたのである。

「総督は二番破れのあと見附から八十里越を越えて会津領塩沢村まで駕籠《かご》ではこばれてまいりましたが、八月十八日の夜膿毒《のうどく》がとうとうからだ中にまわり、眠るがごとく息を引き取られましてござる」

「で、松蔵という下僕は河井氏を看取ったのか」

源之助がさらに問うと、相手はどうしてその名前まで知っているのか、と驚いたような表情になったが、うなずいて答えた。

「松蔵は泣く泣く総督の亡骸《なきがら》を荼毘《だび》に付して骨箱に収め、われらと別れて会津へ潜行してゆきましてござる」

（してみると、河井氏の骨はまだ妻女のもとへ届いてはおらぬのか。松蔵よ、きっと妻女のもとに骨箱を届けてやれよ）

下僕に夫の死を覚悟したおのれの心情を伝えた継之助の妻おすがのことを思うと、源之助はそう願わずにはいられなかった。

しかしわが身をかえりみると、町野家の者たち自体が依然として生死不明のままなのだから、継之助の妻のみを哀れんではいられなかった。

その城中から抜け出して町野隊応援に馳《は》せ参じた藩士も数名あったから、城中の様子はやや分明になっていた。

二十六日、城の南東半里の小田山《おだやま》（三七二メートル）に運びあげられた佐賀藩のアームストロング砲の威力はすさまじく、鶴ヶ城の五層の天守閣の白壁にも大穴があいた。籠城の女たちは五体が微塵となって吹き飛ばされるのも恐れず銃弾作り、焚《た》き出し、負傷者の看護、爆裂弾の消火などに当っている。源之助の父伊左衛門は籠城して二ノ丸兵糧方主任をしているが、女性たちのなかに町野家の者たちはまじっていないようだという。

高久を去るに際し、町野隊付属の医師武藤英淳は、若松の北方耶麻郡《やまごおり》小田付村《おだつき》に病院がひらかれたと萱野権兵衛から聞き、その地におもむいていた。その英淳が戦況に絶望のあまり、みずから調合した毒薬を仰いで自殺した、という話もその翌日には伝わってきた。

町野隊にしてもほかの諸隊にしても、郊外に兵力を分散したままこのように意気沮喪《そそう》する話ばかり聞いていては、やがてじり貧になるのはあきらかであった。

そこに佐川官兵衛からの伝令がき、城外諸隊はたがいに一丸となって一大反撃に出ることになった。

その武勇を称《たた》えられ、若年寄から家老へと席次をすすめられていた官兵衛は、籠城後まもなく城外諸兵指揮の大権をゆだねられている。

八月二十九日、かれは城内の精鋭一千余をひきいて鶴ヶ城西出丸の西追手門を出撃。郭外東北部から西北部をとりまく官軍を突き破り、越後口の萱野隊その他と連絡をつけようとした。そうしておかないと、会津藩が最後の期待をつなぐ米沢藩の援軍がきた時、城内と連携できない。

しかし佐川隊は融通寺《ゆずうじ》町口郭門から突出したところで官軍の激しい抵抗を受け、針路を変えて融通寺町の北側、西名子屋《にしなごや》町の長命寺へ走らざるを得なくなった。官兵衛は父幸右衛門《こうえもん》をふくむ二百余を死傷させながらも、長命寺本堂裏手の官軍の大陣地に迫ろうとした。が、ここでも次第に射すくめられ、融通寺町口郭門外に引いて陣地を築いた。

そこから城の南西、花畑口から川原町口一帯を確保したあと郭外の川原町、材木町、柳原方面を制圧。この方面から米塩薪炭《しんたん》をはじめ蔬菜《そさい》、果物、魚鳥類を次々に城内に搬送したので、城内の者たちは生気を甦《よみがえ》らせた。

そして九月五日、――。

佐川隊は日光口官軍が城南の飯寺《にいでら》村から北上してきたことに気づき、材木町の秀長寺裏に待ち受けて一斉射撃を浴びせかけた。官軍は荷駄と死傷者多数を残して潰走《かいそう》し、佐川隊は籠城開始後最大の一方的勝利をあげた。意気あがった佐川隊の残兵八百は、出撃当初の目的をはたすべく越後口に伝令を放ったのである。

これに応じたのは町野隊のほかに、西郷刑部《ぎょうぶ》の朱雀《すざく》二番寄合組隊、木本慎吾の青龍《せいりゅう》三番士中隊、原隼太《はやた》の白虎《びゃっこ》一番寄合組隊、結義隊、純義隊その他。これらを統《す》べるべき越後口総督一瀬要人は家老上田学太輔、軍事奉行頭取飯田兵左衛門、軍事奉行日向《ひなた》左伝、同添役柴太一郎らとともに来会し、西郊を南北に貫流する大川の西岸に徒渉してい一ノ堰《いちのせき》村へと南下していった。

なかには百余の兵を三十前後に打ちなされている部隊もあったが、これら諸隊には萱野隊も合流したので、今や佐川隊の八百を上まわる会津側一の大部隊となった。ために、さらに城内に食糧を送る必要に駆られていた佐川隊は城南の確保をかれらにゆだね、西へ進出していった。若松西方にある有数の穀倉地帯、高田をめざしたのである。

戦争の場合、暗愚な指揮官がいないかぎり攻勢に立つ側も守る側もおなじことを考えることが少なくない。官軍もまた会津側城外諸隊の集中には気づかぬながら、城南の村々を押さえて城への糧道を断つ必要を感じ、大川東岸の飯寺方面へと進出してきた。

町野隊を先鋒《せんぽう》とする会津側諸隊と薩長、佐土原、小倉兵を主体とする官軍が飯寺村とその周辺で交錯したのは、十五日午前四つ刻（一〇時）のことであった。

佐川隊が西へ去った今、町野隊以下が捕捉殲滅《せんめつ》されては城外部隊は消滅し、鶴ヶ城は完全に包囲されて干しあげられるであろう。そう考えて会津兵たちは、雨のように降りしきる弾丸をものともせず吶喊《とっかん》に吶喊を重ねた。

まず一瀬要人が腹部に負傷してくずおれ、つづけて西郷刑部も銃撃を浴びて瀕死《ひんし》の重傷を負った。

この西郷刑部は、三十歳。七百石の高禄を食《は》んでいたが、八月二十三日朝、官軍が郭内に侵入するや家族たちは西郷頼母の一族同様一斉に自刃していた。

長く同家につかえる下女に後事を托《たく》して死装束に着更えると、刑部の妻糸子二十七歳は長男精一郎二歳、長女かね子六歳を順次懐剣《かいけん》で刺殺。母いは子五十一歳、妹すが子十九歳が喉《のど》を突いて倒れるやその胸を刺して介錯《かいしゃく》してやり、みずからもその鮮血したたる懐剣で喉を刺して死んでいったのである。

涙ながらに五人の屍《しかばね》に両手を合わせた下女は、糸子の遺命にしたがって屋敷に火をかけ、館ノ原在陣の西郷刑部を訪ねてひそかにこの殉難を告げていた。

「そうか」

石のような表情でこれを聞いた刑部の、その後のいくさぶりは死に狂いそのものであった。

館ノ原付近に官兵三、四十があらわれて陣地構築にかかった、と聞いた時には手兵わずか四、五名をつれて襲撃。敵将をみずから屠《ほふ》り、残る官兵を逃げ走らせた。

「明朝、新発田兵五、六百に来襲の気配あり」

と報じられた時にも、刑部は動じる風《ふう》もなく答えた。

「反復表裏、猫の目のような新発田兵など、恐れるに足りぬわ」

翌朝、わずか四十ばかりの朱雀二番寄合組隊をひきいた刑部は、新発田兵の奪った丘に迫っていった。

だが銃撃戦をつづける間に、隊士たちは弾丸をことごとく撃ちつくしてしまう。すると刑部は、物陰伝いに単身坂道を登っていった。

少しゆくと、ピストルをかまえた新発田藩小隊長とスペンサー銃をもつ隊長とが山上からやってきた。木の陰から躍り出た刑部に対し、小隊長はピストルを発射した。が、これは刑部の脇差《わきざし》に当っただけにおわる。

右八双から振りおろされた刑部の渾身《こんしん》の一撃によって、小隊長は左肩から右の乳まで斬り割られて即死。驚いた隊長は残心のかまえをとった刑部の頭部をスペンサー銃の床尾で殴りつけたが、刑部は桶型顎《おけがたつば》つき帽を飛ばされ、こめかみから流血しながらうっそりと笑った。

逃れようとしたこの隊長をも背割りに斬り下げた刑部は、さらに進んで新発田藩の本隊が兵糧をつかっているところと知り、待機していた朱雀二番寄合組隊とともに斬りこみをかけてその全軍を潰走させたのである。

一瀬要人とこの西郷刑部につづき、源之助以外の隊長たちもほとんど死傷した。

しかし会津兵たちは、なお退かない。討死した者たちの亡骸《なきがら》を積み重ねて陣地としてはその陰から銃砲を放つ凄惨《せいさん》な戦いぶりに、迎撃した官軍は次第に押され気味になっていった。

この時すでに源之助は、なんとしても入城して主君松平容保《かたもり》に伝えなければならない内密の報知を受けていた。高久から引いて以降は、西郷刑部も舌を巻く斬りこみによって何人もの官兵を斃《たお》していたからいくさの呼吸も充分に呑みこんでいる。

「よし、白兵戦にもちこめ」

機を見て叫んだ源之助は、少しでも速く走るべく鉢金陣羽織もかなぐり捨て、死体の山を乗りこえて飛び出していった。

「隊長を討たすな！」

「一族の仇！」

町野隊の者たちは口々に絶叫して疾走にうつる。

負けるに負けられない会津側に対し、官軍側は城南の村々を奪えなくとも城の包囲網が瓦解《がかい》するわけではないから戦意は薄い。源之助以下が刀槍をふるって肉薄してゆくと、銃を捨てて逃げ走る者すらあらわれた。

それらの者を、源之助は追わない。眼前に立ちはだかる者だけを狙《ねら》って血刀を一閃《いっせん》しながら駆けつづけたかれは、いつかひとり突出して官軍の背後へ抜け出していた。

すると前方から、「會」の一文字の旗を掲げた和装の一団が疾駆してきた。城南で激戦はじまると知り、城内からきた援軍であった。

「御苦労。おれは町野源之助だ、入城してわが公にぜひお伝えせねばならぬことがある。あとは頼む！」

返り血に顔を赤不動のようにしている源之助はかれらと擦れ違いながら叫び、花畑口の郭門をめざして息を切らして走っていった。郭門をすぎ、城にむかってのびる米代《よねだい》四ノ丁の通りに走りこめば、左右前方に櫛比《しっぴ》していたはずの武家屋敷はことごとく焼け落ちていた。

行手の空にそびえる天守閣の赤瓦やしっくい塗りの白壁には、今も轟音《ごうおん》を殷々《いんいん》と響かせて砲弾が撃ちこまれつづけている。

（くそ、誰かがいち早く小田山を押さえておくべきだったのだ）

目を血走らせて思った時、源之助は左掌が痺れてよく動かなくなっていることに気づいた。

八

西出丸南側にひらく内讃岐《うちさぬき》門は、さすがに築城の妙を得てまだ破壊されてはいなかった。桝《ます》型《がた》を左に折れた町野源之助は、目の前の番所に兵の姿を認めると、砲音に負けないように胴間《どうま》声《ごえ》を張りあげた。

「おい、朱雀四番士中隊の町野が帰城したと、わが公にお伝えしてくれ」

「はい」

兵が走り出そうとすると、左掌から血をしたたらせていたかれは、

「ちょっと待て」

とつづけた。

「針と木綿糸はどこにある」

それから四半刻（三〇分）もたたない午前五つ半刻（九時）、源之助は迎えにきた小姓の少年につれられて知期理坂《ちぎりざか》を越え、西中門をへて東側の本丸へとすすんでいった。

この小姓の名は、井深梶之助。小出島で父宅右衛門とともに戦ったかれは、若松に引いたあと容保の小姓に任じられていたのである。

「やあ、また会えたな」

前髪だて、和装白足袋草履《しろたびぞうり》姿の梶之助に話しかけると、かれは逆に、

「町野さま、その左手はいかがなされました」

と問いかけてきた。源之助は左掌に晒《さらし》をぐるぐる巻きにしていたが、血は早くもその晒に浸み出している。

「いや、気づかぬうちに敵の刀にかすられたようだが、疵口はすぐふさがる。それよりも連日の砲撃で、わが公にお変わりはあるまいな」

話しかけるうちに、天守閣南側にひらく鉄門《くろがね》に近づいた。驚いたのは鉄門の手前左側の地に白抜きに会津葵《あおい》を浮かびあがらせた紫色の幔幕《まんまく》が張りめぐらされ、その周辺に銃隊が折り敷い

ていたことである。

「お殿さまは砲撃を避けるため、このところあのなかを御座所としておられます」

梶之助のことばに、初めて源之助は官軍の砲火が城中に甚大な被害を与えていることを実感した。

敵の砲弾がもっとも激しく撃ち出されるのは、東南の小田山と北の追手甲賀町郭門の方角とであった。しかし本丸中央に屹立《きつりつ》する天守閣とその南に正対してひらく鉄門とは、赤瓦白しっくい塗りの走り長屋でつながっている。

天守閣南側、走り長屋の西側、鉄門北側の壁面によって浅い逆コの字型に三方を画された地にいれば、北から飛来する砲弾は天守閣にはばまれ、小田山から撃ち出されるそれは走り長屋と鉄門にさえぎられてしまう。そう考えて重臣たちは、官軍の砲撃が日ましに強まると容保の御座所を本殿からこの地に移したのだった。

（なんたることか、野陣でもあるまいし）

沈痛な表情になって源之助が幔幕を排すると、松平容保は右手に置かれた床几《しょうぎ》に腰を据えていた。烏帽子《えぼし》小具足、いくさわらじに身をつつみ、蒼白《あおじろ》いが気品ある面差で源之助を迎えた三十二歳の会津藩第九世藩主は、

「町野か、待っていたぞ、近う寄れ」

と、やわらかい声でいった。

源之助がその正面に傷みきった洋袴《ようこ》の左膝を折って頭を下げると、ただ今は重臣方と会議の最中でござりますゆえ、しばらく末席にお控え下さりませ、と梶之助が耳もとでささやく。左手に志津兼氏を持った源之助は、では、と口のなかでいって天守閣側に退いた。

その時になって初めて源之助は、自分の背後に梶原平馬、内藤介右衛門、諏訪伊助、原田対馬、山川大蔵《おおくら》、海老名《えびな》郡治の在城六家老が居ならんでいることに気づいた。主君の安否を気遣うあまり、かれは幔幕の内に入ってもまったくかれらに目をむけなかったのである。

容保とかれらの横顔とを等分に眺《なが》めながら野畳に正座して待っていると、いくつかの事項が検討されたあと、城内で傷病死、あるいは被弾爆死した藩士やその家族をどう埋葬するかという問題になった。

城内に落命した者たちの亡骸《なきがら》は、籠城戦開始後まもなくは納棺して二の丸北端にひろがる梨《な》子《し》園に仮埋葬されていた。

しかし戦況が苛烈《かれつ》なものとなるにつれて死者たちの数は激増の一途をたどり、たとえば本丸の大書院、小書院の大広間に仰臥《ぎょうが》していた六百余の傷病兵のうち百三十六人は、繋ちこまれた砲弾あるいはその破片、爆風を浴びて死んでいった。八月二十九日の佐川官兵衛による一大突出戦の死傷者約二百も城内に後送され、その多くは城内に息を引き取る運命をたどった。

これらの結果、仮埋葬地は梨子園ばかりでは足りなくなってしまい、今では死体は二の丸のうちにある深さ数十尺の空井戸ふたつに投げこむしかなくなっている。この井戸もほぼ溢《あふ》れつつあるので、以後の埋葬はどうすべきか、という問題が懸案事項のひとつとなっていたのである。

家老たちの発言は、

「やはりできれば納棺して、いずこかに手厚く葬ってやりたいものでござる」

という意見がほとんどであった。

砲音が轟くなかで時に途切れがちになるこれらの意見を聞くうちに、源之助は無性に腹が立ってきた。こらえにこらえても、頭に血が昇り顔が熱くなるのが自分でも分る。

その時容保がゆらりと首をひねり、源之助に蒼白い顔をむけて呼びかけた。

「これ町野よ。その方も今の意見は聞いたであろう。なにか気づいたことはないか。あったら遠慮なく申してみよ」

六人の家老たちも、一斉に源之助に顔をむけた。

(よし、これがいわずにいられるか)

その場に立ちあがって両足を踏んばった源之助は、

「御目汚しではござるが、まずはこれを御覧下され。ちと失礼いたす」

といって、左掌に巻きつけていた血染めの晒をくるくると巻き取った。そして手の甲が家老たちによく見えるよう、左手を前に突き出す。

「おお」

と声が洩《も》れたのは、その疵《きず》が生々しかったからではなかった。左手拇指《おやゆび》と人差指の間の蛙股《かえるまた》は、深々と斬り裂かれて今なお手首へと血を伝わらせていた。源之助はその一寸半ばかりの疵口を自分で縫い合わせていたのである。

西出丸内讃岐門の番所には、たまたま木綿針と黒い木綿糸しかなかった。源之助はためらわずそれを用い、手の甲側に五針、掌《たなごころ》側に四針縫った。ために疵口は黒糸にかがられて百足《むかで》が貼《は》りついているように見えた。

「かような薄手は医者に診せることもないので自分で縫いつけてまいったが、それを自慢する気は毛頭ござらぬ。しかし越後以来の戦いに縫うに縫われぬ大怪我を負い、あるいは手首足首を噴き飛ばされて死んだ藩士は数知れぬ。しかもその者たちに棺桶《かんおけ》を用意するどころか墓標を立ててやるゆとりもなく、多くは祀《まつ》る者なき無縁仏として土に還り申した」

声低く語りはじめた源之助は、そこで一息ついた。ついで吊《つ》りあがり気味の両眼を鷹のように炯々《けいけい》と光らせると、一気に激情を迸《ほとばし》らせた。

「――なのに死者はやはり棺に納めて埋めてやりたいなどと、お手前がたはなにを下らぬ話をしているのだ。お手前がたは先陣きって出陣もいたさず、竹馬の友の血だらけの亡骸を盾《たて》として戦わざるを得ぬ者らの気持も知らぬから、そんな呑気《のんき》な話をしていられるのだ。

よろしいか。今も城外部隊は死力を尽くして戦っている。長岡藩の河井さまが亡くなったように、佐川カンベ殿も討死するでしょう。萱野さまも上田さまも拙者もみんな死ぬ。この戊辰のいくさに、会津藩士はすべて討死するのだ。最後にはお殿さまも斬死なさるのだ。その時、いったい誰が後始末をするのです。誰もいるわけがない。われらの骸《むくろ》はその辺に打ち棄てられて腐りきり、烏につつかれるくらいが関の山なのだ。

それなのに、丁重に納棺してどうのこうの、などという話をよくしていられるものだ。先に逝《い》った者たちを、間もなく死ぬ者たちは筵《むしろ》につつんで棄ててやるくらいで充分なのです」

これは、町野源之助一世一代の大弁舌であった。胸の思いを吐き出してすっきりし、家老たちを睥睨《へいげい》すると、かれらも一様に神妙な顔つきになっている。

（そうだ、忘れるところだった）

思い出してひざまずき、

「殿に申し上げたき儀がござります」

源之助は居ずまいを改めた。

かれが報じたのは、盟友米沢藩が官軍に降《くだ》り、その先鋒と化して若松に接近中、という事実であった。この話を、源之助は城南へと転陣するさなかに耳にしていたのである。

しかし容保も六人の家老たちも、かれがそう伝えても眉《まゆ》を動かさなかった。

「すでに知っておる」

と、その顔には書いてあった。

米沢藩は、八月二十八日に官軍に降伏を申し入れた。それどころか仙台藩も、二十九日に官軍本営に対して抗戦弁明書を提出したという。源之助の知らぬ間に、奥羽越列藩同盟は瓦解していたのである。

「――そうでしたか」

それでは拙者はまた町野隊の陣営にもどりましょう、といって、源之助はその場を去ろうとした。かれとしては、これが主君との今生の別れのつもりであった。

「仙台兵は弱兵ばかりなので、われらはドンゴリと呼んでおりましたよ。その心は、敵の大砲が一発ドンと鳴ると、五里も逃げ走るからです」

と白河口から転陣してきた兵に聞いていたから、仙台藩の離脱はさほど気にならない。

しかし、上杉謙信・景勝《かげかつ》以来の士風を保ち、軍制の洋式化にも成功している米沢藩が敵の先鋒として攻めてくれれば、いよいよ城外部隊はもちこたえられないだろう。

（どうせ死ぬのなら、朱雀四番士中隊と付属砲兵隊の者たちとともに）

と源之助は思い切っていた。

「待て、町野」

その時、容保の凜《りん》とした声が通った。

「山川大蔵から、あの件を伝えてつかわせ」

山川は、佐川官兵衛とともに、

「知恵山川、鬼佐川」

と並び称されている新進の家老である。すでに髪を断髪にし、肉薄い顔だちのなかから怜悧《れいり》そうな二重瞼《ふたかわめ》を光らせているかれは、列座のなかから歩み出た。

そして砲音にさえぎられないよう、源之助の耳殻の欠けた左耳に口を当てていった。

……この九月八日、わが藩の桃沢彦次郎は単身米沢へおもむき、来援を乞うた。ところがこの時すでに米沢藩は西軍に降《くだ》っており、逆に丁重に西軍への帰順を勧めてくれた。越後口総督仁和寺宮嘉彰親王は錦旗《きんき》を掲げて早くも塔寺《とうでら》へすすんでいる、とも教えてくれた。

米沢藩の態度と桃沢の報告とにより、われらが「官」を名のる賊と考えていた西軍は、真の王師であること、したがって帰順はやむべからざるものであることが分ったのだ。

桃沢は帰るに際して米沢藩士針生虎之助をともない、米沢街道熊倉村にあるわが陣営に寄って帰順を説いた。その方の聞いた米沢兵接近の噂《うわさ》は、これがもとになった話であろう。

わが公におかせられても、

「西軍が真の王師であるならば、抵抗いたすことはできぬ」

と仰せなれば、その方ら城外部隊と相談できなくて相済まなかったが、われらの心は恭順と決したのだ。わが公には今宵のうちにもさらに米沢の陣営に使者を発し、あらためて仁和寺宮さまへの恭順を周旋してくれるよう依頼する覚悟におわす。

しかしこの重囲のなか、使者たちが無事お役目を果たせるかどうかははなはだ心もとない。さらに第二、第三の使者を出さねばならぬ事態になるやも知れぬから、汝《にし》のように城外の様子に通じた者がおそばにいた方が心強い。せめてあと二、三日、城内にとどまって疵養生をしておられよ、……。

容保自身が恭順を是とするに至ったのであれば、家臣たる源之助に否やはない。武士として敗北を味わうのは屈辱に違いないが、城内の梨子園や空井戸も死者で埋まるほどとなっては、もはやそれもやむを得ないだろう。

「相分りましてござる」

源之助は、乾いた声で答えた。

九

十四日の朝五つ刻（八時）にはじまった苛烈な大砲攻めは、この日もつづいていた。一日に二千五百発もの砲弾を撃ちこまれ、小田山寄りにある二の丸、三の丸からは間断なく爆風が立ちのぼった。

特に榴弾《りゅうだん》は火を噴きながら飛んでくるので、夜がくると赤い尾を中空に曳き、秋空を飛びかう赤トンボの群れのように見えた。砲撃に慣れてしまった籠城子弟は、それを見あげて語り合った。

「今夜は、ずいぶんトンボが多いな」

その赤い線が交錯する空の下を、夜陰に乗じて米沢藩陣営に使いすべく城外へ忍び出た者がいた。若年寄手代木直右衛門《てしろぎすぐえもん》と、軍事奉行添役秋月悌次郎《ていじろう》。

しかし、ふたりは十七日になっても城に帰ってこなかった。

「敵はきわめて用意周到で、会津人と見れば武装していようがいまいが問答無用で射ち殺してしまうらしい。御両者も、途中で非命に斃《たお》れたのではあるまいか」

という声を聞き、容保は改めて町野源之助、樋口源助、水島弁治、小出鉄之助の四人を使者に指名した。源之助以外の三人も城外戦の経験者で、度胸のよさで知られた者たちである。

源之助は樋口源助と、水島弁治は小出鉄之助と組んでふた組に別れ、別々に城を出ることになった。

水島・小出組に先んじ、十七日深夜に忍び出た源之助組は、十八日払暁までの間に死臭ただよう郭内を抜け、北に走って勝常村の肝煎《きもいり》金子勝之助方に投宿。そこで野良着股引《ももひき》、手ぬぐい頬《ほお》かむりで農夫に変装し、十九日金子に案内されて小荒井村の米沢藩本営にたどりついた。

米沢藩側もいやいやながら自藩存続のためやむなく官軍先鋒を承っただけだから、

「降伏の使者としてまいりました」

源之助が受け入れられなければ舌を嚙《か》み切って死のう、と決死の面持で声を絞り出すと、

「まことに御苦労でした」

と温かい態度で迎えてくれた。

源之助たちはあくる二十日米沢兵に守られて別の屯営にも降を伝え、二十一日官軍参謀のいる本営に出頭して使命を果たしたのである。

しかし、この間に水島・小出組に代わった鈴木為輔《ためすけ》と河村三介組は捕えた土佐兵に先導させ、土佐藩の本営に托された書状を手わたすことに成功していた。倉沢右兵衛《うへえ》、田中源之進、井深茂右衛門の三人の若年寄と、海老名郡治、山川大蔵、原田対馬の三家老の連署した書翰《しょかん》は左のような文面であった。

《一書拝呈。寒冷の節ながなが御滞陣、ますます御壮剛にあらせらるべく欣然《きんぜん》の至りと存じたてまつり候。陳《の》ぶれは国情の義につき嘆願の筋これあり、使者差し越し申したくかれこれ心配つかまつり候えども、四方の通路相ふさがりほとんど当惑まかりあり候ところ、幸いに昨夕御《おん》手小者《てこもの》の由にて当城へ召しつれ候につき、ひと通り相尋ね御陣へ送り申し候。もっとも当手の者両人付添差し出し候間、前文の次第御許容下され候わば御手より御一人、この者一同御遣わし下されたく、左《さ》候わばすぐさま使者両人差し出すべく申し候間、委細の義は同人共より御聞き取り、何分にもよろしく御取扱い下されたく、伏して願いたてまつり候。謹言

九月二十日》

遅れて出たはずの鈴木・河村組が、一日早く役目をはたしていたのである。さらに手代木直右衛門、秋月悌次郎の嘆願はそれより早く官軍参謀の受け入れるところとなっていた、と知らされて、源之助は急にからだから力が抜けてゆくような気がした。

第四章　民政局取締

一

会津《あいづ》藩の開城式がとりおこなわれたのは、九月二十二日正午のことであった。麻裃《あさがみしも》に脇差《わきざし》姿、袋入りの大刀を侍臣に持たせた松平容保《かたもり》が北追手前、甲賀町《こうかまち》通りに張りめぐらされた幔幕《まんまく》のなかに入り、官軍軍監中村半次郎に降伏謝罪書を提出したのである。

式をおえた後、容保は養子喜徳《のぶのり》とともに鶴ヶ城にもどり、二の丸の梨子《なし》園とふたつの空井戸に花を献じて死者たちの冥福《めいふく》を祈った。

その後容保は、本丸鉄《くろがね》門前に整列した藩士たちに、一隊ごとにその労を謝して永《なが》の訣《わか》れを告げた。藩士たちはことごとく唇を嚙《か》み、暗涙を呑《の》んでその場にたたずみつづけた。

やがて容保と喜徳は乗物に収容され、薩摩《さつま》、土佐の二小隊に護送されて滝沢村の妙国寺に入った。

この日、武装を解かれて城を出た籠城《ろうじょう》者は、老幼婦女をふくめて四千九百五十六人。鳥羽伏見以来の会津藩戦死者総数は、二千九百七十三人であった。

翌二十三日午前四つ刻（一〇時）、籠城者のうちの会津藩正規兵三千二百五十四人は佩刀《はいとう》を許されたまま米沢《よねざわ》兵に護衛され、猪苗代《いなわしろ》におもむいて同地に謹慎することになった。

重傷を負っていた一瀬要人《いちのせかなめ》は二十二日に息を引き取り、萱野《かやの》権兵衛は妙国寺に同行してやはり謹慎生活に入った。

しかし会津藩には、まだ降伏を肯《が》じ《えん》ない大部隊があった。田島にある佐川官兵衛隊、上田学《がく》太輔《だゆう》隊、諏訪伊助隊などである。

が、これらの諸隊も、二十五日に至ってようやく解兵を応諾。塩川村に謹慎することになった。その総数は千七百四十四人であった。


二十三日の籠城兵たちの出立に先だち、町野源之助は米沢兵にともなわれて鶴ヶ城に入っていた。そこでかれは、籠城兵たちとおなじく猪苗代へ送られることになった。朱雀《すざく》四番士中隊と付属砲兵隊は一貫して城外にあったため塩川謹慎組にふりわけられたが、源之助は最後に使者役をつとめたため籠城組のひとりとみなされたのである。

しかしその結果、源之助は父伊左衛門と約四ヵ月ぶりに再会を果たすことができた。重い足取りで左手前方の空に新雪を冠した磐梯山《ばんだいさん》を見あげつつ猪苗代にむかう藩士たちの列のなかに、伊左衛門の姿を見つけたのである。

「おお、無事であったか」

かれが駆け寄ると、和装わらじ掛けの伊左衛門はうれしそうに口をひらいた。が、その顔はやつれて血色も悪く、長きにわたった籠城戦の苛酷《かこく》さを物語っていた。

「はい、なんとか手に薄手を負っただけで命永らえました。父上も無事でなによりでございました」

源之助は包帯を巻いた左掌を見せて肩をならべ、ところで家族たちはどうなりました、とたえず気に懸っていたことを訊ねた。

「うむ、先月二十三日わしは早鐘の合図を聞いてお城に走ったのじゃが、その時家の者らには郭外《かくがい》へ逃れるよう命じておいた。じゃから、なんとか兵火を避けたことだけは確かなのじゃけんじょも」

その後郭外も戦場と化したから、その後どうなったか分らない、と伊左衛門は胡麻塩《ごましお》の無《ぶ》精髭《しょうひげ》を撫《な》でながらいった。

（二十三日に殉難したのでないなら、運が良ければ生き延びていよう）

源之助は、少し希望が出てきたように思って口もとをほころばせた。

（そして父上とおれが猪苗代にいると知れば、なんらかの手だてを講じて無事を知らせてくるだろう）

しかし、家族の消息はその後もさっぱりつかめなかった。

猪苗代における会津藩士たちの謹慎先は、寺院、農家の離れや納屋《なや》、土蔵などであった。降雪量も若松に倍するこの地方で、かれらは預かり先の家々から貧しい食事を供されて飢えを凌《しの》いだ。

長年町野家につかえる小者の兵助が寒そうな野良着《のらぎ》姿で源之助を訪ねてきたのは、磐梯山もすっかり雪におおわれ、猪苗代湖には白鳥の大群がやってきた十月十日すぎのことであった。兵助はさる元治元年夏、源之助が京に上るに際してこれに従った小者である。

「や、よくぞ訪ね当てたな」

源之助が兵助を借りあげていた土蔵のなかに請じ入れ、いろりばたにまどろんでいた伊左衛門を起こしたのは、かれがなんのためにやってきたかがおのずと知れたためであった。

「どんな話であろうと、父上もおれもすでに覚悟はいたしておる。ありていに申せ」

源之助は、粗朶《そだ》の爆《は》ぜる囲炉裏をはさんでいった。すると兵助は、正座して両手を筵《むしろ》についいたまま、垢《あか》じみた顔をくしゃくしゃにして泣きはじめた。

「落着くのだ、兵助。汝《にし》のその態度で、もう分った。わが家の者たちは、すでにこの世の者ではないのだな」

源之助が問うと兵助は、

「へえ、まことに申し訳ねえことをいたしました」

としゃくりあげながら話しはじめた。

……あっしは、八月二十三日朝に入城を命じる早鐘が鳴り響き、大だんなさまをお見送りいたしました後、残ったみなさまをお屋敷近くの融通寺《ゆずうじ》町口から郭外へと御案内しようと思ったのでごぜえます。すると、御長女のおふささまがおっしゃいました。

「すぐにお屋敷を捨てて身をもって逃れては、町野家の面目にかかわりましょう。わたくしどももお城に走り、かなわぬまでも戦ってお殿さまの馬前に死ぬべきかと思います。けれど今から身仕度して無理に入城しようとしても、途中で敵に生け捕りにされて辱《はずか》しめを受けるかも知れません。ならば御先祖さまがたの御霊前において、一緒に潔く自害しようではありませんか」

ところが大奥さまや奥さまは、おふささまに賛成なさいませんでした。

「それより死装束だけを持っていったんは入城し、お殿さまの御安否をお訊ねしてその後に自害したとて遅きには失しますまい」

とおっしゃって、しばらくやりとりをしておいででした。その結果、やはりいったんは入城しようということになりまして、あっしがおつれして西出丸の西追手門へむかいました。けど着きました時には、もう御門は固く鎖《とざ》されていたのでござえます。

それで、やむなく融通寺町口へと戻りましたところ、郭門は入城に遅れた御家中の御婦人がたや町家の者たちで足の踏み場もないほどでした。その流れにまじってかろうじて郭門を脱け出ますと、奥さまが坂下《ばんげ》の存知寄りを訪ねましょう、とおっしゃいました。

その夜はなんとか坂下に一泊させてもらい、その泊り先のおかたのお世話で翌日のうちに大川をわたり、河沼郡勝方《かつかた》村の勝方寺《しょうほうじ》に身を寄せたのでござえます。

あっしはその後もしばしば大川を越えて、今のような身なりで郭外をうろつき、もしやだんなさまは越後口からお帰りになってどこぞの陣地においでなのでは、と思いましてあれこれお探し申しました。そのうちにだんなさまの下におられたという大竹豊之助さまにぶつかりましたので、勝方村におつれいたしました。奥さまはこの大竹さまに、

「いよいよとなりました時は、子供たちの介錯《かいしゃく》をよろしくお願いいたします」

と頼んでおいでだったようでござえます。

それからまた少しして、忘れもしねえ九月五日に、またあっしは様子を探りに出てまいりました。するとこの日の午前中、材木町の秀長寺裏手の河原で佐川カンべさまの部隊が日光口からすすんできた西軍とぶつかり、大いくさをした、という話を耳にしました。ところがあっしにそれと教えてくれた男は、で、どちらが勝ったのか、と訊《き》きましたところ、

「お殿さまの軍が大負けに負けた。勝って勢いに乗った西軍は、これから大川ぞいに勝方村へと攻め上るらしい」

といったのです。

あっしは仰天して勝方寺に駆けもどり、そう大奥さまや奥さまに御報告申しました。今となっては自分が情なくてたまらねえのですが、これは話がまったくあべこべでごぜえました。あとで聞いたところでは、佐川さまはこの時みごとな大勝ちを収めていたのだそうです。

けど、悪い時に悪いことが重なってしまいました。あっしがそう申しあげる前に、勝方村の村びとがおなじように間違った噂《うわさ》をお伝えしていたのでごぜえます。大だんなさまは二十三日のうちに甲賀町郭門の戦いに討死なされ、だんなさまも越後街道をもどってくる途中の戦いに斬死なされた、などと。

これらの話を聞かれまして、大奥さまとおふささまは、あくる六日、

「敵に辱められるよりは、むしろ自刃いたしましょう」

と御相談なされ、勝方寺の裏山に分け入って同時に喉《のど》を突いて御自害なされました。むろん、きちんと死装束をお召しになっての、立派な御最期でごぜえました。

これを御覧になった奥さまも、源太郎若さまの胸を懐剣《かいけん》で刺し、すぐに御自分もお果てになりました。

申し遅れましたが、これより前から勝方寺には、大奥さまの御実家から南摩《なんま》勝子さまも身を寄せておいでででごぜえました。勝子さまも御一緒に裏山にお入りになり、八歳と四歳の若さまをつれて黄泉路《よみじ》へ旅立たれました。

ところが、だんなさまの御長女おなを姫さまだけは、

「どうしても一度お城に入り、おじいさまのお顔を見てから母上の後を追いたい」

とおっしゃいます。

「おじいさまはすでに討死なさったそうですから、お城に入ってもお会いできませんよ」

大竹豊之助さまがなだめておられましたが、姫さまは聞きませんでした。

「では無事入城することができるように、東の方にむかってお城を拝んでみて下さい」

大竹さまがそういいますと、姫さまはこっくりと頷《うなず》かれ、白羽二重《はぶたえ》の膝《ひざ》を折って、東の空を

伏し拝んでおられました。

この時大竹さまは、もう涙滂沱《ぼうだ》のありさまでした。けれど心を鬼にしたのでごぜえましょう、静かにおなをさまの横にすすまれ、姫さまの首を打って差しあげたのでごぜえました。

あっしには、いえあっしの目には、今も姫さまの楓《かえで》のような手や、みなさまの御自害が滞りなくおわるのを見ていたように烏《からす》の群れが哀しそうに啼《な》きたて、西の空に夕陽が落ちていった景色がまだ焼きついております。

「みなさまの御遺体はその裏山に埋めてまいりましたが、みなさまが気早く御自害なさった原因はあっしが出鱈目《でたらめ》をお伝えしたことにごぜえます。だんなさま、どうかあっしを、この場で手討ちにして下せえ」

そういうと、兵助はいろりを土壇場に見立てたのであろう。首を火に差しのべるようにして両手をつき、灰の上に涙をしたたらせた。

「ああ、おなをは死ぬまでわしに会いたいと申しておったのか」

伊左衛門も、唇を震わせて泣いていた。京で入牢《じゅろう》した源之助がその後津川で謹慎生活を送ったため、今年七歳のおなをは祖父にもっともなついていたのである。

「兵助よ」

襲いかかる激しい衝撃に耐えながら、源之助は呼びかけた。

「よくぞ、わが一族の最期を看取《みと》ってくれた。しかも、よくぞそれを知らせてくれた。いくさに際し、流言蜚語《ひご》が飛びかうのは世のつねだ、汝《にし》が気に病むことはない。改めて礼をいうぞ」

つづけて兵助自身の家族の安否を訊ねると、実家は塩川村の貧しい農家だから心配しねえで下せえ、とかれは答えた。

「しかしわれらも、国滅びた今となっては汝を使ってやることもできぬ。家に帰ってやれ」

源之助がいうと、兵助は何度も腰を折りながら猪苗代を去っていった。

二

先に弟久吉十六歳を討死させ、いままた母おきと四十七歳、姉おふさ三十一歳、妻おやよ二十四歳、長女おなを七歳、長男源太郎三歳に一斉に先立たれたと知ったのである。町野源之助は、深い喪失感に襲われるのをどうしようもなかった。

すでに五十の坂を越えてこの悲境に陥った父伊左衛門の方が衝撃はより深くからだに応《こた》えたらしく、かれは翌朝にはもう床から起きられなくなってしまった。

弓矢取る家の者らは主君の馬前に討死することを本懐とすべし、と幼い時から教えられてはいても、思いもかけず生き残ってしまった身として先立った家族の面影を追えば、やりきれない思いばかりが募るのはどうしようもない。

そのような心痛のなかで食も喉を通らなくなった伊左衛門は、わずかその半月後には身を細らせて死んでいった。

金もまったくないから、葬式の出しようもない。源之助は父の亡骸《なきがら》を筵でくるみ、それに荒縄をかけて雪道の上を引いていって村の墓地のはずれに埋めてやった。

源之助が深い孤独に沈んでいる間にも、明治新政府による会津処分は着々と進行していった。

旧会津藩領はすべて没収され、会津藩は滅藩《めっぱん》処分となって地上から消滅してしまった。

十月十九日、松平容保とその養子喜徳は東京へ護送されていった。容保と梶原平馬、手代木直右衛門らは因幡《いなば》藩主池田慶徳《よしのり》邸に、喜徳と萱野権兵衛、内藤介右衛門、倉沢右兵衛らは久留《くる》米《め》藩主有馬慶頼《よしより》邸に永預けとなったのである。

十一月七日、天皇は詔書を発して容保の死一等を宥《ゆる》したので、旧会津藩はそのかわりに反逆首謀者三人の姓名を申告せざるを得なくなった。

申告されたのは、田中土佐、神保内蔵助、萱野権兵衛の三家老。田中、神保のふたりはすでに死亡しているから、生存者のなかからは萱野ひとりが犠牲になればよいことになったわけである。
十二月十八日には、若松在陣参謀が旧会津藩の二家老――塩川謹慎の上田学太輔と猪苗代謹慎の原田対馬とを大町の融通寺《ゆずうじ》に置かれた軍務局に召喚し、旧会津藩家中の者たちに対する処分を伝えた。

《その方ども事実わきまえなしの者といえども王師に抗し候段、皇国の大典許すべからず。よりて百日謹慎仰せつけられ候。なお御扶助米二人扶持《ぶち》下され候事。

士分以下之者共へ》

《その方ども追って何分の御沙汰《ごさた》これあるまで御扶助米二人扶持下され候事。

士分以上兵隊役人
軍事治官共》

《今般《こんぱん》容保事大典を侵し候えども、その方どもにおいてはお構いこれなし。よりては御扶助米二人扶持助下され候事。

奥　女　中》

《婦　女　子》

同　文

《兵卒之外下々六百四十六人　従　僕四十二人
鳶《とび》ノ者二十人

その方どもお構いこれなし。以来心得違いこれなき様、各産業勤むべき者也。》

二人扶持とは、一日につき玄米一升を支給されることを意味する。しかし、その一部を換金して生活に必要な品々の購入に充《あ》てねばならない。

また玄米一升は、白米に加工すれば搗《つ》き減りして九合二勺ほどになってしまうから、これは生きのびるのにぎりぎりの量であった。

さらに若松在陣参謀は、猪苗代謹慎組三千二百五十四の旧会津藩士は信州松代《まつしろ》藩の、塩川謹慎組千七百四十四は越後高田藩の城下へ護送、幽閉すると決定。明治二年正月七日、旧藩士たちは官兵たちに囲まれて順次出立していった。

この決定を知って泡を喰《く》らったのは、送られる旧会津藩士ではなく受け入れ先のひとつ松代藩であった。三千以上の降人《こうにん》を預かるゆとりはない、と哀訴嘆願したので、猪苗代謹慎組は予定を変えて東京へ送られ、旧幕府講武所、護国寺その他に分散収容されることになる。

しかし、源之助はそのどちらの組にも属さなかった。

官軍軍務局は、旧会津藩士のうち今なお領内に潜伏中の者が少なからぬことを憂え、これを発見するごとに滝沢村のうちに謹慎させる方針をとっていた。その手続きをおこなうのは旧会津藩士の方が都合がよいし、その他旧会津藩に関して措置すべきことはあまたある。それには事情に通じた旧藩士を使うに越したことはない、と考えた軍務局は、上田学太輔と原田対馬とをふたたび呼び、

「民政局取締」

として若松に残留すべき旧藩士二十人を選定せよ、と通達した。源之助はそのひとりに指名されたのである。

(おれに若松に残れということは、別の時代を生きろということか。ならばおれは、今までとは別人となって会津滅藩後の若松のために尽力いたさねばならぬ)

そう考えたかれは、以後源之助という通称を捨てて主水《もんど》と名のることにした。主水とは、かつて伊左衛門も用いたことのある、町野家にとっては由緒ある名前であった。

この町野主水とともに民政局取締に選ばれたのは、元家老原田対馬をはじめ樋口源助、大庭《おおば》

恭平、高津仲三郎《ちゅうざぶろう》、伴百悦《ばんひゃくえつ》、武田源蔵、田中左内、中山又左衛門、宮原捨六、中山甚之助、吉川尚喜、出羽佐太郎、山内清之助、中川清助、林房之助、筒井茂助、諏訪左内、青山宇之助、小出勝右衛門の計二十人。さすがに腕も立ち、気性も豪毅《ごうき》な者たちばかりが選《よ》りすぐられていた。

会津降人であるかれらは、

「滝沢謹慎所」

と看板を掲げられた借りあげの農家にみずからも謹慎しつつ、出頭してくる旧藩士たちに謹慎を伝える、という奇妙な仕事に就くことになった。

郭外一ノ町の宿屋薩摩屋長左衛門方に民政局が設置されたのは、鶴ヶ城の開城から間もない十月一日のことであった。惣長《そうちょう》は越前福井藩士村田巳三郎《みさぶろう》。その下に取締方、書記方、会計方の三部局がおかれ、いずれも福井藩士の統《す》べるところとなった。

城下の旧検断《けんだん》十五人、検断下役の名主十八人は薩摩屋に呼び出され、城下の町々の取締と秩序回復を命じられた。検断とは名主たちの上に立つ大名主、または大庄屋《おおじょうや》のことをいう。郷村の郷頭《ごうがしら》、肝煎《きもいり》たちにもおなじ指令が下された。

すると十月四日、検断は民政局に願い出た。

……会津在陣の諸藩の兵たちが町方の商家を無断占領してそのまま宿舎としてしまい、土蔵に封印しているので、町方は米・味噌《みそ》その他の品々が入手できず困惑しております。どうか民政局から話を通して、商いに差しつかえないようにして下さいませ。また諸藩の兵の宿泊で店がふさがってしまうので、どうか別の所へ引き移らせて下さいませ。

民政局はこれに応えて商売や暮らしに差しつかえないように、と布令し、在陣諸藩の兵はおいおい郷里に引き揚げるが、十一月十一日以降残留の兵に対してはひとり当り金二朱の賄《まかな》い賃を支払うことにした。

民政局は、家を焼かれて路頭に迷っている者たちに対して粥《かゆ》の炊き出しもおこなった。城中に残っていた米五、六十俵と味噌十樽《たる》を放出し、朝夕二回貧窮者にふるまったのである。

十月下旬には、貧窮者を（イ）兵火に罹《かか》り極々生活困難な者、（ロ）きわめて困難な者、（ハ）困難な者、の三段階に区分。（イ）には竈《かまど》ひとつにつき十両、（ロ）にはおなじく六両、（ハ）にはおなじく三両を供与。二年正月にも（イ）に十両、（ロ）に九両、（ハ）に六両、計一万五千七百四十五両を支給した。

また家々の再建費用として丸焼けの家には五両、半焼けの家には三両を与えたが、郭外の町家においても丸焼けは千三十九軒、半焼けは七十三軒に上っていた。さらに寺社や観音堂にも金を与え、のちそれぞれに歩増金《ぶましきん》を加えたので、この支出は八千五百二十五両一分に達した。

さらに開城後さかんにおこなわれたもののひとつに、博奕《ばくち》があった。焼け跡も生々しく、死臭なおも漂う路上で、白昼から堂々と賭場《とば》がひらかれたのである。

「博奕はこれまでも御禁制であり、今も堅く止めているのにもってのほかである。厳重に取締るから町の末々まで、洩《も》らさず通達せよ」

と民政局は検断に申しわたしたが、この流行はなかなか収まらなかった。他国から商人《あきんど》たちとともに無宿人や博徒《ばくと》が流れこみ、町人や農民を博奕に誘い、おのれは贋金《にせがね》をかけて、たくみに贋金でないものを集めていたのである。

「近頃他国の商人やその他の者どもが旅籠《はたご》以外に逗留《とうりゅう》しているのはもってのほか。旅籠以外に止宿させてはならぬ」

という民政局取締方の命を受け、町野主水たちは宿改めと贋金作りの探索にも懸命になった。

三

明治二年元旦は新暦二月十一日にあたるから、正月も下旬になると若松では雪は山ぎわや家の北側に残るだけになった。

するとある日の夕暮時、下野黒羽藩《しもつけくろばね》の兵に縄尻《なわじり》を引かれ、滝沢村謹慎所に引っ立てられてきたひとりの農民があった。村内の肝煎、吉田伊惣治《いそうじ》という者であった。

「こやつは、討死した会津兵の腐れ死体を勝手に埋葬しやがった者だ。誰に頼まれてやったか、厳重に取り調べて泥を吐かせておけ」

黒羽兵の物言いは横柄のきわみであったが、町野主水たちには黙って頷《うなず》くしかない。軍務局は開城後四ヵ月もたつというのに、城の内外に朽ちつつある会津藩士の亡骸《なきがら》の収容を今なお厳禁しているのである。

吉田伊惣治を謹慎所付属の急造の獄舎に投じた主水は、おりを見てどういう経緯だったのか、と尋問した。すると伊惣治は、意外な事実を告げた。

滝沢村は郭外北東部に位置しているが、蚕養《こがい》口方面から東西にのびている道は、北側の滝沢本陣と南の飯盛山《いいもりやま》の間を縫って滝沢峠へとつながってゆく。そのお椀《わん》を伏せたような形の、赤松の林におおわれた飯盛山の一角にかれが見つけたのは、四つの小柄な死体であった。

黒ラシャの制服を着けてはいたが、残雪になかば埋もれた肉体はあらわれた部分から腐爛《ふらん》がすすみ、衣服にも裂かれた痕《あと》、骨の見える部分があって狐狸《こり》野犬の類に漁《あさ》られたことを示していた。

（おそらく、日新館の学生《がくしょう》たちからなる部隊の死者だろう）

不憫《ふびん》に思った伊惣治は、家にもどって棺桶《かんおけ》をふたつ作製。また飯盛山に出むいて遺体をひと箱にふたつずつ納め、ほど近い妙国寺の墓所に埋葬してやった。それが官兵の知るところとなり、有無もいわさず引っ立てられてきたのだという。

城外に討死し、そのまま冬の訪れとともに雪の下に埋もれた死体は郭内、郭外のどこにでもあった。それが雪解《ゆきげ》とともに地上に無惨な姿をあらわし、水ぬるむにしたがって腐臭を放ちはじめたことには誰しもが気づいている。なのに軍務局、民政局がともに、

「賊徒の死体など収容する必要はない」

という無慈悲な態度を貫いているため、生き残った旧会津藩士たちは、なんとかしてやりたいと思いながらも勝者の意向を恐れ、拱手傍観《きょうしゅぼうかん》するしかない日々を送っていた。すなわち伊惣治が死体を見て不憫に感じたというその思いは旧会津藩士たちの思いでもあったから、主水に伊惣治のことばが真実であることは直観で分った。

「ではこれは汝《にし》ひとりの考えでやったことで、誰に指嗾《しそう》されたのでもないのだな」

「はい、あのように傷ましい骸《むくろ》を見ては、誰でも成仏《じょうぶつ》させて差しあげたくなるのではあります

まいか」

「よし、汝のことは拙者《せっしゃ》にまかせろ。決して悪いようにはいたさぬ」

主水はさっそく民政局の監察方兼断獄にかけあい、伊惣治を釈放してやった。

しかしこの時、六人からなる監察方兼断獄のひとり、福井藩の久保村文四郎は酷《むご》い条件を出した。

「ただしその吉田伊惣治とやらには、埋めた四体を掘り起こして元の場所に投げ棄ててくるよう伝えよ」

平然とこういうことのいえる者がこの世にいるのか、と主水は一瞬唖然《あぜん》とし、つづけて激情に駆られた。

「貴様には、武士の情というものがないのか」

と叫び、殴りつけてやろうかと、主水は蛙股《かえるまた》に黒糸の跡が百足《むかで》のように残っている左掌と中指の利かない右掌を握り締めた。

久保村は、福井藩士としてはわずかに十五石三人扶持の徒目付《かちめつけ》にすぎなかった。赤ら顔の頬《ほお》はコブのように張り出し、目は笹《ささ》で切ったように細く、鼻は獅子《しし》鼻、唇はいやに大きくぶ厚い。

この面貌《めんぼう》醜悪な男は、勝ちに驕《おご》るあまり敗者の心を分ろうともしないのである。

だがこの時、主水にはさらになさねばならぬことがあった。一命を賭《と》して陳情し、飯盛山の死体ばかりでなく城外に朽ち果てつつある旧藩士の亡骸をすべて収容し、供養塔を建立する――それこそが生き残った自分たちの使命だ、と主水はともに民政局取締になった旧藩士たちと相談を重ねていたのである。

（大事の前の小事だ、飯盛山に死んだ四人よ、許してくれ）

と心のなかで掌を合わせながら、主水は伊惣治に久保村文四郎の言を伝えた。

その主水が戦死者の遺体すべての収容、埋葬の決意をいよいよ不動のものにしたきっかけは、まもなく四百五十石どりの旧会津藩物頭《ものがしら》飯沼時衛《ときえ》の下僕藤吉と名のる者がやってきて、こう告げたことであった。

「飯盛山で見つかった四人の御遺体が悶着《もんちゃく》の種となったと聞き及びましたが、実はあの山で息をお引き取りになったのは四人だけではございません。士中白虎《びゃっこ》の十六人が、あそこで一斉に自刃したそうでござぜえます」

「なに、白虎隊が十六人もだと。汝《にし》はどうしてそれを知っているのだ、一体誰に聞いたのだ」

執務中だった主水は目を見ひらいて口迅《くちど》に訊ねた。藤吉は、謹慎所に詰めているのは旧会津藩士のみと確かめてから答えた。
「実は飯沼家の御次男貞吉若さまも、飯盛山で他の隊士のかたがたと御一緒に喉《のど》を突いたので
ござえます。ところがその後息を吹き返し、助ける者があって塩川村で養生しておりました。
それが先ごろようやく若松にお帰りになり、御家族にそれとうちあけられまして」
「もっと詳しく聞こう、こちらへまいれ」
火鉢のある奥の畳座敷に通すと、正座して膝《ひざ》に両手を置いた藤吉は、驚くべき話をはじめた。
……十六歳の飯沼貞吉が属していたのは、十六歳ないし十七歳の上士の子弟三十七人からな
る白虎二番士中隊であった。
昨年八月二十三日早朝、日々に不利な四方の戦況を憂えた松平容保は、戦場を視察して兵を
励ましてやりたいと考え、白虎一番士中隊、同二番士中隊に供奉《ぐぶ》させて滝沢村の本陣へとす
んだ。
ところが白河口官軍は、この日早くも猪苗代を抜き、猪苗代湖西方の戸ノ口原に迫りつつあっ
た。これに応じて出撃せよ、と命じられた白虎二番士中隊は、悔しがる一番士中隊を本陣に残
して滝沢峠を登っていった。
落日のころ前方に広漠たる戸ノ口原を眺める松林まで進出したが、かれらには兵糧の用意が

ない。空腹を覚えたころ秋雨が落ちてき、一同は二重に困惑した。隊長日向《ひなた》内記がなんとか食糧を調達してくると薄暮のなかへ去り、いつになっても帰ってこないことが動揺に輪をかけた。

夜は次第に更けてゆき、銃砲声は徐々に近づいてくる。そのため隊士たちは気が張ってはいたが、雨足もますます激しくなったため、松の根方にしゃがみこんで震えているしかなくなった。

たまりかねた嚮導《きょうどう》のひとり、身の丈六尺の篠田儀三郎十七歳が叫んだ。

「気をつけ！　隊長いまに至るも帰らず。不肖篠田、いまより隊長に代わって指揮をとる。さよう心得るよう」

篠田が下したのは、前進命令であった。早くも東の空が白み、霧が出はじめたなかを戸ノ口村入口近くまで接近すると、霧の奥からは少なからぬ人の声、馬のいななきが伝わってきて厭《いや》な予感がする。

「敵らしい」

とささやき合ったかれらは食を求めることを諦《あきら》め、かたわらの田の畔溝《あぜみぞ》に散開して身を伏せた。やがて霧のなかからあらわれたのは、やはり官軍であった。

わずか二町（二一八メートル）弱をへだて、白虎二番士中隊は一斉射撃を開始した。だが、ほとんど中《あた》らない。黒ラシャの筒袖《つつそで》の上着、義経袴《よしつねばかま》に韮山笠《にらやまがさ》と大人たちとおなじ軍装をしているが、かれらに支給されているのは先ごめのヤーゲル銃であった。照門も照星もないため、きわめて命中精度に劣るのである。

その明滅する銃口の火によって白虎二番士中隊の位置を知った歴戦の官兵たちは、いつかかれらを三方から包囲してしまった。ここで撃たれて死んだ者も少なくないが、何人死んだかはよく分らない。篠田が大声で退却を命じたので、霧に濡れながら最初の露営地点まで戻った。なんとか帰城しよう、ということになったが、官軍はすでに後方にもまわりこんでいて滝沢峠を降りられそうもない。やむなく道を外れて南側の谷に分け入り、藪《やぶ》のなかをやみくもに城の方角と思われる方にむかってすすんだ。

やがて夜が明け、一息ついてあたりを見まわすと滝沢峠の途中にある白糸神社が見下ろせた。ここまでくれば安心だろうと本道を下ると、前方に見えてきたのはまたしても官軍であった。その射撃によって腰に負傷した永瀬雄次を助けながら、一同は飯盛山の東側へと逃れた。ここには、

「弁天洞」

と呼ばれる洞門が山ふところに穿《うが》たれ、飯盛山の西側へと通じていた。天保六年（一八三五）

猪苗代湖の水を会津盆地の灌漑《かんがい》用水として引き入れるために掘削された長さ二町弱の隧道《すいどう》で、滔々《とうとう》たる水が渦を巻いて洞門に吸いこまれてゆく。

　首まで没する強い流れに身を浸した隊士たちは、水の冷たさ、飛び出す蝙蝠《こうもり》の群れ、頭を打ちそうになる天井の岩角に悩みながらも漆黒の隧道を脱け、弁天祠の前庭へ出た。そこから必死に飯盛山の中腹に登り、西南約二十五町（二七二五メートル）の方角に鶴ヶ城を遠望するや、かれらはことごとく、

（お城が燃えている！）

と思いこんだ。

　この方角から見ると藩校日新館は天守閣の真裏にあたり、内藤介右衛門邸、西郷頼母邸など本一ノ丁ぞいの武家屋敷は城の右側に貼《は》りついているように見える。時すでに正午に近く、鶴ヶ城からの火矢と自刃した殉難者たちがみずからを焼きつくすべく放った火によって、これらの武家屋敷は紅蓮《ぐれん》の炎を噴きあげて燃えさかっていた。その炎と黒煙を浴びてそびえる鶴ヶ城は、遠眼鏡《とおめがね》をもたず心身も疲労のきわみに達しているかれらには、今しも焼け落ちるところのように見えたのである。

「すでにお城も落ち、郭内も炎上した以上、お殿さまもわれらの家族ももはや生きてはおられ

まい。潔く自刃し、黄泉《よみ》にて皆さまと再会いたそうではないか」

いいだしたのが、脱落せずここまでたどりついた十六人のうちの誰であったかは分らない。一同そろって頷いたので、十六人は山の中腹に整列してはるかに鶴ヶ城を拝し、銃を捨て刀を抜くと思い思いに腹を切り、あるいは喉《のど》を突いた。

しかしひとり永瀬雄次のみは、腰の疵《きず》からの出血激しくもうからだの自由が利かなくなっている。林八十治《やそじ》十六歳と刺し違えようとしたが思うにまかせないので、野村駒四郎十七歳がかれを介錯《かいしゃく》してやると、残る者たちも次々と斃《たお》れ伏した。

それを見て遅れてはならじと思い、飯沼貞吉も脇差《わきざし》を喉に突っ立てた。指で障子を破った時のような音がし、刃が喉へ深く入ったのが分った。だが、その刃はなにかに当ってしまい、切先がうなじに抜けない。ふたたび力をこめて脇差の柄《つか》を押しつけるようにしても、通らない。

貞吉は脇差を抜き取り、刀身を改めてみた。切先一寸余は血に染まっているが、刃こぼれはなかった。切先を血潮したたる疵口にもう一度差しこむと、上体を傾けて手近の岩の上に脇差の柄頭《つかがしら》を押しつけた。その岩の両側には躑躅《つつじ》が生えていたので、その根株を両手につかみ、思いきり上体を突き出すようにした。

今度はうまく切先がうなじへ抜けた、と感じた。そこまでは分ったが、あとは夢路をたどるような気分であった。

「おーい、おーい、もーし、もーし」

という声に夢を破られたように感じ、静かに目をひらくと、夕映えのなかにひとりの女が立っていた。軽輩の藩士印出《いんで》新蔵の妻で、日ごろ飯沼家に出入りし、

「婆さん」

と呼ばれていた者である。婆さんは、大町通りの家から兵火を避けて飯盛山に至った。白虎隊士多数が斃れているのを見て、もしや自分のせがれ八次郎もまじっているのでは、と死体を調べるうち飯沼貞吉にまだ息があるのに気づいたのである。

「あなたさまは、とんでもない早まったことをなさいましたな。お城も無事、飯沼家の皆さまも御無事なのに、なぜ御自害などあそばしました」

落城と見えたのは錯覚だった、と知って茫然《ぼうぜん》自失《じしつ》する貞吉を、婆さんは宵闇《よいやみ》迫るころ塩川村へともない、近江《おうみ》屋という酒造業を営む家の奥座敷に寝かせてやった。貞吉はまたしても人事不省に陥ったが、翌二十四日の午前中、三木住庵という町医者がその疵口を縫い、膏薬《こうやく》を貼ってくれた。

しかし、夕方になるとまた疵口が痛み出した。たまたまこの時、長岡兵二百が会津から米沢

にむかう途中塩川村に立ち寄り、近江屋でもその一部が休息をとった。そのなかにいた軍医が貞吉を診察してくれ、三木住庵の縫った糸をすべて抜き取り、疵口を洗滌《せんじょう》して治療しなおした。

外用粉薬を水に溶いてこれに綿撒糸《めんざんし》（ガーゼ）を浸し、疵口に詰めて包帯をしてくれたのである。軍医は婆さんに粉薬、綿撒糸、包帯用木綿を大量に与え、手当ての仕方を教えて去った。このためようやく疵は快方にむかい、やがて貞吉を探しにきた藤吉と邂逅《かいこう》してかれは若松へ帰ってきたのだという。

「貞吉若さまは、飯盛山に逃れてきた人数は十六人であったとおっしゃっています。印出の婆さまも、若さまを見つけた時十四、五人の死体を見たといっております。そのかたがたを、なんとか葬ってさしあげられぬものでしょうか」

といって、藤吉は口をつぐんだ。

「なぜ、もっと早く申し出なかったのか」

あまりに哀れな少年たちの末路に胸を突かれながらも、主水は反問した。

「それは、……若さまにはひとり生き返ったことを恥じ、御家族にもなかなか喉を突いた経緯をお話しなさらなかったのでごぜえます」

武士の子であれば、これは自然な感覚である。主水は、力をこめて頷いた。

「よし、その白虎隊の者たちを初めとして、なんとか死者たちを埋葬できるよう、われらから働きかけてみよう。名が分るのであれば、ほかの隊士の遺族にもせがれたちの死の模様を伝えてやるがよい」

本来であれば主水の末弟久吉も、士中白虎の隊士となるべき年齢であった。久吉は、もっと早く戦いたいと願って主水とともに小出島へ出むいたのである。そうであってみれば、飯盛山に朽ちつつある少年たちのことは、かれには他人事《ひとごと》とは思えなかった。

四

民政局取締に任じられていた旧藩士たちのうちで、この話にもっとも涙を灌《そそ》いだのは高津仲三郎であった。

三百石どりの藩儒高津平蔵、号は淄川《しせん》のせがれとして生まれた高津仲三郎は、元七両三人扶《ぶ》持《ち》。二十九歳になった町野主水より十二歳年上ながら、主水に輪をかけて激しい気性の持主であった。

宝蔵院流槍術《そうじゅつ》と神道精武流剣法免許皆伝のかれは、鳥羽伏見開戦以前は会津藩最精鋭部隊別選組に所属。『三国志演義』を愛読してやまぬこと、雄大な骨格をもつことから、

「あれは蜀漢《しょくかん》の猛将張飛《ちょうひ》の生まれかわりだ」

といわれた。

この高津仲三郎が家中にその名を知られたのは、さる決闘沙汰《ざた》がきっかけであった。開戦前夜に大坂に引いたかれは、ある時揖宿《いぶせき》郷左衛門と名のる大剛の薩摩藩士と路上で鉢合わせし、双方のつれを下がらせておいて真剣勝負をくりひろげた。そして揖宿を斬り斃してしまったのである。

また江戸に引き揚げ、治療所で銃創の手当てを受けていた時には、見舞にきた前将軍慶喜《よしのぶ》の怯懦《きょうだ》を家老たちの面前で痛罵《つうば》。越後口に出陣してからも、熊皮の陣羽織を着けて長槍で戦い、

「今本多」

と呼ばれた戦国武将さながらの男である。

ようやく潜伏先から出頭する旧藩士も絶え、民政局取締の者たち自身の謹慎もゆるめられたころ、主水はこの仲三郎とつれだって大町融通寺の軍務局に日参しはじめた。

浄土宗自然山浄縁院融通寺の境内地は千六百六十三坪。その一角には、町野家代々の墓所もある。

古着屋で求めた紋違いの羽織に長袴《ながばかま》、脇差のみを差して白扇を手にした主水は、この寺に官

軍墓地が造成されていることに気づいて目を瞠《みは》った。

（本来であれば、久吉も勝方村で殉難したわが家の者たちも、この寺の町野家塋域《えいいき》に眠るはずであった。なのにその骨はわが手になく、逆に菩提寺《ぼだいじ》が西軍墓地になってしまうとは）

と考えると、かれは世の中がさかさまになってしまったという思いを禁じ得ない。そう洩《も》らすと、仲三郎は答えた。

「西軍が兵たちの埋葬を心がけているのなら、われらの気持も汲んでくれるだろうて」

しかし、軍務局の反応はけんもほろろであった。それにも屈せず、ふたりは軍務局に一日も休まず日参すること十余日に及んだ。他の民政局取締の者たちもふたり一組となり、嘆願陳情をくりかえした。

その間にも各地に横たわる死者たちの腐敗は進行し、

「臭気はなはだしいので、どうか取片付けをお願いしたい」

との請願はあちこちから起こりつつあった。

「では、収容に着手することを許す」

東京に問い合わせ、その指示を待って軍務局が答えたのは二月初旬のことであった。

だが軍務局は、ひとつ条件をつけた。集めた死体は小田山下と薬師堂河原の罪人塚にしか埋葬してはならぬ、というのである。罪人塚とは死罪となった罪人たちを投じる場所だから、旧藩士たちにとっては我慢ならない。

「国のために戦って死んだ忠誠の者たちが、どうして極悪人どもと一緒にされねばならぬのだ」

おれが軍務局に乗りこんで埋葬地の変更を求め、受け入れられなければ斬死してくれる、と激昂《げっこう》する高津仲三郎を宥《なだ》めながら、主水は一計を案じた。上一ノ町の家を仮寓《かぐう》としている軍務局長官三宮義胤《さんのみやよしたね》をひそかに訪ね、旧藩士たちのやりきれない思いを直訴することにしたのである。

いくども軍務局に足をはこぶうち、主水は参謀、軍監たちがひとしなみに尊大な態度をとるなかで、三宮長官だけは同情的な視線を投げてくることに気づいていた。個人的にこの長官を口説けば突破口がひらけるかも知れぬ、と考えたのである。

この勘は、当った。

三宮義胤は、幕末には三上兵部と名のって勤王派志士となり、やがて岩倉具視《ともみ》の王政復古思想に共鳴。仁和寺宮嘉彰親王《にんなじのみやよしあき》の小軍監として会津入りした、まだ二十六歳の若者であった。

しかも、その前身は武士ではない。近江国志賀郡真野村の真宗正源寺の住職三宮円海のせがれである。それだけに三宮は、国は滅び、せめて戦死者だけは丁重に葬ってやりたいと願う主水たちにひそかに哀れみを感じていたのだった。

　夜ごとその仮寓に通ううち問わず語りにそれと聞き、主水はもはやこの仁にすがるしかない、とますます思い定めて嘆願をくりかえした。

　すると三宮は、飯盛山で発見された少年たちに限って埋葬を許すという。なけなしの金を出しあって白虎隊の少年たちを飯盛山に埋めてやった主水たちは、さらに一般の藩士たちを罪人塚以外の地に葬る許可を求めた。

「すでに戸ノ口原の死者ほか三十数体は、罪人塚にはこばれた由。されど、よりによって罪人塚へ埋めよとはあまりに非情な。さいわい薬師堂河原からさほど離れておらぬところに、阿弥陀寺と長命寺という大きな寺がござる。どうかこの両寺に埋葬することをお許しあるよう、東京の本局に伺いを立てて下さらぬか。かつ本局から回答のあるまで、罪人塚への死体運搬は一時中止して下さらぬか」

　だが三宮に、このように重大なことについて一存で許可を下す権限まではない。

「お手前がたの気持は痛いほど分る。けれど死体はいまや郡山方面、田島方面からも続々とはこばれてきておって、その埋葬を日延べすることはできんのだ」

と答えるばかりであったから、万事休したかと思われた。

ところが、――。

その二日後に軍務局から使いが来、主水に出頭命令を伝えた。さっそく融通寺に出むくと、フロック型軍服にズボン、革長靴を着けた三宮があらわれ、満面に笑みを浮かべて告げた。

「当地軍務局で内議いたした結果、阿弥陀寺と長命寺にかぎり、死者たちの寺院への埋葬を認めることになりました」

「あ、ありがたく存ずる。この町野主水、このことは一生忘れませぬぞ」

狂喜した主水は、総髪銀杏《いちょう》に結った髷《まげ》の刷毛先《はけさき》を風に乱して滝沢村へと走っていった。

謹慎所に詰めていた取締たちも、この吉報に接して沸き返った。

阿弥陀寺、長命寺への死者の埋葬がはじまったのは、明治二年二月十四日からのこと。実に鶴ヶ城開城からほぼ五ヵ月を閲《けみ》していた。


が、そうなると別の問題も派生した。開城前に会津側、またはそれに同情的な町方の者の手でほかに仮埋葬されていた死体も、掘り出してこの両寺のいずれかに運ばねばならなくなったのである。

しかしこの改葬は、まだ父や夫、子供たちがどこに葬られたのか分らずにいた旧藩士の家族たちには一条の光明と映った。仮埋葬されていた亡骸《なきがら》が掘り起こされる現場に立ち会えば、行方知れずの肉親と再会できるかも知れない――。

そう思いつめた遺族たちのなかに、黒河内良という十三歳の少年がいた。

その父で軍事奉行のひとりであった黒河内式部は、昨年八月二十三日の甲賀町郭門から六日町郭門にかけての戦いに討死したのはたしかだが、まだ遺体が見つかってはいなかった。若松の北方一里、島村に母とともに身を寄せていたこの少年のもとに、改葬方係員に指名された叔《お》父《じ》石川須摩から仮埋葬者改葬の知らせが届いたのは二月中のことであったろう。

その、黒河内良の回想、――。

《是より前《さ》き、一日母と共に父上は此辺に於て敵と戦い討死されし。而《しこう》して御遺体今に知れず、せめては御身に着せられし軍服の切《きれ》の端なりともなきやとて、其《その》付近に草茂りし荒涼の地を、行きつ戻りつ、母と探し尋ぬるに、只残墨の外は破瓦のみ。似寄りたるものだに見当らざりし、而《しこう》して尚去るに忍ひず、低徊《ていかい》多時、暮鐘を聞て漸《ようや》く立去りし事あり。斯《かか》る憾《うら》みの涙に空しく過ぎ去る折柄なれば、則ち須摩よりの通知に、悲喜交々《こもごも》の思いにて、母は余を連れ、島村を出て若松に行き、殊に興徳寺に埋《うめ》し遺体最も多く、同所にて二日を費し、他にも余等と同様、其父、夫、兄弟等の戦死して亡きがらの知れざる人多ければ、之を視《み》定むべく、来《きた》りし遺族の婦女尠《すくな》から

ず》

臨済宗《りんざい》瑞雲山興徳寺は、郭内本五ノ丁北端に境外所有地はふくまず三千五百十二坪の広さを有する古刹《こさつ》である。

《興徳寺内に於て、人夫をして其塋《そのはか》を発《あば》き土を渫《さら》い視るに、棺にも桶《おけ》にも収めず、百何十人の死体を其まま只穴を掘り埋めしなれば、着衣は已《すで》に腐れて其模様を認むるに由なく、遺体は腐《ふ》爛《らん》し、眼は腐消し、腐肉より流るる膏臓《こうぞう》は茶褐色、薄青色、鼠色等を混和したる、一種異様にキラキラ光りて、異様の悪臭を強烈に放ち、其状惨澹《さんたん》を極め到底筆紙などにて尽すべき様なし。之を見たる婦女等は皆声を放ちて泣き、嗚咽《おえつ》しばらくにして、再視するに忍びざるも、此《ここ》に来りし目的に顧み、他の人々と共に遺体を一人ずつ尋ねたるに、年の老いたると若きとさへ判別し難《がた》く、其首を持揚げんとすれば首落ち、其手足に手を掛け動かせば手足は胴と離る。殆《ほと》ど手の付け様もなかりし。然《しか》も鼻血の出るを見る。骨肉の人来れば、いかに腐敗しても鼻血の出ることありと、古来より言伝えもあることとなれば、出血の死体は来会者中何人《なんぴと》かの骨肉者ならむと思えども、然し尚知るに苦しみたり。漸《よう》く若干の遺体が某《なにがし》と知れたるあるも、余の父の遺体は仔細《しさい》に検すれど、遂に認め難かりし。

母曰《いわ》く、此あまたある亡きがらの中に、夫《せ》の君のおわすならんも、其れと見え難きは実に限りなき憾《うら》みなりと。余曰く、斯《か》く視ても此中に父上を見出さぬは、尽ぬ憾みなれども、おわさざるならんと、云いながら、空しく島村に帰りたり》
これとは逆に、改葬が進行するのをよそに見て独力で肉親探しをつづけ、奇蹟《きせき》的に成功した者もあった。以下は、日向ユキ十八歳の証言である。
《戦争の時、父日向左衛門は町奉行でございましたので、町の方に出陣しておりました。八月二十三日の朝、敵が押し寄せて来ました時、父は乗馬で戦いに出ましたが、馬の足を撃たれたので馬から下りて奮戦している中に負傷してしまったのでございます。父は、もうこれまでと、近くにある祖母の里の加須屋大学の庭に入って、竹やぶの中で切腹いたしました。
それから暫《しばら》くの間は、父が何処《どこ》で死んだのかわかりませんでしたが、戦《いくさ》が済んで次の年になり、雪がとけてから、わたしが加須屋の家に行って裏の竹やぶの中に入ってみますと、日向の紋の付いた羽二重《はぶたえ》の着物がクチャクチャになってみつかりました。驚いて棒切れで寄せてみましたら、上顎《うわあご》の骨が出て来たのでございます。よく見ますと、前の上歯の重なった特徴もありますし、野ばかまの浅黄ちりめんの紐《ひも》が結んだままになっており、確かに見覚えがございました。そこで直ぐ継母のおります御山に知らせ、同行して見せたら、相違ないということでございました。それに身内の者の血を骨につけると、よく滲《し》むという言伝えがありましたので、念の為娘のわたしが指先を切って血をつけてみましたら、よく滲みこむではございませんか。父の遺骨に相違はないということになりました》

日向ユキは、父だけでなく兄の頭骨をも見つけ出した。

《兄の日向新太郎は、弱冠二十歳で遊撃隊の中隊頭となり、柳土手の方に向って激しく発砲中、腰を撃たれて立つことができなくなり、尻《しり》もちをついて射撃を続けておりました。しかし、次には肩を撃たれて発砲もできなくなりましたので、部下に介錯《かいしゃく》を命じたそうでございます。部下の者は、敵軍も間近に迫って参りましたので、止むなく介錯いたしました。そして兄の首の髪をくわえて刈り残した稲田の中に飛びこみ、はって先の方へ出て稲束の中に首を隠し、このことを村の者に託して、その場を逃れたと申します。ところが後に犬がそれを見つけてくわえてきましたので、村人は処置に困って、これを近くの小川に流してしまったというのでございます。

部下の者たちが、この一部始終を継母たちに告げましたので、探しに行って見つけて参り、浄光寺に父の墓と並べて葬りました》

発見された日向左衛門、新太郎父子の遺骨は頭骨だけであったから、気づかれることなく菩提寺にはこべたのであろう。

しかし日向ユキの場合は、父と兄の討死の場所が分っていただけ幸運であった。討死の場所も日時も遺族たちに伝わらなかった死者たちは、むなしく腐りはてて阿弥陀寺か長命寺にはこばれるしかなかった。

五

郭外西北のはずれ、越後街道口の七日町にある浄土宗正覚山阿弥陀寺は、慶長八年（一六〇三）開山の古刹でその境内地面積は六百五十一坪。この墓所には東西四間あまり南北十二間、四十八坪強の巨大な穴が数間の深さに掘り抜かれた。

その南隣り、西名子屋町に約二千八百坪の寺域をほこる浄土真宗無量寿山長命寺は、番所つきの総門の左右に白線五本入り赤瓦の土塀をめぐらし、その外側に一間幅の堀を穿《うが》った大寺院である。

昨年八月二十九日の佐川隊突出戦の主戦場と化し、土塀には砲弾の痕《あと》が点々と刻まれるなど被害甚大であったが、この寺の墓域には東西一間半南北三間——すなわち約四坪半の深い穴が三つならべて掘り抜かれた。

これらの穴に死体を搬入するのも、容易なことではなかった。

第一、これらを運ぶべき大八車や荷車が、破壊されたり掠奪《りゃくだつ》されたりしていてほとんど集まらない。やむなく遺体は菰《こも》に包んでかついだり、叺《かます》に詰めたり、こわれかけた長持や戸棚に入れたりして人力で運ぶしかなかった。棄てられていた戸板を利用したり、風呂桶《ふろおけ》や木箱に納めて搬入することも珍しくはなかった。

しかもこのような種々さまざまな容器ごと墓穴に納めては穴はたちまち一杯になってしまうから、いったんそこから遺体を取り出さねばならない。この時町野主水たちの目にゆゆしきことと映ったのは、遺体があまりにも乱暴に扱われることであった。

この時代にはまだ被差別部落民という存在があり、死体処理はかれらの仕事とされている。だが死者たちとは縁もゆかりもないかれらとしてみれば、死臭にまとわりつかれるような作業は早く終らしたくてたまらない。自然扱い方が手荒くなるので、主水たちは見捨てがたい、という思いに駆られたのだった。

しかし、主水たちはどう抗議すればよいのか分らなかった。かれらとは会話してはならない、と教えられて育ったからである。この時、

「ならば拙者《せっしゃ》が、かの者たちに仲間入りして交渉しよう」

と言い出した旧藩士がいた。民政局取締のひとり伴百悦《ばんひゃくえつ》である。

古い道徳律に縛られている他の取締たちが驚くと、短軀《たんく》のかれは答えた。

「戦場で命を主君に献ずるのも、かの者たちにまじって忠臣の骨を拾うのも、心はおなじことではござらぬか」

伴百悦は、この時四十二歳。元五百石どりの上士で、若くして剣の修業に励んだ。江戸詰めとなった時にも諸道場をわたり歩いたが、ある時打ちこまれて仮死状態に陥ってしまった。その間に悟達し、息を吹き返した時には剣の達人となっていたことから、以後は、

「シャカ」

と渾名《あだな》されていた。戊辰《ぼしん》の戦いに際しては、若年寄萱野右兵衛の副将として越後口を転戦。帰城して日々に出撃をくりかえすうち、降伏の日を迎えたのである。

かれはまた旧藩の鷹匠《たかじょう》の頭《かしら》を兼ねていたから、鷹の餌《えさ》とする鳥獣を買い入れるため以前から被差別部落の者たちと交わっていた。それらのことから、ここは自分が出るしかあるまい、と思い切ったのである。

こうして伴百悦は民政局改葬方に任じられ、被差別部落のひとびととの交渉をはじめた。

「どれくらいほしいのだ」

と問うと、一千両、と人夫たちの頭《かしら》は答えた。

伴は取締一同にそれを伝え、なんとか一千両を工面するよう依頼した。そんな巨額は集めようもない、と主水たちは天を仰いだが、西名子屋町の酒造業者星定右衛門がポンと一千両を出してくれたため、問題を一気に解決することができた。

だが今度は、人夫たちの頭にその配分を任せきりにしては実効があがるかどうか心もとない、という疑問が起こった。

「では拙者が伴さまと一緒にかの者らに仲間入りいたし、適宜金銭を配りながら仕事ぶりを監督しましょう」

取締のひとり武田源蔵が申し出たので、ようやくこの問題も解決した。

次は、伴と武田が旧藩の藩籍を脱し、被差別部落入りすることを軍務局に了承させねばならない。主水がまた三宮義胤を訪ね、ふたりのことを告げると、三宮は伴の特徴について訊ねた。

「眇《すがめ》でござる」

と答えると、三宮はああ、あの者かという顔をして黙許してくれた。伴は、藪《やぶ》にらみだったのである。

これら有形無形の努力によって、改葬はようやく順調に進捗《しんちょく》しはじめた。

各地から集められた遺体は千数百体に及び、これらはまず阿弥陀寺の穴へと納められた。穴の底一面に筵《むしろ》を敷き、その上へ遺体をひとつずつ北枕《きたまくら》にならべてゆく。それが面積一杯になるとその上にまた筵を延べて土をふりかけ、二段目、三段目と死体を積んでいった。

父の亡骸をついに探し出せなかった黒河内良も、いつか旧藩士の子弟たちとともにこの作業を手伝っていた。この子弟たちにとってもなかば溶け出しつつある遺体の腐臭には耐えがたいものがあり、思わず、

「臭い」

と顔をしかめる者もいた。すると、貧しげな野良着姿に身なりを変えていた伴百悦はつかつかと歩み寄り、

「なにが臭い。討死した者たちの無念さを考えてみろ！」

と手ぬぐい頬《ほお》かむりの下から、藪にらみの目で睨《ね》めつけるのをつねとした。

阿弥陀寺に改葬された死者たちの多くは、城内に仮埋葬されていた者たちであった。その遺体数のあまりの多さに、四十八坪強のひろさをもつ墓穴もすぐ満杯になってしまった。

いかんともしがたいので遺体が地上に盛りあがってもなお積んでいったが、地上数尺の高さになってもなお埋葬しきれない。残った遺体を長命寺の墓穴に埋めながら数を調べた結果、阿

弥陀寺埋葬分は千二百八十一柱、長命寺のそれは百四十五柱に達した。

阿弥陀寺にあっては地上に盛りあがった遺体の山を四方から運んだ土と砂で覆い、高さ四尺の長方体の壇を造成。質素な竹垣で囲ってついに作業は一段落した。

軍務局もようやく改葬作業に理解を示した。二月のうちに、阿弥陀寺のこの墓所の近くに東西三間南北四間二尺（一四坪弱）の大垣をもうけ、そのなかに二間一尺五寸四方（五坪強）の壇を築いて、

「弔死標」

と書いた高さ七尺（二・一メートル）の慰霊塔を建ててくれたのである。

前後して主水たち取締たちも、地上四尺の巨大な壇の上に、

「殉難之霊」

と墨書した木標を建て、付近の町方の者たちに依頼してささやかな拝殿を造らせることにした。

「ここまでこぎつけられたのは町野殿のおかげだ。町野殿、尊公が墓標の文字を書かれよ」

高津仲三郎はいったが、主水はかたくなに首を振った。

もともと能筆家とはとてもいえない主水であったが、かれは蛤御門《はまぐり》の変で右手中指の筋を

切ってその感覚を失ってしまってからは、拇指《おやゆび》と人差指によってしか筆を支えることができなくなっていた。以後かれは、筆跡がふらつくのを恥じて筆は一切とらないことにしていたのである。代わって書いたのは、取締仲間で国学の素養のある大庭恭平であった。

ところがここに、またしても問題が起こった。ようやく墓標と拝殿とができあがり、取締の者たちが線香を焚《た》いて礼拝していた時、民政局監察方兼断獄の久保村文四郎が見まわりにきた。フロック型軍服に革のベルトを巻いて右腰のホルスターにピストルを収め、右手に指揮杖をもっている久保村は、その指揮杖で自分の革長靴外側をピシリと打ちながら命じた。

「なに、『殉難之霊』だと。貴様ら賊徒は賊徒たるがゆえに討たれたのであって、難に殉じた者などではない。その墓標と拝殿は、ただちに破却せい」

居合わせた高津仲三郎と伴百悦とがしきりに許しを乞うたが、勝ちに驕《おご》った久保村は頑として応じない。

「つべこべ吐《ぬ》かすと軍務局とも相談いたし、墓自体を取り毀《こわ》させるぞ」

と棄てぜりふを残して去っていった。はたして翌日、軍務局は墓標と拝殿の撤去を命じてきた。

「くそ、あの久保村め」

それを聞いた高津仲三郎は、いかつい両手の指関節を鳴らし、歯噛《はが》みして怒った。

「もとはといえば、あやつの福井藩の老公松平春嶽めが、わが公に京都御守護職を押しつけたことからわが藩は尊王派と敵対いたし、結果として封土をも失う大戦争に突入いたさざるを得なかったのではないか。なのに、あの傲岸不遜《ごうがんふそん》な態度はなにごとか」

かれを宥《なだ》めたのは、主水であった。いま取締の旧藩士が軍務局の指令に盾《たて》ついては、せっかく永遠《とわ》の眠りに就いた死者たちをまた掘り起こして投げ棄てる、などといわれかねない。

かれらは、胸のなかで死者たちに詫《わ》びながら墓標と拝殿とを撤去した。するとさすがに気が引けたのだろうか、軍務局と民政局は、「弔死標」の前で大施餓鬼《せがき》をとりおこなってくれた。時に三月八・九日の両日。

それでもなお、伴百悦と武田源蔵の仕事はおわらなかった。

改葬作業がすすむうちに若松にまで運べない遠隔地に果てた者たちも多いと分り、かれらは阿弥陀寺、長命寺以外の十四ヵ処にも埋葬を許されるに至っていた。かれらふたりはその十四ヵ処の墓所をまわり、絵図面に写し取り姓名の分る者はその名を記録して、後世に伝えようと誓い合ったのである。

一ノ堰《いちのせき》の光明寺、白河街道の馬入村、猪苗代の両円寺、金堀明神下、強清水《こわしみず》、戸ノ口原、滝沢峠、滝沢村の妙国寺、塩川村、会津西街道（下野《しもつけ》街道）の野際《のぎわ》村、関山村、大内《おおち》村、野州赤留《あかる》村の北羽黒原、坂下《ばんげ》――これらに埋葬された者たちの数を阿弥陀寺、長命寺のそれに加えると、三千十四柱にも達した。

七月五日から三日間、阿弥陀寺では旧藩士主催による八宗大施餓鬼供養がおこなわれ、ここにようやく取締、改葬方の者たちの苦労は報われたのである。

六

明治二年七月になるのを待ちかねたように八宗大施餓鬼供養が旧藩士たちの手で主催されたのは、六月十五日をもって民政局、軍務局が廃止され、若松県が成立したことが大きかった。

明治政府は五月初め、戦後の会津経営の現況を監察するため侍従四条隆平《たかとし》を巡察使として会津に派遣することを決定。巡察使一行は六月十日に若松入りし、城下の荒廃を哀れんで蔵米千俵を払い下げた。そして十五日、民政局名義でその廃止と融通寺に若松県仮役所を置くことが発布されたのである。

民政局と軍務局とは、ともに会津残留の官軍、つまり武官たちによって運営されていた。対して若松県官員として赴任してきた者たちは、すべて文官であった。若松県知事には四条隆平自身が任命され、まもなく役所は鶴ヶ城のうちに移された。このような施政の変化にともなって、八宗大施餓鬼供養は実現したのだった。

しかし、町野主水にはまだ深く休息する暇もなかった。ここまで隠忍自重《いんにんじちょう》をつづけてきた旧藩士のなかから、とうとう暴発する者があらわれたのである。

民政局監察方兼断獄の久保村文四郎は、取締の者たちに対してなにかと厭《いや》がらせするばかりでなく、その面前で旧主松平容保に対して悪口雑言を吐いたり、贋金《にせがね》作りと疑われて捕えられた者を充分吟味せずに死罪に処したり、あまりにも非道な者として旧藩士たちのあまねく憎むところとなっていた。

この久保村も大施餓鬼供養のおわったころ、任果てて越前に凱旋《がいせん》帰国することになった。それと知り、ひそかに闇討《やみうち》計画を立てたのは高津仲三郎と伴百悦であった。ふたりは井深元治、武田源蔵をも同志に誘い入れて久保村の駕籠《かご》を越後街道束松《たばねまつ》峠に待ち受け、かれを一息に斬殺して姿を消したのである。時に七月十二日午後八つ刻(二時)のこと。今本多の仲三郎とシャカといわれた達人に襲われては、久保村にはなすすべもなかった。

以後、四人の行方は杳《よう》として知れない。

(東松峠で、やったのか)

それを聞いて主水がゆくりなく思い出したのは、昨年八月二十六日津川から全力行進してこの峠に登りつめ、眼下に眺めた炎上する若松の光景であった。

（久保村を斬ったあと、きっと高津仲三郎はあの長身で、伴百悦はあの眇で若松を見下ろし、おれたちに別れを告げて越後方面に去っていったのだろう。汝《にし》らは、もうこの若松に還ってこられぬ身となってしまったではないか）

「よくぞやってくれた」

という旧藩士もいるにはいたが、主水は黙って首を振るばかりであった。

第五章　会津帝政党

一

人口二十万人弱の若松県が成立したあとも、約一万三千人の若松の住民たちの生活は貧窮をきわめた。兵火を逃れていずこかへ立ち去り、そのまま帰ってこない者も少なくなかったから、たとえば東名子屋町では残存十六戸のうち十三戸、堀江町ではおなじく十六戸のうち六戸が売家となった。

特に富裕な商店は、商品、衣服、什器《じゅうき》類から算盤《そろばん》、酒を入れる大ふくべまで官兵に掠奪《りゃくだつ》され、ほとんどが廃屋同然であった。若松を戦火から甦《よみがえ》らせるには第一に産業を復興することであり、それには役所から、まず商店および職人衆に生産設備資金を貸与してもらわねばならない。

しかし町方の者たちは、役人として各地から赴任してきた者たちを、

「官員さま」

と呼ぶ卑屈さで、直接役所に申し入れるだけの度胸はまったくなかった。

そこで一躍注目されたのが、町野主水であった。民政局取締として町方の者たちにも顔を知られ、かつ戦没者改葬の大事業をなしとげて役所からも一目置かれている主水は、町方の願いを役所に伝える仲介役として恰好《かっこう》の人物と目されたのである。

役所としても、このような地元の実力者を介して町方支配をおこなった方がなにかと便利だから、主水のような存在はありがたい。

双方の思惑が一致した結果、主水は、

「若松取締」

に推され、行政に隠然たる発言力を有するに至った。

このころ各種商店、職人衆から出された請願には以下のようなものがあった。

漆《うるし》と朱の購入費用、諸職人諸道具費用として一万四千両を借り、無利子十ヵ年賦返済としてほしいという漆職商。細工所の再建、諸道具購入のため一万両を、という煙管《きせる》職人。職人三十人分の諸がかり一万千二百五十両を拝借したいという織物商、……。

そのすべての希望が十全に叶《かな》えられたわけではなかったが、主水はこまめに役所に出むいて掛け合ってやり、若松の復興に力をつくした。

かれにとって意外だったのは、これらの口利きをしてやると商人たちが寸志、あるいは御礼としてかなりの金額を包んでくることだった。

旧藩時代、会津藩士は金銭に触れることを極端に嫌った。やむを得ず買物をしなければならなくなった場合は、巾着《きんちゃく》をそのまま商人にわたしてそこから代価を取らせるならわしすらあったほどである。だから主水も初めのうちは、

「武士にむかって阿堵物《あとぶつ》を差し出すとはなにごとだ！」

と息まいた。

しかし考えてみれば、民政局も消滅した今となっては若松取締は一種の名誉職だから、主水はただの浪人にすぎない。背に腹は代えられなくなって、かれはこの報酬を受けることにした。

さいわい若松郭外には、安値の売家が多数出ている。阿弥陀寺のある七日町の東側、北小路町五十二番地の土地と家屋を購入してここに住まうことにした。

北小路町の通りは、中央に堀割をうがって東西にのびている。そのなかほど南側に焼け残っていたこの家は、敷地三百九十二坪。その西寄りに黒瓦白しっくい塗りの蔵があり、前庭の池のほとりには桜の老樹が幹をうねらせていた。

（ここならば、阿弥陀寺も長命寺もほど近い。おれは墓守として、この家に朽ち果てるのだ）

と主水は思った。

しかし、時代はかれに隠者のような生活をさせてはおかなかった。

明治二年九月二十八日、天皇は詔《みことのり》を下して徳川慶喜《よしのぶ》と松平容保《かたもり》の罪を許し、翌二十九日、容保の生まれたばかりの実子慶三郎を立てて会津松平家相続を願い出よ、と伝えた。

慶三郎とは、鶴ヶ城開城後、会津松平家別邸御薬園《おやくえん》に引き移った容保の側室お佐久の方がこの六月に産んだ男児である。

喜び勇んだ元家老の梶原平馬と山川大蔵《おおくら》は、会津松平家家来総代として活発な運動を展開した。その甲斐《かい》あって十一月二十四日、容大《かたはる》と名をあらためた慶三郎は、家名相続を許された上華族に列し、陸奥国《むつのくに》のうちに三万石の封土を下賜されることになった。滅藩処分とされてから一年二ヵ月後に、会津松平家は再興を許されることになったのだ。

が、この三万石の新封土には、

《猪苗代《いなわしろ》または陸奥の北郡にて》

という条件がついていた。どちらを採るかはそちらで選べ、というのである。

すでに謹慎を解かれ、外桜田　新　橋《あたらしばし》の旧河内狭山《かわちさやま》藩江戸上屋敷におかれた旧会津藩庁に集まった者たちは、ほとんどが陸奥北郡――今日の下北半島移転説を採った。

旧会津藩領猪苗代にこだわっては、旧藩士はなおも会津の地に執着するのか、明治政府にまだなにか遺恨を抱いているのかと疑われ、ひいては容保・容大父子によからぬことが起こるかもしれない。ひるがえって陸奥北郡は寒冷の地ではあるが、なお開拓の余地のある広大な原野を有しているだけに将来性がある、と考えてのことである。

この説を主唱したのは、今や旧会津藩庁をとりしきっている山川大蔵あらため浩、永岡久茂、広沢安任《やすとう》の三人であった。

永岡久茂は、元の名を敬次郎。鳥羽伏見の戦いと越後口の戦いに力戦し、仙台藩領松島湾に投錨《とうびょう》中の榎本釜次郎の旧幕府海軍に来援を乞いにゆくうち開城の飛報に接した二十九歳の血の気の多い男である。

対して三十九歳の広沢安任は、藩校日新館で抜群の成績をおさめて二十二歳の時江戸の昌平黌《しょうへいこう》に留学。つつがなくその舎長をつとめる大度量を買われ、文久二年（一八六二）外国奉行糟谷筑後守にまねかれて箱館でおこなわれたオロシャ（ロシア）との国際談判に列した経験がある。鳥羽伏見の戦い後、江戸に踏みとどまったかれは大総督府に出頭して容保の冤《えん》を雪《そそ》ごうとしたが、逆に投獄されている間に会津滅藩を聞いたのだった。

この広沢には、七年前の箱館出張の行き帰りに陸奥北郡に立ち寄り、その地勢や人情を視察

したことがあった。そのかれが北郡移転説に与《くみ》して利を説き、旧藩士東京
《人と為《な》り俊秀にして雄弁》

と広沢の甥《おい》、広沢安宅《やすおり》の評したやはり昌平黌留学組の永岡が支持したのだから、
謹慎組の意見はすんなりと定まったのである。

「しかし、この件は国許残留の士たちにも諮《はか》るべきだろう」

と、やはり北郡視察経験のある山川浩はいって、北小路町の町野主水あてに早飛脚を立てた。

その文面は、新封土の選択についてのこれまでの議論のあらましを報じるとともに、主水に旧会津藩庁の国許支庁の責任者になることを命じていた。

だが、これを読んで主水は激昂《げっこう》した。というより、ほとんど逆上した。

かれは、やはり郭外に住む元家老で民政局取締時代の同志、原田対馬を訪ねてまくし立てた。

「あの山川のでこすけ野郎め、なんということを吐《ぬ》かす。この先祖代々の墳墓の地を捨てたて、猪苗代へ移るのであれば若松にいるも同然のこと。風土も民情もよく知れた土地柄ゆえ、貧しくともなんとか喰《く》いつないでゆけるはずです。なのに陸奥北郡などという訳も分らぬ北辺の地にゆこうとは、あやつ、謹慎中に少し頭がおかしくなったのかもしれませぬな」

「どりゃ」

原田対馬も手紙を一読したが、穏健な気性のかれは、

「お手前のいうとおりじゃ」

といってはくれなかった。

鶴ヶ城籠城戦《ろうじょうせん》の間、山川とともに重臣会議につらなっていた原田は、かれの聡明《そうめい》さをよく知っている。

なかんずく、戊辰《ぼしん》八月二十六日に日光口から駆けもどってきた山川浩の水際立った入城ぶりは、諸隊が死傷者を続出させながら城をめざしたなかで入城戦の白眉《はくび》と称えられた。

日光口から会津西街道を急行し、大川左岸の川南《かわなみ》村小松に達した浩は、城下を官軍がとりまいていると知るや一計を案じた。川南村小松は、毎年春の彼岸になると小松獅子《じし》をくりだすことによって知られた集落であった。浩は村びとたちの協力を得て楽手を先頭とする縦隊を結成、小松獅子の手ぶりではなやかに楽を奏でながら郭内へと行進し、官兵たちがなにごとかと首をのばして見守るうちに無血入城を果たしたのである。

なお蛇足ながら、従来この山川隊の無血入城を実現せしめた小松獅子隊は、その後百二十年間にわたって藩士たちと小松地区の壮丁たちからなっていたものであろうと思われてきた。

しかし、昭和六十三年（一九八八）三月に地元小松の高久金市氏が自費出版した『小松獅子舞考』によって、初めてその実態が判明した。笛役の隊長高野茂吉のみは三十歳の壮丁であったが、太夫《たゆう》獅子を演じた蓮沼千太郎と雄獅子の大竹巳之吉は十二歳、雌獅子の中島善太郎は十四歳。他の六人も十一歳から十八歳までの地元少年で、国のため親と水盃《みずさかずき》を交わしてから踊りはじめたことがあきらかにされたのである。

かれらは入城後、全員無事帰村し、長寿をまっとうしたことも同時に世に知られたが、農民の子を先頭に立てたのは、武器を持たぬ子供たちなら撃たれまい、という山川の計算があったため、といわれている。

そのような智謀《ちぼう》の人が秀英の誉れ高い広沢安任、永岡久茂とともに陸奥北郡移転に賛同しているのなら、それなりの根拠があるのだろう、と原田対馬には思われた。

かれが生ぬるい返事しかしないので、主水は独断で、

「陸奥北郡移住には断々固反対である」

と山川浩に書き送ろうとした。

しかし、書けない。中指の利かない右手の人差指と拇指《おやゆび》で筆を支え、蛙股《かえるまた》に黒い縫い痕《あと》のある左手でその手首を押さえるようにして書き出すのだが、もともと達筆とはほど遠い主水の筆

跡は、指の不自由と怒りのためにみみずのようにのたくってしまうのである。

（山川めに、町野はこんな字しか書けぬのかと思われるのも癪《しゃく》だ）

と考え直し、かれは元民政局取締の同志でなお若松に残留している者たちの間に陸奥北郡移住の不可、猪苗代の地の利を説きまわりはじめた。

その間に原田対馬は、町野主水が猛然と反対運動をしている、と東京の山川浩に伝えたようであった。

《足下らの御上京を待ちて新封土選択の御前会議をひらきたく存知候間、すみやかに当地へ御《ご》来駕《らいが》ありたし》

との山川からの手紙に接し、主水は、

（誰がゆかずにおくものか）

と勢いこんで即刻上京を決意した。かれは渋る原田の尻《しり》を叩《たた》き、桜田門外新橋の旧会津藩庁をめざして旅立った。明治三年一月中のことである。

二

元狭山藩邸本殿白書院上段の間に容保が出座した時、主水は羽織袴《はかま》のまま二の間に平伏してことばもなかった。

東京謹慎組の旧藩士たちは、すでに幾度も旧主のそば近くに伺候《しこう》している。しかし主水にとっては、会津藩開城式のとりおこなわれた明治元年九月二十二日以来一年五ヵ月ぶりの対面なのだ。

「町野源之助、よくぞ参った」

と容保はほほえみながらいった。

「その後、討死した者たちの亡骸《なきがら》をことごとく改葬してくれた由、さぞ苦労がつづいたことであろう。余からも改めて礼を申すぞ」

そのことばを聞き、主水はようやく積年の疲れが消えたように感じていかつい肩を震わせた。

だが二の間、三の間に居流れた旧藩士たちが山川浩を議長格として会議をはじめると、次第に議論は紛糾した。指名された広沢安任、永岡久茂が陸奥北郡移住を是とする旨その根拠を挙げて陳弁したのに対し、主水が感情をむきだしにしてこれを駁《ばく》したからである。

主水は、先ほど容保に挨拶《あいさつ》した時とは打って変わった怒りの口調で述べ立てた。

「いくさ果ててのち拙者《せっしゃ》は若松に残留いたし、都合三千十四柱を阿弥陀寺、長命寺ほか十四ヵ処に改葬いたしたことをまず諸氏に御報告する。拙者はこれより毎年春と秋の彼岸には、これらの地で法事をおこなって死者たちの霊を慰めつづけたい、と考えており申す。しかるに諸氏のなかには、陸奥北郡などという下らぬ土地に移ろうという愚説を奉ずる者が少なくないようだ。もしさような僻地《へきち》に立藩したならば、これら死者たちの祭祀《さいし》はどうなるのだ。東山院内の松平家御廟《ごびょう》は誰がお守りする。おのおの方の先祖の眠る菩提寺《ぼだいじ》はいったいどうするのだ」

猪苗代にとどまるならば、このようなことに頭を悩ます必要もない、と主水はつづけた。しかも猪苗代には、会津松平家の祖保科《ほしな》正之公の御霊《みたま》を祀《まつ》る土津《はにつ》神社もあるではないか。名君土津公が墳墓の地と指名した猪苗代に移ってこそ、旧藩士たちは心を一にして苦難に立ちむかえるというものだ、……。

これらのことを、主水は懸河の弁でまくし立てたのではない。もともと主水は、武士は無駄口はきかぬものだ、と信じている。そこへもってきて学生《がくしょう》時代にもさほど学問には身を入れなかったから、弁舌の才はあまりない。むしろ訥弁《とつべん》である。訥弁ながら怒りに燃えて論陣を張るものだから、時々つかえたりことばが出なくなったりしてとても名演説とはいえなかった。

対して広沢安任は、頬骨《ほおぼね》は張り目は窪《くぼ》んだ無骨な顔だちながら、世に聞こえた秀才らしく理をつくして再論した。

「今の御意見は承りましたが、旧藩士とその家族の数は約四千戸、一戸五人としても二万人にのぼるのです。また猪苗代は、町野氏も言及なされたごとく土津公の御世《みよ》から新田開発がすすめられたところで、それだけに今また新田を打ち出すことは不可能と考えられます。すなわち猪苗代に移ったのでは、われら二万人が飢えずに生きてゆくのはまことにむつかしい、と判断せざるを得ません。

しかも現今の政情をうかがいますに、われらが先祖代々の墳墓の地に固執すればするほど政府は猜疑心《さいぎしん》をたくましゅうし、おそれながらわが公の御帰国をも虎を野に放つがごときこととみなし、許可を下さぬ事態と相なることも充分に考えられます。でござりますから、ここはすみやかに新封土を陸奥北郡と定めて政府にその希望を伝え、迅速に移住してわが公と容大さまとを新封土にお迎えすることこそ肝要なのです。これが臣子の情宜においてもっとも大切な問題で、これが叶《かな》いさえすれば、あとはいかなる艱難辛苦《かんなんしんく》をも耐え忍ぼうではござりませぬか。若松に眠る藩士諸君も、われらの気持をきっと分って下さるでしょう」

こう理詰めに説かれると、主水はなにを小癪な、とは思うがすぐには反論のことばが見つからない。

「ともかく」

とかれは、破れかぶれで宣言した。

「誰がどういおうと、拙者は猪苗代移住を主張する。会津に残って本日出府できなかった者たちも、拙者とおなじ意見と考えられよ。拙者は、この意見が通らぬかぎり生きて若松には帰らぬ覚悟だ」

この時山川浩に発言を求めたのは、主水の正面に座る永岡久茂であった。ひろい額に男らしい面長な顔だち、昔から女性に人気のあった永岡は、開口一番決めつけるようにいった。

「町野さん、さっきから聞いておれば、足下のいうところはまるで無茶ではないか」

「なにを、無茶とはなんだ」

主水が右膝《ひざ》を立てると、永岡はかれを指呼《しこ》して畳みかけた。

「無茶だから無茶だというのだ。大体このたびの陸奥の新封土については、かつて現地を二度も実地調査した広沢さんが、今後有望の地だから旧臣たちを収容するのに充分だ、とおっしゃっているのだ。それを、現地に行ったことも見たこともない足下が、勝手に『下らぬ土地』などと決めつけるのは無礼であろう。これが無茶でなくてなんだというのだ」

雄弁をもって鳴る永岡が痛いところを突いたので、主水は詰まってしまった。永岡とふたりきりであれば、

「問答無用！」

と刀を抜いて黒白《こくびゃく》をつけたいところだが、容保の面前とあってはそれもできない。吊《つ》りあがり気味の双眸《そうぼう》に力をこめ、唇をへの字にむすんで永岡を睨《にら》みつけるうち、険悪な空気を察して広沢が提案した。

「山川さん。論議はほぼ出つくしたかに見えますが、なお両説に強い支持があって結論が出ぬようです。本日の会議はここまでとし、もう一度日を改めて会議をひらいてはいかがでしょう」

容保がうなずいたので、山川浩はいったん解散を宣言した。

（永岡め、ひとの言葉尻ばかりつかまえおって許しがたいやつだ）

主水はまだ腹の虫が収まらなかったが、言い負けていたところだったから救われたような気もした。かれは、宿舎に指定された屋敷内の表長屋の一室へと引き揚げていった。

ところが永岡も、気の短いことにおいては主水に負けず劣らずの男である。せっかくおれが言い勝っていたところなのに水を差されてしまった、なんとしてもあの頑固者を説破してやる、と意気ごんで主水の部屋を訪ねてきた。主水に対座して、

「おれにはまだ言い足りぬことがある」

と、先ほどの議論を蒸し返して決めつけたのである。

「大体、今日において火急の問題は、旧藩士たちに糊口《ここう》の途《みち》をひらくことであって、故郷に恋々《れんれん》

としている場合ではないのだ。どうだ、分ったか」

その威丈高《いたけだか》な口ぶりに、ついに主水は我慢ならなくなった。

「おれが故郷に恋々としているとは、聞き捨てならぬ。そこへ直れ、ぶった斬ってくれる」

主水は背後の刀架《とうか》にある志津兼氏を左手で取り、その柄に右手をのばした。だが永岡も何度も弾雨をくぐり、抜刀斬りこみに生き残った古つわものである。主水が抜刀するより一瞬早く膝行《しっこう》して迫り、その右手を押さえつけたので抜くに抜けなくなった。

「この手を離せ」

「離してたまるか」

たがいに罵《ののし》りあう声がほかの部屋にも伝わり、旧藩士数名が飛びこんできてふたりを制した。

この事件は、翌日には早くも容保に報じられた。容保は永岡には自宅への謹慎、主水には帰国謹慎を命じた上で役儀御免を通達したので、ふたりはそろって新封土選択に対する発言権を失ってしまった。

（元治元年には京都で入牢《じゅろう》、そのあと津川で三年以上謹慎し、開城後は猪苗代で謹慎したと思ったら、今度は若松で謹慎か）

なんということか、とさすがに索然《さくぜん》としながらも、主水は肩を怒らせて旧会津藩庁をあとにした。

猪苗代派の最強硬論者が消えたのだから、新封土は陸奥北郡とすんなりと決まった。より正確にいえば、陸奥国二戸《にのへ》郡のうちの十二村、三戸《さんのへ》郡のうちの十二村、その北に七戸藩領をはさみ、本州最北端の北郡（下北半島）のうちの四十六村。くわえて北海道の胆振《いぶり》国山越《やまこし》郡と後志《しりべし》国瀬棚《せたな》、太櫓《ふとろ》、歌棄《うたすつ》の四郡である。名づけて、

——斗南《となみ》藩。

石高こそ二十八万石から三万石へと激減したものの、路頭に迷うかに見えた旧会津藩士たちは、あらたに斗南藩士として新時代に乗り出すことになったのだった。

明治三年四月十七日には、東京謹慎組からの移住第一陣三百名がアメリカの外輪蒸気船に乗って品川を出港。同年閏《うるう》十月までの間に、越後高田と東京の謹慎所、そして若松から斗南に移住した人数は約一万七千人に達した。

その間の五月十五日、まだ一歳にもならない容大が従五位《じゅごい》斗南藩知事に任じられると、山川浩が権大参事《ごんのだいさんじ》となってこれを補佐。広沢安任、永岡久茂のふたりが推されて権少参事となり、庶政を司ることになった。

主水が主張したように祖先の墳墓の地を去ることを潔しとせず、若松周辺に帰農した者も二千人にのぼった。しかし、逆に若松県内から旧主を慕って斗南をめざした者も四千五百七人に達したから、主水の知った顔はめっきり少なくなった。

三

町野主水同様若松にとどまっていた旧藩士のなかに、金田百太郎という者がいた。金田隊隊長として越後口で朱雀《すざく》四番士中隊とともに戦った、長身痩軀《そうく》の勇士である。

その剣の腕を買われて若松の各検断の用心棒をつとめているかれが、焼酎《しょうちゅう》の壺《つぼ》を提げて町野邸にあらわれたのは六月末の蒸し暑い黄昏時《たそがれどき》のことであった。

主水は通いの下女ひとりを雇っただけのつましい暮らしをしているので、母屋は使わず土蔵の一階と二階に各八畳の部屋をしつらえ、蔵屋敷としていた。蔵屋敷は夏涼しく冬暖かく、火事にも強いので若松では上等な住まいとされている。

その一階八畳間に通った絽《ろ》の夏羽織姿の金田百太郎は、長刀を身の右側に置いて正座すると久闊《きゅうかつ》も叙さずにいった。

「本日は尊公とべろべろになるまで呑《の》みたくてやってまいった」

「一体、どうなされた」

越後口出陣以来の顔なじみを麻帷子《かたびら》に袴を着けて迎えた主水は、百太郎の整った面差に苦渋の色が濃いのを見て率直に訊ねた。

次の瞬間、主水のいかつい相貌《そうぼう》には驚愕《きょうがく》の表情が貼《は》りついていた。

「伴百悦《ばんひゃくえつ》殿が、お果てなされた」

と百太郎が告げたからである。かれは県の高官の護衛を依頼されることもよくあるので、地獄耳なのである。

「――そうか。もうあの束松《たばねまつ》事件から一年近くたつのだな。事情を詳しく話してくれぬか」

主水がランプを灯《とも》して湯呑茶碗《ゆのみぢゃわん》をふたつならべると、百太郎はさっそく焼酎を注いで呷《あお》りながら話しはじめた。

……昨年七月十二日に久保村文四郎を斬殺したあと、伴百悦は単身越後に潜んだ。どこでどのように過ごしたのかはよく分らないが、とにかくかれは今年春先に阿賀野《あがの》川左岸の大安寺村というところにあらわれ、あたり屈指の豪農坂口津右衛門家の奥座敷に匿《かくま》われた。

「あのお客人は、会津のお侍だそうだ」

という噂《うわさ》は、やがて坂口家の使用人の口から村内へとひろまっていった。

ところが越後の各地方も若松城下同様贋金《にせがね》、贋札の横行に悩まされ、当局は密偵多数を放って製造者を捕えようと血眼になっていた。その密偵たちが時折坂口宅にも立ち寄るので、百悦は身に危険が迫ったと感じ、おなじ村内の医師徳永晋斎方をへて田んぼのなかの小体《こてい》な寺、慶雲庵へと移転した。

だが、ついに越後村松藩の捕吏が百悦に夜討をかけた。

「元会津藩士伴百悦、神妙に縛《ばく》に就《つ》けい!」

板戸を激しく叩《たた》きながら喚《わめ》く声を聞き、奥八畳の蚊帳《かや》のなかに臥せっていた百悦は、大刀をつかんで静かに部屋をすべり出た。

そして大刀を板戸に突き立て、捕吏ひとりを刺殺したかれは、部屋にもどるや作法どおり切腹して事切れた。六月二十二日夜の出来事で、百悦が贋金造りとは無関係だったと知った村びとたちはその死を哀れみ、遺体の腐敗を防ぐために塩三俵を入れた寺域内の墓穴に埋葬。小石数個をならべて墓標とし、修功院百法勇悦居士の法号を贈ったという。

「——さようか。実は拙者、東松事件の発生を聞いた時から、やがてはかような知らせに接するのではないかとひそかに恐れていたのだ。その時が、ついに来たか」

両手を膝に置いて聞いていた主水は、寂しそうにいった。みずから被差別部落入りしてまで、戦死者たちの改葬に力をつくしてくれた男が、自分のみははるか会津を離れた寒村の土となってしまったのか、と思うとやりきれない。

遺体運びを手伝いながら、思わず、

「臭い！」

と叫んだ少年たちを、伴百悦は短軀《たんく》を伸びあがらせるようにして、

「なにが臭い。討死した者たちの無念さを考えてみろ！」

と叱《しか》りつけたものであった。

「その伴さま御自身が、かくも無念の最期をとげられるとは」

主水が詠嘆して湯呑茶碗に口をつけると、百太郎がいった。

「高津仲三郎らはまだつかまらぬようだが、いずれ伴さまとおなじ運命をたどるしかないのでしょうな」

主水には、答えようもない問いかけであった。

鶴ヶ城本丸の建物の一部は若松県庁として使用されていたが、その所管は陸軍省であり、陸軍省は仙台鎮台の長官に命じてこれを管理させていた。

しかし、なかば廃屋と化した御殿多数が残存していては危険なので、若松県は陸軍省の許可を得て少しずつとりこわし作業をはじめた。

明治三年十一月からは旧藩士の居住していた本殿の解体がはじまり、あくる四年三月には御座の間が西名子屋町の長命寺に移築されてその本堂となった。長命寺の本堂が戊辰の兵火に焼失していたためだが、長命寺が選ばれたのは旧藩士の墓がもうけられていたからにほかならない。

同年五月には、本丸御三階《おさんがい》と内玄関の一部が阿弥陀寺に移されてその仮本堂となった。御三階とは文字どおり三階建ての建物で、藩主が密談する時などに用いたものである。

長命寺と阿弥陀寺にのみ本丸の建物の一部を移築することになったのは、主水が県に対して強硬に申し入れたためであった。

（お城の建物が墓近くにあれば、死者たちの霊はより安らぐだろう）

と考えて、かれは移築は新築とおなじぐらい金がかかる、と渋る県にむりやり希望を通したのである。旧藩士たちの姿もめっきり少なくなったことが、かえって若松取締の肩書をもつ主水を町の重鎮たらしめていた。

四年七月一日からは、北出丸の東西ふたつの角櫓《すみやぐら》と全城の赤瓦白しっくい塗りの塀の撤去が開始された。その三ヵ月後からは、かつて郭内の武家屋敷と郭外の町方とを区切っていた郭門がとりこわされ、外堀と土手とは埋め立てられて、耕地とすることを条件に希望する町に無料で下げわたされた。

同時に、土手の上に根を張っていた欅《けやき》や松、杉、檜《ひのき》、榎《えのき》などの老樹も次々と伐採されたから、無数の砲弾を浴びて屋根の歪《ゆが》んだ五層の天守閣こそまだ天に屹立《きつりつ》しているものの、若松の城下町らしい風情がひとつひとつ消えてゆくのはどうしようもなかった。

四

明治六年春になると、斗南《となみ》の移住先から若松に帰ってくる者たちがめだちはじめた。いずれも痩《や》せ衰え、貧農そのものの身なりで、かの地で産をなした気配もないのに町野主水は驚かされた。

職や入植の世話を求めて北小路町にやってくる旧藩士たちから実情を聞き、

(やはり、そんなことであったか)

と主水は眉《まゆ》をしかめた。

石高三万石とは政府の真っ赤な嘘《うそ》で、実のところ斗南藩――のちの斗南県は、稲作にはまったく適さず、雑穀をいくらかき集めても七千五百石しか収穫できない寒冷不毛の地であったという。

自給体制を確立するまでの備えとして、山川浩は斗南移住に先んじて政府から救助米三万石を与えられていた。さらに明治三年七月中に玄米千二百石と金十七万両、九月には一万五千石を引き出すことに成功したが、それでもなお焼石に水であった。

ひとびとは馬用の大豆から、雑草、木の皮、死んだ犬の肉まで食べて生きながらえようとしたが、体力のない老人や幼な児たちは、その後三年半の間に次々と死んでいった。未亡人や娘のなかからは、操を捨てて身売りする者も相つぐ始末で、この三月十五日に、

「元斗南県貫族士族卒等処分方」

という法令が発布されるや開拓を断念する一家が相ついだ。斗南県を吸収した青森県から他県への移転、送籍を願う旧斗南藩士には、ひとり宛米二俵と金二円、一戸宛資本金十円が転業資金として下賜されることになったからである。

こうして不毛の荒地を脱出した八百五十四家族が、なつかしい若松へ引き揚げてきたのだった。

（だから、おれがいったではないか。あの激しかった戊辰のいくさにも生きながらえた者たち

が、どうしてむざむざと北辺の荒野に死なねばならぬのだ）

主水は明治三年一月の、元狭山藩邸白書院における広沢安任、永岡久茂相手の激論を思い出して呻《うめ》き声をあげた。

（まったく頭のいいやつというのは、できぬ事もできると思いこんでしまうからこんなことになるのだ）

しかしかれは、陸奥北郡移転説を主唱した者たちをざまを見ろ、とは思わなかった。郭内の旧武家屋敷町どころか外堀や土手まで田畑と化した若松は、かれの住まう北小路町ひとつを見ても藁葺《わらぶ》き屋根の粗末な家々が点在する寒々とした町並と化していた。かつて仙台につぐ奥州第二の城下として繁栄した面影は、もはやほとんど残っていない。

「たしか、佐川カンべさまも帰国なされたはずです」

と聞き、主水は官兵衛にも町の取締になってもらおうと思い立った。

佐川官兵衛は、

「会津武士の典型」

といわれた旧会津藩きっての勇将で、かれを畏敬《いけい》する旧藩士たちは今なお少なくなかったから、ふたたび旧藩士たちの増加した若松にあって皆の支えとなってもらえれば自分もやりやすい、と考えたのである。

金田百太郎を介してその希望を伝えると、耶麻郡大都村に身を寄せている官兵衛は、和歌をもって思いを伝えた。


雲水に心はまかせ澄む月の法《のり》の鏡と世をやわたらむ

このころ金田百太郎は、弟の百助やせがれの小文治らとともに、

「武談会」

という集まりを作って、少年たちに剣を教えていた。

「武談会には加わりたいが、おれは亡国の臣ゆえもはや一切政事《まつりごと》にはかかわらぬ覚悟だ」

と官兵衛は答えたという。かれは、山川浩に斗南藩庁への出仕を求められた時にも断固としてこれを拒んだ、という風聞であった。

これもたしかに、ひとつの生き方ではあった。

主戦派の家老だった梶原平馬も斗南移住に同行し、斗南県が青森県と合県するや青森県の庶務課長に就任した。しかしこの職もわずか二ヵ月で辞任してしまい、山川に挨拶《あいさつ》もせず北海道

へ流れていったという。官兵衛も梶原平馬とおなじように、旧会津藩の敗北と滅藩の責任を今なお感じつづけているらしかった。

明治六年十二月、若松県庁は本二ノ丁の旧会津藩会所の跡地に庁舎を新築し、鶴ヶ城本丸から移転することになった。

「では、お城は無人となってしまう。番人を置き、破損箇処を修理しておく必要があるな」

町野主水の意見は県庁の受け入れるところとなり、権令《ごんれい》沢簡徳《かんとく》は仙台鎮台長官三好重臣に対し、費用を出してくれるよう申し入れた。

しかし三好がそのむね陸軍省に伝えると、陸軍省はその余裕はないとして鶴ヶ城を廃城とすることに決し、建材払い下げ希望者の入札によって取りこわせ、と指示してきた。

その入札が一般に告示されたのは、翌年二月五日のこと。だが若松市民の驚きと衝撃ははなはだしく、取りこわし中止を嘆願する動きが起こった。

若松市民の朝は、鶴ヶ城の天守閣にむかって合掌《がっしょう》することからはじまる――それが昔からの習慣であったから、鶴ヶ城廃城宣言はひとびとにとって信仰対象を奪われるに等しい由々しき大事と映ったのである。

主水も、ためらいなくこれら市民の側に立った。髷《まげ》を落として断髪にしたかれは、三十四歳の男盛りとなって全体に肉がついてきた。身の丈五尺七寸の堂々たる体軀《たいく》に左三つ巴《どもえ》の家紋を打った羽織と袴《はかま》をまとい、脇差《わきざし》を差して人力車で何度も県庁に通いつめた。若松にも洋服やマンテル、革靴を好む者たちがふえていたが、主水は頑として和服ひと筋であった。

その嘆願が同情されたのか、三月十日限りとされていた期間内に入札を願い出た市民は皆無であった。すると県庁は、ほかならぬ主水に入札者探しを依頼してきた。主水は大いに面喰《めんく》らったが、

「今回入札希望者がなかったからといって、安心してはいられませんぞ。なにせ相手は陸軍省です。若松に希望者がないと知れば、県外の業者に布告するのは目に見えています」

と説かれて宗旨替えすることにした。陸軍省といえば長州人の巣窟《そうくつ》であり、出入り業者にも長州人が多いと聞いている。長州人どもにわが城を毀《こぼ》たれてはかなわぬ、と考えて、若松市民に落札させることを約束したのである。しかしこの時、主水はひとつ条件をつけた。

「町方の者は、旧藩時代にはお城への立ち入りを禁じられていたから御城内を見た者がいない。また最近は、斗南から帰ってきた旧藩士たちも少なくない。これらの者たちに、せめて取りこわし前にお城を見学させてやりたい」

「では、城内で近ごろはやりの博覧会を開催すれば一石二鳥ですな」

沢簡徳が膝《ひざ》を叩《たた》いたので、主水は博覧会などということばは知らなかったが、行きがかり上これに賛意を表した。

だが、三好重臣はこれに反対であった。入札前に見物客多数が城内に押し寄せては、自然建物に損傷を生じ、入札価格が下落する恐れがある、というのである。

対して沢簡徳は答えた。

《博覧会催し候わば人民輻輳《ふくそう》し、自然望みの者（入札者）も出申すべく、かつ巡覧中は取締手配申しつけ候儀につき、多人数入りこみ候ともあえて損傷の患《うれ》いはこれなし》

こうして沢が三好の許可をとりつけるのと並行して、主水は四月十五日に地元業者に落札させることに成功した。価格は八百六十二円。

つづけて四月二十日から五月九日までの二十日間、朝八時から午後四時まで城内では東北地方初の博覧会がひらかれた。

これが成功裡《り》に閉幕するといよいよ取りこわしがはじまり、天守閣、角櫓《すみやぐら》、城門、橋などが次々と解体されて、七月中旬までには石垣と堀とが残るのみとなった。

その作業を見つめつづけた主水は、

（戊辰九月には降伏開城の使者を命じられ、翌年には戦死者改葬に打ちこんだおれは、この名城の最期を看取るめぐりあわせでもあったのか）

と思うと感無量であった。

五

城の建材の落札者のみならず、博覧会に町野主水の口利きで出品した商人たちも大もうけして、たっぷりと謝礼金を差し出した。主水は、自然ふところ具合が豊かになった。

これまで蔵屋敷のふた間で暮らしていたかれは、これを元手に木造二階建ての母屋を建てた。敷地は板塀で囲って冠木《かぶき》門をしつらえ、裏庭には稲荷《いなり》明神を祀《まつ》る祠《ほこら》も造った。これは、

「屋敷稲荷」

といわれるもので、かつて鶴ヶ城内に稲荷神社が勧請《かんじょう》されていたように、旧藩士宅にはかならず屋敷稲荷があったのである。

母屋も完成したあと、主水は再婚に踏みきった。相手の名は臼木《うすき》よし子、二十四歳。低禄ながら旧藩士の娘で、その祖父と母は戊辰八月二十三日に甲賀町郭門に近い井上丘隅《おかずみ》邸で井上家の者たちとともに殉難していた。それと聞いただけで、主水は答えた。

「見合の必要はない。その者を娶《めと》る」

よし子は、顔は十人並だが無駄口はきかないしっかり者で、ニシンの山椒漬《さんしょうづけ》や小づゆを上手に作るところはやはり会津の女であった。よし子が明治八年十一月までの間に女の子と男の子とを出産したので、主水はモト、武馬と名づけた。

なおも主水は洋服を嫌い、いつも和服に脇差を差して暮らしていた。来客があるとかならず紋羽織に袴をつけ、白扇を手にして応接する。

その欠けた左耳、利かない右手中指、左掌の蛙股《かえるまた》に走る黒い縫い痕《あと》に気づくと、仲介斡旋《あっせん》を乞うべく町野邸を初めて訪れた客たちは、眉尻《まゆじり》のはねた濃い眉の下に光る吊《つ》りあがり気味の両眼、唇をへの字にむすんでうなずく主水に畏怖《いふ》の念を覚えるのがつねであった。

しかし主水は、子供のことはよく可愛《かわい》がった。モトが生まれた時には屋敷稲荷のかたわらに自分で穴を掘り、桐《きり》の苗木を幾本か植えた。やがてモトが嫁にゆく時には、この桐の木で箪笥《たんす》を作ってやろうという親心からである。

主水は、よし子が質素な木綿ものをまとい手を赤くして立ち働いているのを見ると、死に目に会えなかった先妻おやよを思い出した。モトと武馬がよし子にまとわりつくのを眺めると、

（このふたりはおなをと源太郎の生まれかわりなのだ、今度こそかならず長生きさせてやるか

らな）
と誓わずにはいられなかった。
開城後、父伊左衛門とともに猪苗代に謹慎していた時に小者の兵助から聞いた一家自刃の話――なかんずく七歳のおなをが、介錯《かいしゃく》される前に楓《かえで》のような小さい掌を合わせ、鶴ヶ城の方角を伏し拝んだという話は、いつか自分が実際に目撃した光景のように眼裏《まなうら》に焼きつけられている。
朝起きると主水は第一に屋敷稲荷に参拝し、妻子三人の健康と長寿を祈る習慣がついた。

その間にも、旧会津藩士たちの苦難はなおもつづいていた。なによりも政府が旧敵国と見て若松県の開発を意識的に立ち遅らせているので、若松にいてもなかなか生計の途《みち》が立たない。

明治七年二月、旧藩士約三百人が佐川官兵衛を中心に結束し、東京警視庁に奉職すべく若松を去っていったのはその象徴的な出来事であった。

時の警視長は、鹿児島県士族川路利良《としよし》。かれには鶴ヶ城攻囲戦に参加して、

「鬼官兵衛」

の異名をとる佐川官兵衛の、凄惨《せいさん》なまでの戦いぶりに胸を打たれた経験があった。それをま

だ忘れていなかった川路は、前年十月に西郷隆盛が下野すると鹿児島出身の巡査多数もこれと行をともにし、東京警視庁が弱体化の危機に曝《さら》されたのを立て直すべく官兵衛に出仕を乞うた。

耶麻郡大都村に逼塞《ひっそく》し、村夫子然とした暮らしをしていた官兵衛は、初めは丁重にこれを拒否した。しかし旧藩士三百人に、

「カンベさまが行って下さるなら拙者《せっしゃ》どももゆきたい。そういたさぬと、どうにも家人たちを食わせられぬのです」

と哀訴され、ついに出仕を決意して東京へ去ったのである。

しかしその後も、若松の主水に聞こえてくる旧藩士たちの動きには、

（どうしてそうなってしまうのだ）

と首を振りたくなるようなことが多かった。

そのなかで主水がもっとも衝撃を受けたのは、明治九年十月末に起こったいわゆる、

「思案橋事件」

の概容を知った時であった。

明治九年十月といえば、日本各地で不平士族の政府への怒りが昂《たか》まるなか、二十四日に熊本で神風連《じんぷうれん》の乱、二十七日に福岡で秋月《あきづき》の乱、二十八日に山口で萩《はぎ》の乱が立てつづけに勃発《ぼっぱつ》し、

物情騒然とした時である。その十月二十九日深夜、旧会津藩士五人をふくむ不平士族の一党が日本橋小網町で暴発し、日本橋警察署に逮捕されたのである。

その五人とは、主水もよく知っている永岡久茂、高津仲三郎と竹村俊秀、井口慎次郎、一《ひとつ》柳《やなぎ》訪《たずぬ》。かれらは萩に武装蜂起した一味の首領前原一誠とひそかに気脈を通じ、まず千葉県庁を襲うべく思案橋たもとの船宿に出舟を求めた。それを怪しんで駆けつけた警察官四人のうちひとりを斬殺、ふたりに重傷を負わせて逃走を図ったものの、二十日午前三時に一網打尽にされたという。

ともに民政局取締として戦死者改葬に努めた高津仲三郎は、二年七月に束松事件を起こして以来七年以上も潜伏逃亡をつづけていた。その仲三郎がいつか永岡久茂と連絡をつけていたというのも主水には意外だったが、共謀して政府顚覆《てんぷく》計画を練っていたとはさらに思いも寄らぬことであった。

（政府顚覆計画を立て、警察官まで殺したとあっては、斬首はまぬかれがたいところだ）

一体、なんということをしてくれたのだ、と主水はその暴発を哀しんだ。が同時に、佐川官兵衛も警視庁内で、おなじ会津人として窮地に陥っているのではないか、と懸念されてならなかった。

その官兵衛が死んだ、と金田百太郎が知らせてきたのは、明治十年三月末のことであった。一等大警部、第一方面第一分署——今日の麹町《こうじまち》警察の署長となっていた官兵衛は、この年二月十二日に西南戦争がはじまるや大分出張を命じられた。

「豊後口《ぶんごのくち》警視隊」

の副指揮長として、薩軍征討にあたるためである。三月十三日、大分から豊後《ぶんご》竹田街道を西進して阿蘇《あそ》五岳の南側にまわりこんだかれは、いわゆる、

「阿蘇南郷谷《なんごうだに》」

の中心地、白水村《はくすいそん》吉田新町に進出。十八日午前一時、百七十名の警視隊と地元の義勇軍南郷有志隊の五十名とをひきい、熊本への出口にあたる西方の二重峠《ふたえのとうげ》をめざした。しかし、途中で左右の高地から薩軍の迎撃を受けて警視隊は潰走《かいそう》、先頭を行った官兵衛も狙撃《そげき》されて討死したという。

（鬼官兵衛と渾名《あだな》されて旧藩士たちに慕われ、敵からは恐れられたあのカンべさんすら戦死するとは——）

主水は会津武士の典型といわれた官兵衛が命を落とした戦いの実態が知りたくてたまらなくなり、三月二十七日から『郵便報知新聞』を定期購読することにした。この日から「戦争探偵

人」犬養毅《いぬかいつよし》による『戦地直報』が連載されると聞いたからである。

残念ながら犬養は別方面に従軍していて、官兵衛の戦った二重峠のいくさの模様には触れていなかった。これには失望したが、回を追うごとに主水は、誰か知っている旧藩士の名前が出てくるのではないか、と期待と不安を抱くようになった。するとある日、田原坂《たばるざか》の激戦を伝えるくだりで次のような記述にぶつかった。

《十四日、田原坂の役、我軍進んで賊の堡《とりで》に迫り、殆《ほとん》ど之を抜かんとするに当り、残兵十三人固守して退かず、其時《そのとき》故会津藩某《なにがし》（巡査隊の中《うち》）身を挺《てい》して奮闘し、直《ただち》に賊十三人を斬る。其闘う時大声に呼《よば》って曰《いわ》く、戊辰の復讎、戊辰の復讎、戊辰の復讎と。

是は少々小説家言の様なれども、決して虚説に非《あら》ず、此会人は少々手負《ておひ》しと言う》

新聞を閉じて目をつむると、

「戊辰の復讐《ふくしゅう》、戊辰の復讐！」

と連呼する鋭い叫び声が、耳の底に響きわたるようであった。

主水自身は戊辰の死者たちの墓守たらんと思い定め、また旧藩士および町方の者たちの授産に力を注いで明治十年までを生きてきた。かといって、家族の命をふくむそれまでの人生の一切を一気に奪われた大暴風のような戦いの怨《うら》みが、すでに霧消したわけではない。

（ひとりで十三人の薩摩人に立ちむかい、そのことごとく斬り伏せた旧藩士とは誰なのか）

その名前が記されていないのは、不満であった。が、滅藩後、斗南という不毛の荒野に追いやられた旧藩士たちの怒りと死者たちの無念が、この勇士の剣に乗り移っていたのは確かなことのように思われてならない。

（カンべさま。おみさまとともに警視庁に奉職したなかには、こんな腕利きもいたのですよ）

いつか主水は、一度は憎み、のちにはその胆力に敬服した官兵衛の面影にむかって呼びかけた。呼びかけながら、また旧藩士のなかから多くの死者が出るのだろう、と考えていた。

かつて賊徒として征討された旧藩出身の軍人、警察官たちは、いまや官軍なのである。かつての官軍主力たる薩摩人を賊徒として討つ機会に晴れて恵まれたのだから、歓呼の声をあげて敵塁に斬りこむのは田原坂の勇士だけではあるまい。そうなれば否応なく死者がふえるはずだ、と思うと切なくなったが、

（おれが出征していたら、やはり先陣を切って敵に迫ることのみを願っていただろう）

と考え直すと、それもやむを得ないことのような気がした。

西南戦争はこの年の九月二十四日、鹿児島城下に追いつめられた西郷隆盛の自刃によって幕を閉じた。主水が予測したように、この戦いに散った旧藩士の数は七十名にのぼった。

特に昨年の思案橋事件以来、軍隊内でも各警察署内でも会津人は根っからの賊徒だと蔑《さげす》まれ、会津出身者は肩身のせまい思いをしていた、という話は若松にも伝わってきていた。

「会津人は賊徒にあらず」

佐川官兵衛を筆頭とする七十人は、戊辰の復讐というよりも、むしろ身をもってその証《あかし》を立てるべく死地におもむいたのかも知れない、という者もいた。

「いずれにしても」

さまざまな感想を述べる客たちに対し、主水はいった。

「七十人の魂魄《こんぱく》が、この若松に帰りたいと願っているのだけは確かなことだ。いずれ阿弥陀寺に慰霊碑を建て、戊辰の戦死者たちとともに祀《まつ》ろうではないか」

六

旧会津藩時代、領民たちに課せられていた年貢（地租）の税率は平均すると四公六民であった。維新後も若松県はこの税率を踏襲していたが、大幅な財政赤字に悩んだ結果、明治四年には五公五民に増税したから農民たちは重税に苦しんだ。

七年十一月、若松県は他県にならって地租改正に着手。田畑山林の土地売買の禁を解いた上で地価を定め、その地価の百分の三をもって税率とした。

しかしこれは、旧藩時代のそれと較べれば六公四民ないし七公三民に匹敵する額になる。のみならず旧藩時代の無地高（年貢が免除される土地）、荒地高（おなじく年貢を免除される荒廃した耕地）その他にも地租は課せられたから、各地では農民運動が相ついで起こりはじめた。

このような問題を孕《はら》みながら、若松県は明治九年八月二十一日をもって磐前《いわさき》県とともに福島県に吸収合併された。おりから自由民権運動が各地に隆盛をきわめ、福島県内でも八年に石川に石陽社、十一年には三春《みはる》に三師社が誕生。若松をふくむ北会津郡にも、愛身社が結成された。

愛身社の中心人物は、耶麻郡喜多方《きたかた》村の安瀬敬蔵、下柴村の宇田成一、加納村の遠藤庄象、五十嵐武彦。いずれも胆煎《きもいり》層の出身であったが、地租改正を改悪とみなすかれらは、十三年十一月には国会開設請願のため三千七百余の署名を集めるまでに成長。板垣退助の自由党とも盟約をむすび、十五年春までの間に県下には自由党福島部、喜多方には自由党会津部を設置するに至った。

しかしここに、これら自由党の党員たちにとっては、

「天敵」

ともいうべき男があらわれる。

薩摩出身の三島通庸《みちつね》。明治十五年一月山形県令から福島県令に着任した三島は、二月二十八日には早くも北会津、河沼、大沼、耶麻、南会津、東蒲原《かんばら》六郡の郡長を若松に招集し、

「三方道路」

の着工について通達した。

三方道路とは、若松を起点として会津と山形、栃木、新潟三県とをつなぐ近代的道路網のことで、物産は豊かではあるが四方を山にかこまれ、農業、商工業全般にわたって立ち遅れのめだつ会津地方の物資輸送を、これによって一気に円滑化しようという気宇壮大な構想であった。工事費としては、三島自身が太政官《だじょうかん》から国庫特別補助金二十六万円を引き出すから、各郡はただちに三方道路開鑿《かいさく》を決議せよ、というのである。

三月十六日、若松の融通寺でひらかれた六郡連合会は、ただちにこれを議決。六郡の住民は、独身者と病者を除いて貧富にかかわらず、十五歳以上六十歳以下の男女はひとり毎月一日、三年間の労役に服し、労役に出ない者は男一日十五銭、女一日十銭の代夫賃を納入せよ、と定めた。

三島通庸はこの時代には珍しく、

「都市計画」

という行為の重要性を理解していた政治家であった。明治十二年、それまで不毛の荒野と思

われていた栃木県の那須野《なすの》ヶ原を視察した時には、水もなく石だらけの荒地であることも気にならぬかのように南端の常盤《ときわ》ヶ丘に登って全域を俯瞰《ふかん》。左右に両手をひろげ、

「この間、一千町歩」

と大規模な開拓事業に挑む決意を披露し、実際に政府から一千町歩の無料貸し下げを受けている。

のちの三島村の成立だが、三島はこの村を一町歩単位の碁盤の目に整然と分割し、その区画の間に道幅四間ないし二間二分の道路を走らせるかと思えば、収穫所、養蚕所、病院、銀行、郵便局、小・中学校まで設けた。この三島村が今日もなお西那須野町の一部として異彩を放ちつづけていることからも、その異能のほどは察しられよう。

だが三島は、自信家であり頭も切れる人物によくあるように、自分の考えが理解できない者が馬鹿に見えて仕方のないタイプだった。

しかも大事業であるにもかかわらず、三島は三方道路建設の予算書、設計書などは、六郡連合会の委員たちに示そうともしなかった。そればかりか六月に入ると六郡連合会に対して着工を督促し、三、四、五月分の代夫賃も徴収するよう求めた。このため、委員たちのなかにも反感をあらわにする者たちがめだちはじめた。

このような不穏な形勢になったところへ火に油を注いだのは、県が六郡に対して六万円の寄付金募集を命じたことであった。のみならず代夫賃を納めない者は、その財産を公売処分として納入させる、と郡民の財産調査まではじめたからたまらない。自由党本部も自由党福島部とともにこの問題に注目し、郡民の権利のため新たに会津自由党を組織して、その本部を若松に置いた。

しかし、これら日々に激化する三方道路建設反対運動を、苦々しい思いで見つめていた者たちも若松にはいた。問屋、豪商たちと旧藩士たちである。

商人たちにとって、物産の輸送の円滑化はすなわち商売の飛躍につながるから、三島県令の決断はなによりもありがたかった。

町野主水もかれらとは交際が深いし、越後街道、米沢街道、そして栃木県北部につながる会津西街道の険しさは、何度か徒歩で旅して経験ずみである。

〽つらいものだよ馬喰《ばくろう》の夜引き、夜はくつわの音ばかり

と謳《うた》われる荷駄運びの者たちの苦労もよく分っていたから、難所には隧道《すいどう》を掘削してしまう、

と聞いただけで、大変けっこうな計画である、と感心していた。

そこへ三島は、主水以下旧藩士たちのすべてが夢かと驚いたほどの手篤い援助の手を差しのべてくれた。

会津戊辰戦争の際には薩軍のひとりとして攻城戦に加わり、明治七年以来、酒田県（のち鶴岡県）、山形県と旧奥羽《おうう》列藩同盟に属した地方の県令をつとめてきた三島は、これら東北地方の発展のためには士族授産政策を採るべきだ、と痛感していた。そのかれは、福島県令として赴任するや、会津滅藩と斗南入植失敗の打撃から今なお立ち直りきれない旧藩士が少なくないことにすぐに気づいた。

そして十五年五月三十日、太政大臣三条実美《さねとみ》あてに会津士族の窮状を訴え、授産金交付を願い出たのである。

かれは書いた。

《それ本県の士族の景況を観察するに、多少の資本金ある者は、農に工に商にその業をもっぱらするを得るといえども、その資本金に乏しき者は、目下の糊口《ここう》を計るに汲々とするも、就業の術《すべ》なきに苦しみ、啻《ただ》に彷徨《ほうこう》、徒食する者鮮《すくな》しとせず……》

三島が希望したのは、十九万六千余円の貸し下げであった。その全額は認められなかったも

のの、九月には、

「恩貸授産金」

として十六万円が、無利子十ヵ年の据え置き、五ヵ年賦返納という好条件で交付されることに決定。十七年二月から貸し出しが一斉におこなわれることになる。

「薩摩人にも、武士の情はあるのだな」

三島が太政大臣あてに士族授産金交付を願い出ると聞いた時、主水はポツリと呟《つぶや》いた。

しかし、十五年四月からひらかれていた通常県会は、全議案を否決されて散会となってしまった。元三春藩郷士河野広中議長ひきいる二十人の自由党議員が、三島弾劾闘争をはじめたのである。

この流会騒ぎを間近に見て、危機感を感じた県議に辰野宗治という者がいた。若松原ノ町に住まう三十一歳の旧会津藩士で、若松をふくむ北会津郡選出の三人の県議のうちのひとりである。

かれはある夜ひそかに町野邸にあらわれ、深刻な面持で告げた。

「このまま推移しましては、県令は三方道路着工前に更迭《こうてつ》されてしまうやも知れません。そうなれば、かの士族授産金の一件も画餅《がべい》に帰してしまいかねませんから、なんとかして士族たちの手で自由党のはねっかえりどもを押さえこんでしまいたい、と思うのですが」

主水は十二年九月に次女ナヲ、昨十四年師走《しわす》には三女キミに恵まれ、自分も四十三歳になっていたから、もうあまり面倒な問題にまきこまれたくはなかった。

しかし伴百悦や佐川官兵衛も冥界《めいかい》に去ったあと、三島通庸は久しぶりに見た男のなかの男だ、とかれは感じていた。その三島が壮図なかばで追われるようなことがあってはならない。

「おれに、どうしろというのだ」

白扇を膝に立てて訊ねると、辰野は生真面目《きまじめ》に答えた。

「いろいろ考えてみましたが、ここは旧藩士たちを口説いて県令擁護の論陣を張る政治結社を組織し、もって自由党に対抗するのが上策かと思われます」

主水とかれが、斗南帰りの元家老諏訪伊助との三者連名で県に結社届けを提出したのは六月三十日のことであった。名づけて、

――会津帝政党。

三島は福島県令就任にあたり、

「それがしが職にあらんかぎりは、火つけ強盗と自由党とは頭をもたげさせ申さず」

と豪語したほどの自由党嫌いである。これを聞いて大いに喜び、三万円という巨額の援助金

すら与えてくれた。

四十九歳の諏訪伊助は、帰郷後は西名子屋町に住まい、元家老としての責任を感じて旧藩士たちの生活苦打開に努めていた。その願うところは主水とおなじであったから、いつか主水と深いまじわりをむすんでいたのである。

またかれは、士族子弟たちに教育の場を与えねばと考え、旧藩校にちなむ名前の私学日新館——のちの私立会津中学を創設しようとしていた。このため会津帝政党は、栄町字割場《わりば》八百三十四番地に置かれた日新館を本拠とすることにした。

七

県令三島通庸も、なお信じるところを曲げようとはしなかった。

県会で議案を総否決されたかれは、ただちに内務卿《ないむきょう》山田顕義に原案執行の許可を要請。六月六日、これを受けて政府は三島に予算執行権を与えたので、かれは県会の抵抗を骨抜きにすることに成功した。

この明治十四年春から八月までの間に、福島県下では自由党系の弁士二百人以上が四十回近く政談演説会をひらき、三島県政を批判していた。しかしかれはこれらの会合にはかならず警官を立ち会わせ、不穏過激な表現が飛び出せば、「弁士中止」を命じさせたり、弁士自体を官吏侮辱罪で拘引したりして、初志貫徹に余念がなかった。

三島は自由党本部の植木枝盛《えもり》を編集顧問として発行された福島自由党機関紙『福島自由新聞』をも、わずか七号で廃刊に追いこむ辣腕《らつわん》家でもあった。

これら三島の強権発動は、自由党員から見れば大弾圧である。だが町野主水たちの目には、一種痛快にすら映っていた。

元会津藩家老海老名季昌が福島県一等属に、おなじく元家老で戦争責任を一身に背負って切腹した萱野《かやの》権兵衛の弟、新九郎あらため三淵隆衡が大沼郡長に、開城時十五歳だった沼沢七郎が河沼郡長に、というように、三島が旧藩士のうち才気ある者を次々に登用したことも主水たちにはまことにありがたいことに思われた。

対して福島自由党の領袖《りょうしゅう》河野広中が三春藩出身であることが、主水たちには許しがたいことと感じられた。三春藩は戊辰戦争の際、奥羽越列藩同盟からいち早く官軍に寝返り、会津進撃を先導したからである。

当時官兵たちは、あっさり寝返った三春藩と最後まで抵抗して霞ヶ城まで焼失した二本松藩丹羽《にわ》家とを面白おかしく比較し、戯歌《ざれうた》を高吟したものであった。

〈会津桑名の腰抜け侍、二羽《（丹羽）》の兎はぴょんとはねて、三春狐にだまされた

かつて官軍の先棒をかついだ三春の出身者が、今また三島県令弾劾を叫んで会津発展を阻害しようとしていることは、主水たちには我慢ならないことだったのである。

　こうして会津帝政党の面々が虎視《こし》眈々《たんたん》と自由党つぶしの機会をねらいはじめていた八月十六日、若松ではようやく三方道路の起工式がおこなわれた。

　三島はこの起工式に少書記官ほか十余名の属官を出席させ、また同時に士族授産金の一部を少書記官に持参させた。

　このため主水をはじめ百十余人の士族たちは、人力車で滝沢村へ集合。消防組をも整列させて丁軍に出迎え、一行が七日町の万喜楼に入るや改めて楽を奏でさせる歓迎ぶりであった。

　ところがこれと同時に、河野広中の片腕でやはり三春出身の自由党員田母野《たもの》秀顕も、会津自由党激励のために若松入りしていたのである。翌十七日、田母野は会津自由党の宇田成一、小島忠八と三人で七日町の旅館清水屋に投宿した。

それと聞き、辰野宗治は、

「飛んで火に入る夏の虫、とはあやつらのこと」

と欣喜《きんき》雀躍《じゃくやく》した。

かれは今でこそ県議だが、明治五年に上京して得た職は邏卒《らそつ》（ポリス）であった。まもなく徴集兵隊嚮導《きょうどう》となって新兵の教育にあたったから、なかなか荒っぽい面があって腕っ節も強い。

かれは会津帝政党の党員である旧藩士たち――小櫃《こびつ》弥市、西郷文六、飯河光義ほか数名に呼びかけ、夕方から町野邸に集合させた。

小櫃弥市は四十一歳の元福島県一等巡査。四年前に解雇されて浪人していたところを、県から道路工事掛を委嘱《いしょく》された町野主水の世話で土木課御用掛として採用されたばかりだから、自由党攻撃に否やはない。

西郷文六も西南戦争に警視庁四等巡査として警視隊の一翼を担い、勲《くん》七等金百円を下賜された猛者《もさ》である。この時まだ三十二歳。

昨十四年かれは陸軍省御用掛を馘首《かくしゅ》され、若松に帰ってきて浪々の身となっていた。それが福島県雇、土木課勤務として拾われたばかりであったから、三島県令のありがたさは身にしみている。

また飯河光義は、もとの名を小膳。槍《やり》をもって行灯《あんどん》の障子を貫いても、火は一向に揺るがないことから、

「小膳の行灯刺し」

とその技量を讃えられた。蛤御門の変には主水よりいち早く敵陣に駆け入り、二番槍として百石を加増された宝蔵院流槍術《そうじゅつ》の達人である。

かれはもう五十七歳。斗南に移住して辛酸を舐《な》めたあと、明治九年に若松に戻ってきて大塩村と檜原村との戸長を拝命し、この八月から福島県土木課御用掛となっていた。

今は若松警察の剣道師範となった金田百太郎らの武談会に加わり、なお武を練っているかれは、ひとと意見が対立するとかならずいう。

「しからば、好みの得物によって決着をつけようではござらぬか」

するとその武功を知る相手は、

「いや、それは」

と自説を引っこめてしまうのをつねとした。

このようなひと癖もふた癖もある党員たちに、

「清水屋を襲って、自由党の痴者《しれもの》どもを懲らしめてやろうではありませんか」

と誘われて、主水もすっかりその気になった。会津帝政党の目的は、

《尊王愛国の一点にもとづき、大中至正の道を守り、もって社会の改良を計る》

ということである。酒を酌みかわしつつ作戦を練るうち、各自次第に意気軒昂《けんこう》となって、

「社会の改良を拒む愚か者など、根性を叩《たた》き直してやりましょう」

と話はまとまり、夜の更けるのを待って町野邸をあとにした。

先頭をゆく辰野宗治は、仕込杖《しこみづえ》を手にしていた。西郷文六は竹刀《しない》、飯河光義は槍がわりにステッキを突き、主水は袴《はかま》に脇差《わきざし》を差したいつもの姿である。

七日町は北小路町の西隣りだから、ゆくのに時間はかからない。清水屋に上がりこむや田母野秀顕、宇田成一、小島忠八の寝《やす》んでいる部屋を簡単に聞き出し、襖《ふすま》をあけて辰野宗治は怒鳴った。

「宇田はおるか、寝るのはまだ早いぞ！」

いうや否や辰野は仕込杖を抜きはなち、吊《つ》られていた蚊帳《かや》の吊具を斬って落とした。

小島忠八は、頭髪は薄いが立派な白髯《はくぜん》をたくわえた特徴ある風貌《ふうぼう》の持主である。辰野につづいて部屋に入り、落とされた蚊帳のなかに白髯を認めた小櫃弥市は、

「汝《にし》が小島か」

と叫んで蚊帳ごしにその白髯をつかんだ。

しかし小島忠八は必死にすり抜け、蚊帳を飛び出してかろうじて脱出に成功した。

つづけて宇田成一も蚊帳を抜け出したが、小櫃弥市に引き倒された。西郷文六の竹刀が飛び、飯河光義のステッキは田母野秀顕の額を突く。田母野は気絶し、宇田もさんざんに打ち据えられた。

主水は田母野に活《かつ》を入れて意識を甦《よみがえ》らせると、左のような文書に署名捺印《なついん》させた。

《誓　文

一、これまで自由党へ加入いたし候ところ、当年以来決して左様の心得違いつかまつらず、旧恩に報じ申すべく候。
一、会津地方道路開鑿《かいさく》の儀は、飽くまで賛成するはもちろん、決して故障等は申し立てまじく候。
一、今日まで種々心得違いの廉《かど》これあり候ところ、今後決して心得違いつかまつらず、百事御指揮に相従い、地方の御為筋《おためすじ》に相なる様つかまつるべく候。
右誓文の趣相異これなく候段、この誓文に相認《したた》め候えば、身分は如何様《いかさま》相なり候とも、決してお恨み申し上げまじく候、よって件《くだん》の如し。

明治十五年八月十七日

耶麻郡下柴村

宇田成一㊞》

各位御中

《今晩、自分より御不敬つかまつり候段、はなはだ恐れ入り候事に御座候、この段恐縮たてまつり候。私儀今般各君御来臨のところ、酔狂の上失敬つかまつり候段、謝罪たてまつり候。右については、かれこれ吐口《とこう》申し上げまじく候。以上

明治十五年八月十七日

田村郡三春町平民

田母野秀顕㊞》

各　様

のち福島県自由民権運動史に弾圧の一頂点として特筆大書されることになる、「清水屋事件」の発生であった。

しかし主水たちとすれば、旧藩士たちの利益をそこなおうとする者たちに鉄槌《てっつい》を下した快挙と考えているから、意気揚々たるものがある。

宇田成一たちは告訴を考えたが、やがてこれも断念せざるを得なくなった。

時の若松警察署長は、ナマズ髭《ひげ》で知られた松本時正警部であった。まだ三十歳の旧藩士で、三島の山形県令時代に九等警部として招かれた履歴の持主である。

旧藩戦死者の改葬をなしとげた主水は松本署長にとって畏敬措《いけいお》くあたわざる人物でもあったから、かれはこれを事件視しようとは思わなかった。

かれは、三島県令あての報告書に書いた。すでに両者は「私和」した趣であり、私和したものは、一家の粉紜《ふんうん》とみなして一切取調べはいたしませぬ、……。

八

会津自由党は、これを境に三島県令との全面対決姿勢を強めた。県令の独断専行によって人民の自由と民権とが侵されていると見た宇田成一たちは、権利回復訴訟に踏みきったのである。

同盟人はやがて五千七百余名に達したが、若松治安裁判所はこの訴状を棄却。やむなく会津自由党は、宮城控訴院に本訴をおこなうことを考えはじめた。

宇田成一がその打ち合わせをおこなうべく東山温泉向滝《むかいだき》旅館に宿泊したのは、十一月二十四日のことであった。

しかし同夜、若松警察署は向滝旅館に巡査多数を派遣、「詐欺取財」の罪名で宇田を逮捕した。訴訟費用として委任者ひとりあたり十銭ずつ徴収した行為につけ入ったのである。

同時におなじ罪名により、小島忠八、五十嵐武彦その他の会津自由党幹部たちも捕えられた。

こうして合法的な闘争手段も封じられてしまい、代夫賃取りたてのための家財の競売もはじめられたから、自由党系の農民たちは激昂《げっこう》した。喜多方への集合が決定され、各村に伝令が走った。

二十八日早朝、千数百名の農民がナタ、棍棒《こんぼう》、熊手《くまで》などを手にして続々と集まり、百姓一揆《いっき》さながらの光景となった。塩川街道の弾正ヶ原に会場を移すと、熱塩《あつしお》村の肝煎《きもいり》瓜生《うりゅう》直七は大木によじ登って宇田たちを釈放せよ、と熱弁をふるう。興奮した農民たちは喜多方警察署に押しかけた。

喜多方署は、瓦屋根にバルコニーを有する和洋折衷白亜二階建ての建物である。火の見櫓《やぐら》もあるその前庭をとりまいた農民たちのなかには、ついに怒りのあまり投石する者もあらわれた。が、警察側は、農民たちが不法行為に走るのを待っていたのである。これを見た署内の巡査たちは、一斉にサーベルを抜きつらねて躍り出た。先頭にいた五、六名が斬りつけられ、うち二名は逃れようとしたところを背割りに一尺も斬り下げられた。

「喜多方事件」

の発生であった。

三島はその後ただちに県内自由党員の一斉検挙を決意し、四百名近くを捕縛投獄した。おって河野広中らおもだった人物は「国事犯および凶徒聚衆《しゅうしゅう》教唆《きょうさ》等首魁《しゅかい》」の罪に問われたから、これを機に福島県――なかんずく若松から自由党色は一掃されることになる。

並行して三方道路の工事は既成事実として進行してゆき、満二年間の突貫工事の結果、明治十七年八月に無事竣工《しゅんこう》を見た。

道路の長さは、若松から栃木県界までが十六里三十町余（約六八キロメートル）、新潟県界までが二十四里余（約九六キロ）、山形県界までが十一里余（約四四キロ）。

役夫の延べ人数は八十二万五千三百四十二人、代役者出金総計二十一万六千六百三十円余。官の補助十六万六百八十円余、地税からの補い一万円、寄付金七万五千三百二十円余。計四十六万二千六百三十円余。

この大工事の完成を祝い、のちに若松の有志は旧大町札の辻《つじ》に、

「会津新道碑」

と名づけた青銅の碑《いしぶみ》を建ててその記念とした。

また三島県令はこの年の十二月、町野主水を大沼郡長に、諏訪伊助を北会津郡長に登用して

その功に報いた。主水は、正八位に叙されるという光栄にも浴した。

なお従来の史家は、三島通庸という人物の、

「鬼県令」

としての側面のみを重視し、

「土木県令」

としての手腕を不当に低く評価してきた、と著者は考えている。

昔も今も、山形県、福島県、栃木県などかつて三島県令が赴任した地方にあっては、三島の

実行力をたたえる史家たちが少なくないことを付記しておく。

第六章　最後の会津武士

一

三方道路の竣工にともない、会津帝政党はその役割を終えて解散した。

しかし、会津帝政党がまだ活動している間に、町野主水には不幸が見舞っていた。主水たちが清水屋事件を起こしてまもなく、妻よし子が三十三歳の若さで逝《い》ったのである。

モトと武馬につづき、よし子は明治十二年にはナヲを、十四年十二月にはキミを出産した。次女に戊辰の年に七歳で自害したおなをとおなじ名を与えたのは、主水がまだおなをのことを忘れられなかったためである。

よし子はキミを産んだあと肥立ちがよくなかったが、そのころ主水は旧藩士救済のことばかり考えていて深くは気に留めなかった。よし子もからだの不調を愬《うった》えることを好まず、医者にかかるのも厭《いや》がる性格だったから、倒れた時にはもう手遅れになっていた。

またしても妻に先立たれ、主水は気が滅入って仕方なかった。かれは三方道路の道路工事掛としての仕事に打ちこむことにより、その憂いを忘れようと努めたのだった。

この主水にとって、もっとも気がかりな子は武馬であった。

「武《たけ》よ」

とかれは胡坐《あぐら》のなかに武馬を入れ、利かない右手中指をいじらせながらくりかえした。

「負けるな、嘘《うそ》つくな、やん返し山ほど、ということばを忘れるなよ」

いたずらの度がすぎると拳骨《げんこつ》を見舞うこともあったからか、武馬は小学校入学前から大変なきかん坊になっていた。大きな二重瞼《ふたかわめ》はよし子譲りであったが、気に入らないことがあると唇をへの字にするところは主水そっくりである。

四歳の時には日が暮れても帰宅せず、大騒ぎになったことがある。すると夜も十二時近くになったころ、一里先の酒造業者がやってきて告げた。

「手前の家の門前に、ヒョットコに松茸《まつたけ》を描いた単衣《ひとえ》を着た男の子がたたずんでいるのですが、もしやこちらの若さまではございませんか」

その模様はまぎれもなく武馬の単衣のものであったから、主水はただちに下男を迎えに出した。

ふつう迷児になった者は、家の者に再会すると安堵《あんど》のあまり泣き出すものである。だが武馬はケロリとして下男に笑いかけたと聞き、主水は満足してうなずいた。

五歳からは、馬術を学びはじめた。

「武士の子は、馬に乗れねばならぬ」

と、主水が馬を一匹買い与えたからである。

武馬は大いに喜び、庭はずれに作られた馬房に日に何度も通っては馬の世話にいそしんだ。そして、まだ鐙《あぶみ》に足が届かないので台に上がってから鞍《くら》に乗り移り、常歩《なみあし》で近所を散歩しては得意そうに鼻をうごめかした。

一方で武馬は、使用人たちに対しては早くも親分肌のところを見せていた。下女が台所で皿を割ったと聞くと、

「武《たけ》がやったといっておけ」

とかばってやる。武士の子は台所に入ってはならぬと教えてあるのに、と主水は苦笑してからかった。

「武はおもちゃだけでなく、台所のものまでこわすのか」

問題は、小学校での態度であった。

明治十五年、武馬は六歳の学齢に達し、県立七日町小学校に通いはじめた。生徒は町方の子

がほとんどで、いずれも冬には綿入れの下に股引《ももひき》を着け、足袋《たび》をはいて登校してくる。だが主水は、武馬には頑として股引と足袋の着用を許さなかった。春から秋にかけては肩上げをした小袖《こそで》か帷子《かたびら》の着流し、冬は紫縮緬《ちりめん》の宗十郎頭巾《ずきん》で顔をおおい、袴《はかま》をつけるだけでよい、と厳命を下していた。これが、旧藩時代の伝統的な子弟の育て方だからである。

元気のかたまりのような武馬は、これになんの不服も洩《も》らさなかった。しかも馬を毎日曳《ひ》きまわすうち、武馬は同年代の者と比べれば抜群の筋肉を身につけている。

「おめえ、なんだその恰好《かっこう》は」

と悪童たちにからかわれると、上級生にも敢然《かんぜん》と立ちむかった。

殴られても、投げとばされても泣きはしない。宗十郎頭巾に石を入れて振りまわし、悪童たちを逆に痛めつけて帰ってくるのをつねとした。おかげで宗十郎頭巾は三日に一度は破れてしまい、下女はそのたびに新しい頭巾を縫わせられた。

そのころ若松に、松平容保《かたもり》が家族をつれて帰国してきた。

明治四年の廃藩置県によって東京居住を命じられ、以後容保は市谷《いちがや》富久町に暮らしていた。九年十一月特旨をもって従五位、十三年五月正四位に叙されたかれは、同年六月以来日光東照宮の宮司と猪苗代《いなわしろ》の土津《はにつ》神社祠官《しかん》を兼務するよう命じられ、それを機に若松入りをはたしたのである。

容保は、維新後容大《かたはる》を筆頭に健雄、英夫、恒雄、保男《もりお》と五人の男児に恵まれている。このため養子の喜徳《のぶのり》は水戸徳川家へ帰したが、容大と健雄、英夫の三人は東京で学校へ通っていた。そこで明治十年生まれの恒雄、同十一年生まれの保男のみをつれて帰国したのだった。かれは、東山温泉のふもと徒《かち》ノ町にある別邸御薬園《おやくえん》の御茶屋御殿を住居とした。

旧主の帰国を喜び、以後主水たち旧家臣団は季節の節目ごとに御薬薗を訪れ、容保の御機嫌をうかがう習慣になった。

このころ容保には、心配の種がひとつあった。恒雄と保男に遊び相手がいないことである。

とある時かれは、やってきた主水にいった。

「町野よ」

「その方のせがれは、ひどく元気者だそうだな。週に一、二度、恒雄と保男の遊び相手として通わせよ」

ところが恒雄より二歳年上の武馬は、恒雄が行人町小学校に入学したころには手に負えない暴れ者になっていた。勉強は大嫌いで、朝から晩まで馬に乗って駆けまわるばかり。郊外の農道で馬を責めていると、暴れ馬と錯覚した農民が手をひろげて止めようとしたことも再三であった。

武馬をよく知るひとりは、のちにこう詠んだほどである。


暴れ坊学問嫌いに正直に馬によく騎《の》る子供でありき

その武馬にとって、大切に育てられた貴公子の相手ほど退屈なことはない。いらいらしたあげく、おとなしい兄弟を相撲《すもう》に誘って投げとばしたり、シッペイを喰《く》らわせて泣かせたりする。かと思えば出された菓子をひとりで平らげてしまう傍若無人《ぼうじゃくぶじん》ぶりで、とうとう家令に出入り禁止を申しわたされてしまった。

小学校でも似たような悪さばかりしていたから、とうとうある時教師が怒り出し、武馬を廊下に出して水をなみなみと入れた丼《どんぶり》をもたせた。腕をまっすぐのばしてこれを捧げもち、一時間一滴もこぼさず立っていろと命じたのである。

やがて武馬の手は痺《しび》れ、背から足まで棒のようになってしまった。ようやく教師がやってくると、腹を立てていた武馬はかれに丼の水をぶっかけた。

これが重大視されて、武馬を退校させよ、という声が沸きあがったのである。

「若松の復興に力をつくしてくれた町野家のせがれを、退校にはできまい」

という声もあるにはあったが、主水は苦笑して武馬に告げた。

「よし、そんなに厭なら学校などやめてしまえ。そのかわり家庭教師を雇ってやるから、家で勉強するのだぞ」

それを聞き、親戚《しんせき》や主水を拠《よ》るべき大樹としている旧藩士たちはいいあった。

「あんなどうしようもないせがれができてしまって、一体由緒ある町野の家はどうなるんだろう」

二

明治二十年正月、町野主水は三度目の結婚に踏みきった。相手は、栄町に住む平民梅宮兵三郎の長女マツ、二十一歳。もう四十七歳になった主水にとっては、子供のような年齢の娘であった。

この縁談がもちこまれた当初、主水は、

「なにをいっているのだ。戊辰《ぼしん》の年に自害したおなをが今生きていれば二十七歳。それより六歳も年下の娘など嫁にもらえるか」

と目を吊《つ》りあげて一蹴《いっしゅう》しようとした。

しかし、この年武馬はまだ十一歳。末のキミに至っては、五歳の未就学児なのである。

「男所帯で四人の子は育てられますまい。失礼な言い方かも知れませんが、武坊があんな暴れん坊になったのも、幼くして母を喪《うしな》ったせいかも知れません。特に、あとの三人は女の子です。女の子は母親に家事を教わりながら、次第に娘らしさを身につけてゆくものですよ」

親戚や旧藩士仲間から説得された時、

「武馬が武張った気性を見せはじめたのは、よし子の存命中からだ」

と、かれは妙な理屈をこねた。だがマツが、

「会津の恩人のお家に嫁ぐのは名誉なことで、年の差など関係ございません。わたくしは、四人のお子さまがたをきっと立派にお育てして御覧に入れます」

と健気《けなげ》な決意を示していると聞き、ついに結婚を承諾したのだった。

マツは大柄なからだつきで、顔だちも大々《だいだい》としたすこやかな女性であった。彼女は四人の子供たちに献身的に接し、

「町野家のおマツさんは、良妻賢母を絵に描いたようなひとだ」

と町内の評判になるほど家庭的な女性でもあったから、主水も大いに安堵した。

このころから主水の髪は胡麻塩《ごましお》になり、かれはそれを嫌って髪を短く刈りあげてしまった。つねに小袖をまとい、腰に脇差《わきざし》、手に白扇をもって過ごしている主水は、なおも蔵座敷の八畳ふた間を居室とし、仲介斡旋《あっせん》を乞いにあらわれるひとびととランプの灯の下で応接して日々を暮らした。マツと四人の子供たちは、二階建ての母屋で暮らしていたから、来客がなければ主水は隠居のように見えたろう。

大沼郡の郡長も一期で辞めたかれは、来客が途絶えた時には前庭の池のほとりに花菖蒲《はなしょうぶ》を植えたり、部屋に飼った小鳥の世話をしたりして余暇を楽しんだ。

番犬がわりに大きな白い犬も飼ってみたが、これをもっとも喜んだのは武馬であった。かれが馬で遠乗りに出ると、太郎と名づけられたこの犬も尻尾《しっぽ》を振って追いかけてゆく。

真っ黒に日焼けし、からだもますますがっしりとしてきた武馬は、さながらお伽噺《とぎばなし》の金太郎のような生活をしていた。かれの憧《あこが》れは、

「第二の源義経といわれる男になりたい」

というものであった。

「英雄豪傑になろうとは、よい心構えだ」

今はそんな時代でもあるまい、と思いながらも、主水は鷹揚《おうよう》に構えていた。

しかし、武馬は真剣であった。

武馬がひそかに畏敬《いけい》していた人物は、元斗南藩権大参事山川浩であった。かれは明治四年暮に上京、土佐の谷干城《たてき》に誘われてまもなく陸軍省八等出仕となり、陸軍軍人としての人生を歩みはじめた。

七年二月の佐賀の乱勃発《ぼっぱつ》に際しては、少佐として鎮圧に出動。十年二月に西南戦争が起こり、熊本鎮台が五十日間にわたって包囲されるや西征別働軍参謀、中佐として救援におもむき、官軍として熊本鎮台に初の入城をはたして一躍注目を浴びた。

かれが出征に先だって詠んだ歌には、戊辰の年以来なおも賊徒の汚名を着せられている会津人の、この戦いに対する思いがこめられていた。

薩摩人みよや東《あづま》の大夫《ますらを》がさげはく太刀はときかにぶきか

その後大佐にすすんだものの、旧会津藩家老であったかれは、藩閥の横行する陸軍にあってはやはりは異分子でしかない。十三年四月陸軍大佐、名古屋鎮台幕僚参謀長となったのを最後に栄達の途《みち》を閉ざされ、閑職に追いやられて十九年三月には総務局制規課長に補《ぶ》された。

だがその明晰《めいせき》な頭脳は、森有礼《ありのり》文部大臣の注目するところとなっていた。かれに懇願されて東京高等師範学校、おなじく女子高等師範学校の校長を兼ね、同年十二月には陸軍少将に昇進した。戊辰の戦いのおりの鶴ヶ城への無血入城、それにつづく熊本鎮台救援一番乗りの大手柄は、いつしか武馬の知るところとなり、かれは山川将軍への尊敬の念を育てていたのである。

明治二十一年、山川将軍は無試験で高等学校に入学できる尋常中学科を創設する一方で、「会津学校会」を設立。家に余財のないため若松に埋もれがちな子弟のため、同郷人から学資を募るという運動もすすめていた。

またこの時期には、翌二十二年二月十一日の紀元節をもって大日本帝国憲法が発布され、同時に国会が開設されることがあきらかになっている。

「会津人は関西人の奴隷《どれい》にあらず」

との信念のもとに生きている山川は、その第一回総選挙への出馬準備のため若松に帰り、東山温泉にしばらく滞在した。

それを聞いた十四歳の武馬は、単身山川に面会して希望をのべるという挙に出た。

「町野主水のせがれです。いずれ軍人として身を立てるため、東京に出たいと考えています。

閣下のお宅に書生として置いてくれませんか」

「ほう、お前は主水殿の子か。いいとも、つれてゆこう」

ダブルボタン紺絨《こんじゅう》の軍服の両肩に銀星ひとつ金線懸章をつけ、両袖《そで》に金線繍《しゅう》五条、渦巻三段の第一種軍装で応対した山川は、白茶けた顎鬚《あごひげ》を撫《な》でながら訊ねた。

「しかし主水殿は御承知なのだろうな」

「いいえ、おれひとりの考えできました」

「では、主水殿の許しを得てからまたきなさい。主水殿がよいとおっしゃればつれてゆくから」

分りました、と北小路町の家にとって返した武馬は、蔵座敷に主水を訪ねて許しを乞うた。

「なに、山川の書生になるだと」

扇子《せんす》を膝に突っ立てるようにし、その上に両腕を置いて武馬を見据えた主水は、ううむ、と呻《うめ》いた。思わず会津弁で、

「で、あやつはなんちうた」

と訊ねると、父上がよいといって下さればつれてゆく、ということでした、と武馬はギョロ目で見返してくる。

「ああ」

主水は、思わず叫んでいた。

「武《たけ》よ、おれは今年で五十歳だ。この年になっておれが山川に負けるとは！」

明治三年一月、主水は旧藩士の移住先を猪苗代とせよと主張し、山川浩をはじめ広沢安任《やすとう》、永岡久茂ら陸奥北郡説を採る者たちと大激論をかわしたことがある。その時以来主水は山川浩を、

「でこすけ野郎」

と呼んで毛嫌いしていた。三島県令から士族授産金を引き出したのもおれたちだし、あの時山川はなにもしなかったではないか、という思いもある。

しかし、親の思い子知らずで、武馬は父のもとを飛び出して山川家の薫陶《くんとう》を受けたいという。

「よし、月々十円送ってやるから武者修業のつもりで行ってこい。ちゃんと学校へ通えよ」

苦りきった顔で、主水は答えた。

三

山川浩が公務のため先に帰京したので、武馬はひとりで上京することになった。

武馬は旅費と日本刀ひとふりを与えられ、主水と継母おマツに見送られて人力車に乗り、滝

沢峠を登っていった。異常を察して吠《ほ》え立てていた太郎は、縄を噛《か》み千切ってその後を追った。

途中でそれに気づいた武馬は、

「じゃあ猪苗代まで一緒に行こう」

といって太郎を人力車に乗せてやった。

白河街道を三里行き、猪苗代湖のほとり戸ノ口で俥夫《しゃふ》と別れる時、太郎を家へつれ帰ってくれるよう頼んだ。だが太郎は俥夫に噛みつかんばかりの勢いで吠えつづけ、武馬のそばを離れない。

「太郎も東京へ行きたいのか」

武馬は太郎とともに内国通運会社汽船取扱所から蒸気船「通運丸」に乗って猪苗代湖をわたり、奥羽本線本宮駅から汽車に乗りかえて東京へむかった。

この時代、汽車に動物を乗せてはならない、という規則はまだない。かれは太郎と一緒に無事上野駅へ到着し、また人力車に乗って根岸の山川邸へ入った。

まかないの老婆が迎えに出ると、汽車の煤《すす》で浅黒い顔がさらに黒くなっている武馬は命じた。

「おい、婆さん。この犬に餌《えさ》をやれ」

武馬は、戊辰三国《みくに》峠の戦いに討死した主水の末弟久吉とおなじく、使用人たちからは、

「小だんなさま」

と呼ばれていた。その分だけ、子供にしては態度が尊大なのである。

三日後、武馬は書生部屋から初めて山川浩に呼ばれ、書斎に行った。

「お前は、犬をつれてきたそうだな」

「つれてきたんじゃない。ついてきたんです」

小袖に袴《はかま》と書生らしい身なりをした武馬がぶっきら棒に答えると、山川はその犬を見せろという。太郎を庭先に曳《ひ》き出して、窓から首を出した山川に見せると、

「これはいい犬だな。大事にしてやれ」

とうなずいて、かれはつづけた。

「今までに書生は何十人も置いたが、犬を引っ張ってきたのはお前が初めてだ」

一定してはいなかったが、山川邸の書生の数は六、七人から十人であった。

会津地方の町方に育った者は上京すると下宿屋に入るが、旧藩士層には、いやしくも武士の子弟が下宿などに入れるか、という感覚がある。官途について生活に余裕のある旧藩士層にも、貧しい同郷人を助けるのは当然の義務、という思いがあったから、山川家のように書生多数を

養う家は珍しくはなかった。

　武馬より古顔の書生たちは、すべて山川家から食費も学費も出してもらって暮らしていた。山川浩は陸軍少将として月俸千円以上を得ていたし、当時は駅弁七銭、かけそば一銭、上等酒一升十四銭九厘、牛肉百グラム三銭六厘という時代であったから、書生たちを引き受けることも可能だったのである。

　その書生たちのなかで、武馬のみは主水から月十円の仕送りを受けていたから金には困らなかった。さらに馬術の達人となるべく一回一円の乗馬学校に月に四、五回も通い、入学した私立成城学校の友人たちを自室にまねいては、

「おい、今日は客が五人だぞ」

などと下女に命ずる。まねかれた方はその横柄《おうへい》な態度に一驚したが、山川家は主人も仲夫人も同郷人には寛厚で、黙って客たちにも食事を出してくれるのだった。

　武馬はいつもこんな風で、決してよく気のつく書生ではない。使いに出て大金を落としたこともあり、来客と悶着《もんちゃく》を起こしそうになったこともあった。

　ある時人力車が門前に停ったので、学校を怠けてひとり書生部屋にいた武馬が迎えに出た。すると降り立った和装の老人が、財布から二円金貨を取り出したところだった。しかし倆夫は、

つり銭の持ち合わせがないという。老人は武馬に気づいて命じた。

「おい、こら。これを小銭に替えてくれ」

武馬はこの乱暴な呼びかけに眉《まゆ》を寄せ、突慳貪《つっけんどん》にいいかえした。

「おれは、両替屋じゃない」

「なんだと？」

老人がいったので、武馬はもう一度おなじせりふで答えた。

「よし」

老人はふたたび人力車に乗って姿を消し、まもなくまたあらわれて支払いを済ませた。

また武馬が迎えに出ると、老人は黙って名刺をわたした。読めば、

《陸軍中将子爵　曾我祐準《すけのり》》

と書かれている。

武馬は内心、これは大変なことになったと思いながら山川浩にそれと伝え、クビを覚悟して書生部屋に待機した。

やがてほかの書生たちが下校してきたあと、曾我子爵は帰ることになった。それが書生たちの義務だから、武馬も他の者たちとともに見送りに出た。かれが大きなからだを書生たちの陰

に隠すようにして身を縮めていると、曾我子爵は目ざとく武馬に気づいて山川浩にいった。

「さっき金をくずしてくれといったらな、あいつがおれは両替屋じゃない、といいおった」

「ほう」

と長身の山川は、澄んだ二重瞼で武馬を見やって答えた。

「あれは、町野主水というわが藩の勇士のせがれなのです」

武馬は、尊敬する将軍が父を「わが藩の勇士」というのを聞いて嬉《うれ》しかった。だが、それとこれとはまったく別の問題である。武馬はその後、いつ呼び出しがくるかと気が気ではなかった。が、山川はなにもいわない。かれはますます山川に頭が上がらなくなった。

こうして武馬が三年間書生暮らしをつづける間に、山川浩の身の上にもいくつかの変化があった。

明治二十三年七月一日におこなわれた第一回衆議院総選挙に、山川は、

「会津独立党」

を結成して出馬した。選挙区は、旧会津藩領を中心とする福島県第四区。結果は有権者が人口の一パーセントしかない制限選挙制が災いして第三位の次点におわり、会津独立党をひきいて国会で門閥打破の雄叫《おたけ》びを上げようというかれの夢は叶《かな》わなかった。

だがこの年の九月、山川は貴族院議員に勅選され、同時に勅選された谷干城、曾我祐準とともに政府に直言をつづけて、

「貴族院の三将軍」

の異名をとることになる。

しかし、戊辰の年に二十二歳の会津藩家老であったかれも、もう四十四歳になっている。いつか結核がそのからだを蝕《むしば》みはじめていた。

二十四年八月、山川は療養のため陸軍を退役して同時に高等師範学校長の職も辞し、福島県白河桜山の別荘へ転居することにした。

このため武馬も山川邸を去り、下宿屋暮らしをはじめた。相変わらず学問には関心がないため成城学校では落第をつづけていたが、下宿暮らしのくせに十円の仕送りから三円を割いて自分用の書生を置く破天荒な生活ぶりであった。

その間に旧主松平容保は、ふたたび東京へ戻ってきていた。かれは二十六年十二月三日午後十時、五十九歳をもって市谷富久町の屋敷に苦難の生涯を閉じ、九日、南豊島郡内藤新宿の正受院に葬られた。諡《おくりな》は、

「忠誠《まさね》霊神《れいしん》」

その遺体が首にかけていた竹筒からは、幕末の京都守護職時代に孝明天皇から下賜された御《ぎょ》製《せい》が発見された。

たやすからざる世に武士《もののふ》の忠誠のこゝろをよろこびてよめる

和《やは》らくもたけき心も相生《あひおひ》のまつの落葉のあらず栄えん

武士とこゝろあはしていはほをもつらぬきてまし世々のおもひで

文久三年（一八六三）八月十八日、会津藩は当時まだ公武合体路線を奉じていた薩摩藩と会《かい》薩《さつ》同盟をむすび、三条実美《さねとみ》ら尊攘《そんじょう》激派の公卿《くげ》たちと長州藩兵とを京から追放する政変を起こした。みずからも公武合体論者であった孝明天皇はこれを喜び、この御製二首をふくむ宸翰《しんかん》を容保に与えたのである。

その後、会津藩は戊辰の戦いに敗れ、会津人は賊徒の汚名のもとに明治時代を迎えねばならなくなった。文部省編纂《へんさん》の国定教科書『尋常小学校国史』にも、会津戊辰戦争は次のように記述されて全会津人に屈辱感を与えつづけていた。
《会津藩主松平容保は、奥羽の諸藩と申し合はせ、若松城にたてこもって官軍にてむかった。官軍は諸道から進んでほとんど一個月も城を囲んだので、城中のものはたう〳〵力が尽きて降参した》
なお、この記述を無念に感じた会津人が、徳富蘇峰《とくとみそほう》の顧問弁護士であった早川喜代次氏（後、白虎隊記念館初代理事長）を中心に立ちあがり、
㈠『小学校国史』から、各所にある官軍の言葉を除去されたい。戊辰の戦に賊軍は一人も居ない。官軍の文字あれば、自然に反面に賊軍が思い出される。特に右の部分は、会津はいかにも賊軍なりとの感を小学生徒に抱かせる恐れがあるから全面的に改訂されたい。
㈡松平容保が、孝明天皇の御親任の下京都守護職として忠誠を尽した史実は天下に明らかなことだから、之を適当の所に記入されたい。
ほか三項を文部省に申し入れ、全面的大改訂を加えることに成功するには昭和十六年を待たねばならない。
それを知らずに死んでいった最後の会津藩主は、終生孝明天皇の御製を肌身離さぬことによって、

「会津藩は賊徒にあらず」

と無言の抗議をしつづけたのである。

父主水の代理として旧主の葬儀に参列した武馬は、以後その遺児恒雄と親しみ、ともに狩猟に興じて農夫に脅しの鉄砲を撃ちかけるなどして恒雄を驚かした。

その後も武馬は、一向に進級できなかった。しかし、源義経や山川将軍のようになるには、まず軍人にならねばならない。

明治二十八年三月の日清戦争大勝利に酔って陸軍士官学校入学を決意したかれは、歴史、地理、数学、物理、化学など必要科目についてそれぞれ家庭教師を雇い、約四ヵ月間にわか勉強に打ちこんだ。

二十九年、その甲斐《かい》あって六百人中四十二番の好成績で合格。三十二年六月歩兵少尉、高崎歩兵第十五聯隊《れんたい》付としてようやく軍人の道を歩みはじめ、三十三年六月に北清事変が起こると北京に派遣されることになった。

四

町野主水が武馬に毎月十円という破格の送金をしてやれたのは、大沼郡長を辞した後も生活の基盤がゆるがなかったことが大きかった。

三島通庸《みちつね》は、会津帝政党の活動資金として三万円という巨額を提供してくれた。この金を半分も使わないうちに三方道路問題は結着を見、三島は栃木県令となって福島を去っていったから残金を返す相手もいなくなり、残金は党員たちの間で均等に分配された。

主水は金勘定のことはよく分らず、覚えようともしない性格である。しかしその交際範囲はひろがる一方で、仲介斡旋《あっせん》を乞う者ばかりでなく武具刀槍から書画骨董《こっとう》の類までを買いとってくれまいかという者、単刀直入に借金を申しこむ者もふえていた。

主水に武具刀槍はともかく書画骨董の価値は計れないし、貸した金をどう記録しておけばいいのかも分らない。そこで出入りの商人たちと相談した結果、斎藤平四郎という帳付算盤《そろばん》に通じた義理堅い男を執事として雇い入れることにした。平四郎は気弱げに目をまたたかせる癖のある小男だが、その小心さが帳付算盤の際には精確さとして作用するようであった。

この斎藤平四郎の助言で借家数軒を建て、定収入を確保した主水は、引きとった武具刀槍や書画骨董のうち気に入らぬものは古道具屋に売却し、貸した金からは低利ながらきちんと利子を取ることにした。そのおかげで女の子三人を育て、武馬に送金しても、野にありつづける旧会津藩士には珍しく主水は貧に喘《あえ》がずにすんだのである。

その主水に福島県若松支庁を通じて品川弥二郎が面会を求めてきたのは、武馬の陸軍士官学校入学からしばらくたった明治三十年晩夏のことであった。

品川弥二郎は、長州出身の子爵。明治十八年以後ドイツ駐在公使、第一次松方正義内閣の内務大臣、枢密《すうみつ》顧問官などをへて二十五年三月野に下り、今は西郷隆盛の弟従道《じゅうどう》とともに結成した国民協会の副会頭として産業組合育成につとめている維新の功臣である。

戊辰の年の徳川慶喜《よしのぶ》追討軍進発に際し、

〽宮さま宮さま御馬の前のびらびらするのハなんじゃいな

という歌詞ではじまる「トコトンヤレ節」を作った男としても知られていた。かれは三島通庸らの開墾した栃木県那須野ヶ原の複合扇状地扇端部に二百三十九町歩の「傘松農場」をも経営していたから、その農場に避暑にきたついでに会津訪問を思い立ったらしかった。

しかし「トコトンヤレ節」は、こうつづくのである。

〽ありゃ朝敵征伐せよとの錦の御《み》はたじゃ知らなんか

かつて武馬からの手紙で旧主容保が死ぬまで孝明天皇の御宸翰を身につけていたと知らされた主水にとって、会津藩を「朝敵」ときめつけた男の顔など見るのも厭《いや》であった。

そう伝えると、若松支庁庶務課からきた使者は困ったような顔で答えた。

「町野さまの御不快はごもっともでございます。しかし品川子爵の御用件は、どうも今は亡き久吉さまに関することらしゅうございます」

「なに、久吉のことをそやつはなにか知っておるのか」

思わず主水は、身を乗りだした。戊辰の年、三国峠で討死した久吉はまだ十六歳の美少年であった。あれから三十年の歳月が流れ、主水ももう五十八歳の老人だが、久吉がどのような死に方をしたのかもっと詳しく知りたい、という思いに変わりはない。

「会おう」

主水は、腹から声を出して答えた。


東山温泉向滝旅館の一室に主水を迎えた品川弥二郎は、頭髪の生え際の後退した額に横皺《よこじわ》を刻み、ぶ厚い唇の上に口髭《くちひげ》、下に白髪まじりの顎鬚《あごひげ》をたくわえた村夫子然とした男であった。卓をはさみ、和服で主水とむかい合って座ったかれは、

「僕は安政年間に吉田松陰先生の松下村塾に学んで『弥二』と呼ばれ、『学、幼し』といわれた男でしてな」

と磊落《らいらく》に口をひらいた。

「尊藩におかれても事情はおなじでしょうが、僕がともに学んだ同志のなかにも幕末維新の大渦に呑《の》まれ、非命に斃《たお》れた者が少なくはありません。そこで僕は一念発起し、この世における最後の事業として京に『尊攘堂』と名づけた建物を設立し、今は亡き志士たちの遺墨や遺品、関係資料の類の蒐集《しゅうしゅう》をはじめておるところでしてな」

「尊攘堂ですと」

幕府の開国策を奉じていた会津藩士らしく主水が不快をあらわにすると、まあまあ、と品川は手で制した。

「いえ、当時こそ尊王と佐幕に分れて争いましたが、今では僕にも、尊藩も尊王の大義を重んじた雄藩であったことが分っており申す。じゃによって僕は、奥羽越列藩同盟に加盟して戦った方々の遺品をも分けへだてなく集めたいと希望しておるのです」

それにつづく品川のことばを聞いて、主水はピクリと眉《まゆ》を動かした。

「実はこうして集めたなかに、お手前の御舎弟《ごしゃてい》久吉殿が所持しておられたという槍《やり》がまじっておったのです」

「どうして、それと――」

主水が冷静を装って訊ねると、銘は宗近、大身《おおみ》の槍穂は三尺、白柄の長さは六尺五寸、かような名槍にふたつとおなじものはありますまい、と品川はいった。

「おそらく久吉殿と戦った部隊の者がこの名槍を奪って引き揚げ、それが巡り巡って尊攘堂に流れてきたのでしょう。その経緯については僕もよく分らぬので、お知りになりたければ後日調査してお伝えして進ぜよう」

「――」

「ところで今宵この宿まで御来駕《ごらいが》願うたのは、ほかでもないその宗近の大身槍の件ですじゃ」

品川は盃《さかずき》を干し、主水に差そうとした。しかし主水はことわり、無言で先をうながした。

「これが会津町野家伝来の家宝と知れ、お手前がこの会津に矍鑠《かくしゃく》としておいでと相分ったる上は、僕としてはその槍をお手前にお返しすべきではないかと考えましてな、それをお伝えしたくてお招きした次第でござるよ」

「――さようか」

主水は乾いた声でいい、両掌を卓上にのせて一揖《いちゆう》した。

右手の内側に折れ曲ったままの中指と左手蛙股《かえるまた》の黒い百足《むかで》のような疵痕《きずあと》が、品川弥二郎の目に入った。主水は上端の欠け損じた左耳を見せて少しの間沈思していたが、

「御厚志はかたじけないが、それだけで充分でござる」

と、大きく息を吸って答えた。

「戦場にて失いしものを、武士たる者が畳の上で受け取るわけには参らぬ」

品川は唖然《あぜん》として、主水のいかつい風貌《ふうぼう》を見つめた。しかし主水は、失礼いたす、とぶっきら棒にいい、悠然と退席していった。

やがてこのやりとりは旧藩士たちの間にひろまり、

「これぞ千古の快言である」

「まさに、会津武士道に徹した町野主水さまならではの啖呵《たんか》というものだ」

と大評判になっていった。

「最後の会津武士」

という異称が主水にたてまつられたのも、これ以降のことであった。それに並行して、

「石部、弁天、町野の桜」

という表現も生まれた。

北小路町の町野邸前庭にある桜の古木は、毎年五月初旬になるとみごとに開花して道ゆくひとたちの目を楽しませていた。

主水がかつての敵国長州出身の顕官の申し出を一蹴《いっしゅう》した快男児として名を馳《は》せるとともに、この古木も「町野の桜」として世に知られるようになった。そしてついには、北会津郡一箕《いっき》村にある蘆名氏の重臣石部治部大輔《じぶだゆう》の庭の遺桜で樹齢およそ五百年といわれる「石部桜」、弁天堂のある飯盛山中腹の可憐な「弁天桜」――別名「太夫《たゆう》桜」とともに、町の名物とみなされるようになったのである。

そのようなことが聞こえてきても、主水はむっつりとして、

「おれは一介の武弁で、むつかしいことはなにも分らぬ頑固者にすぎぬ」

と妻おマツにいうばかりであった。

「おれが死んだら戒名はこうつけてくれ、『無学院殿粉骨砕身居士』とな」

五

町野主水の三人の娘たちも次第に適齢期を迎え、明治三十七年七月までの間に、ほぼ二年おきに長女モト、三女キミ、次女ナヲの順に嫁いでいった。

モトの夫は、北海道庁に勤務する中川虎次郎。キミの相手は千石町に住み、正金銀行に勤めるいとこの町野英彦《ふさひこ》。ナヲの嫁いだのは、軍医の大関琢磨であった。

ナヲの結婚とほぼ同時に町野英彦・キミ夫妻に百合子という女の子が生まれると、使用人を除けばおマツとのふたり暮らしになっていた六十四歳の主水は、夫妻に申し入れて百合子を手許で養育することにした。

「うちのぼう」

と主水は呼び、おマツは、

「じょう」

と呼んで百合子を可愛《かわい》がった。

モトとナヲもすぐ子供に恵まれたので、里帰りしてくると主水はその子供たちを、

「中川のぼう」

「大関のぼう」

と呼んで目を細める好々爺《こうこうや》になっていった。かれは、かつて源太郎や武馬にしたように胡坐《あぐら》のなかに百合子を入れ、利かない右手中指で遊ばせてばかりいる。そのためモトやナヲの子供たちからは、

「百合ちゃんばかり可愛がってさ」

と文句をいわれることもあった。

だがナヲが嫁いだころには、もう日露戦争が始まっていた。武馬は三十三年北清事変鎮圧のため北京に赴任し、そのまま同地に留まっていたから主水は内心気が気ではなかった。


事変終結後も北清駐屯軍小隊長に任じられていた武馬は、このころから水を得た魚のように軍隊生活になじんでいた。

「負けるな」

と町野家伝統のせりふで兵たちに気合を入れるかと思えば、朝はどの小隊よりも早く起き、夜になっても訓練に励む始末。ただしその監督は厳重で兵が兵を殴ったりすることは断乎《だんこ》として許さなかったから、かれの小隊はつねに成績優秀であった。

これを高く評価された武馬は、まもなく大隊長に抜擢《ばってき》され三十四年十一月中尉に進級。十センチ四方の木箱の蓋を五十メートル先に立て、モーゼル自動拳銃《けんじゅう》を五発連射すればことごとく命中させて馬賊の頭目たちからも一目おかれ、

「あの町野は大陸むきの男だ」

といわれるようになっていた。このため三十五年に北清駐屯部隊の交代がおこなわれた時にも武馬は北京残留を命じられ、三十七年二月同地で対露開戦決定の報に接したのである。

しかし血の気の多い武馬としては、戦線が次第に拡大してゆくというのに北京などにくすぶってはいられなかった。前線部隊に身を投ずるべくしゃにむに乞うて帰国し、高崎の原隊に復帰。同年六月乃木希典《のぎまれすけ》陸軍大将を軍司令官とする第三軍に属して勇躍金州湾に上陸、八月には大尉に進級し、旅順のロシア軍要塞《ようさい》攻撃に加わった。

が、比類なき堅牢《けんろう》性をほこるロシアの要塞は、なんとしても落ちない。

八月十八日から二十四日までつづいた乃木第三軍による第一回総攻撃の戦闘参加兵力は五万五千六百二十六人、死傷者は一万四千七百三十四人。十月二十六日から十一月五日まで継続された第二回総攻撃の戦闘参加兵力は五万千七百五十三人、死傷者は一万五千二百六十八人。

近代戦にあっては、定数の三分の一の人員を失った部隊は機能喪失とみなされる。乃木第三軍は攻めるどころか、会津戊辰戦争を生きのびた者にも想像のつかない惨状を呈した。

たまりかねた第二旅団の中村覚少将は、乃木大将に提言した。

「敵の防備は水師営方面が薄弱でありますから、三千名の決死隊を募って特別予備軍を編成し、この方面に銃剣突撃、抜刀攻撃をかけさせることによって一気に局面を打開いたしたい」

万策尽き、陸軍内外から「愚将」と非難されつつあった乃木は、これを許した。

《当隊に属する者は、識別し易からんために、すべて右肩より左腋《わき》に、白襷《しろだすき》を懸くべし》

選別された三千にはこのような指示が出されたので、以後特別予備軍は、

「白襷隊」

と呼ばれることになる。そのふたりの中隊長のうちのひとりに選ばれたのが、武馬であった。

十一月二十五日夜、決行を明朝にひかえて九月のうちに奪取したクロパトキン砲台の付近に集合した三千には、緊張に顔を蒼白《あおじろ》くしている者が少なくなかった。

しかし、武馬はひとり悠然と構えていた。

紺絨肋骨形《こんじゅうろっこつがた》の軍衣と同色の軍袴《ぐんこ》、膝《ひざ》までくる革長靴をはいたかれは、軍帽を脱ぎ大きな坊主頭を丸出しにして天幕のなかに座りこみ、日本刀仕込み、両手握り護拳装置つきの長大なサーベルの手入れに余念がなかった。

その手入れをおわり、白刃を提げて天幕を出ると、おりからの満月の光を浴びて刀身が燦然《さんぜん》と輝く。少尉任官後口髭《くちひげ》をたくわえていた武馬は、大きな二重瞼《ふたかわめ》で耿々《こうこう》たる月を見上げ、

（これは、歌がなくてはならぬところだ）

と考えた。ところがかれは、父主水同様日ごろ和歌など苦手としているから、どうにもこと

ばが浮かばない。口髭をしごきながら苦吟したあげく、ようやく詠《よ》んだ。

あすはいで目にもの見せてくれんずと払ふ剣《つるぎ》に月影ぞ澄む

「これが武人の覚悟というものだ」

武馬は満足して陸軍大学出の将校に、この和歌を吟じて聞かせた。すると、

「こんなのは、歌とはいわん」

という答えが返ってきたので、かれは腹を立てた。

翌日未明、武馬は一中隊百人をひきいて突撃したが、生還者はかれ自身を入れてもわずかに八人、という大惨敗を喫した。

つづけて二〇三高地の攻略戦に参加した武馬は、十一月三十日に手と足とに盲管銃創《もうかんじゅうそう》を受けて内地に後送され、陸軍病院の麻布《あざぶ》分院に入院することになった。

しかし強靱《きょうじん》な体力にものをいわせて十二月中に退院し、北京駐屯部隊副官を命じられてふたたび北京にもどっていった。あけて三十九年四月、かれは日露戦役における軍功により、功五級金鵄《きんし》勲章ならびに勲五等旭日章《きょくじつしょう》を受章した。

そして同年七月、武馬は日本陸軍現役のまま北京警務学堂の総教習すなわち学長として招かれ、清国各省の警察庁長の教育にあたることになった。

その後まもなく、武馬は佐賀出身の陸軍軍人石井賢吉の次女トキ子を娶《めと》った。武馬は二十九歳、トキ子は二十一歳。トキ子は貞明皇后の華族女学校時代の学友で、高松宮家の御用掛をしていたこともあり、和漢洋の料理に堪能な賢い女性であった。

この結婚に武馬の親がわりをつとめたのは、やはり会津出身の林権助《ごんすけ》清国駐在公使であったが、武馬から手紙で結婚を告げられた主水は激怒した。

「あのでこすけめが」

とかれは、武馬が目の前にいたら手討ちにせんばかりの勢いで息まいた。

「町野家の嫡男が親に無断で嫁を取るとは、まことにもって許しがたい。そんな愚か者は勘当だ！」

六

この武馬の事件があってから、町野主水は時々人力車を呼んで気晴らしに外出するようになった。明治三十七年に郡山《こおりやま》―会津若松―喜多方をむすんで開通した岩越《がんえつ》鉄道の会津若松駅にゆき、百合子に汽車を見せてやることもあれば、大町通りに多い漆器商店に顔を出して昔話をしてくることもあった。

しかし主水がもっともよく訪れたのは、陸軍歩兵第六十五聯隊《れんたい》の兵営であった。

三十二年四月をもって市制を施行した若松は、若松市となる以前から聯隊設置を地域振興の対策と考え、熱心に陸軍大臣への建白をつづけてきた。

その甲斐《かい》あって陸軍省は、三十九年常備兵の増置にともない福島聯隊区から若松聯隊区を分置することに決定。これによって四十一年六月、栄町の十二万余坪を敷地として歩兵第六十五聯隊の兵営が竣工《しゅんこう》し、甲賀町の旧郭門付近には憲兵分隊が、猪苗代には広大な演習場が設けられた。維新後四十年間、産業全般から教育までの立ち遅れに苦しみつづけてきた若松は、明治の末にいたってようやく、

「軍都若松」

として繁栄する契機をつかんだのである。

兵たちの入営当日には市内各所に大アーチが立ち、家々の軒下には日の丸を描いた提灯《ちょうちん》がならんだ。沿道には各学校の生徒や市民がつめかけ、朝の七時半から提灯行列もくりだすにぎやかさであった。

その歩兵第六十五聯隊に主水がゆくのは、講演や講話を頼まれるためであった。

戊辰八月二十三日の飯盛山における白虎隊《びゃっこ》十九士の悲劇は次第に世に知られ、ことに若松市内では芝居もしばしば上演されるようになっている。その白虎隊を生んだ会津の武士道を最後の会津武士といわれる男の口から直接聞き、もって軍人精神の糧《かて》としたい、と聯隊側では考えていた。

むろん主水は、講演などは文章を書くこと、金銭を勘定することと同様大の苦手である。だが今なお旧会津藩は賊軍であったと信じている日本人も少なくない以上、討死した藩士たちの汚名を雪《そそ》ぐためには下手であろうがなんであろうが幾度でもおなじことを語りつづける必要がある、と主水は老いの一徹で思いこんでいた。

「畏《おそ》れ多くも先の帝《みかど》、孝明天皇陛下がもっとも御信頼あそばされていたのは、わが会津藩主松平容保《かたもり》公でござった」

初めて大講堂の壇上に立った時、左三つ巴《どもえ》の紋を打った黒羽織と仙台平《せんだいひら》の袴《はかま》、今なお脇差《わきざし》を差し白扇をつかんで一揖《いちゆう》した主水は、開口一番切り出した。そして、異論はござるまいな、というように眼光するどくカーキ色の軍服一色の聴衆を睨《ね》めまわしてから、つづけた。

「当時わが藩は、京都御守護職の大任を拝して京都、江戸、そして当地鶴ヶ城と三つの所帯を張ったため出費に苦しみ、西南諸藩が元ごめ連発銃や新式砲その他で兵備を着々と洋式化していったにもかかわらず、これに追随するゆとりがなかった。ために過ぐる戊辰の年の戦いに際しては、刀槍と先ごめの旧式銃、火縄銃などによって西軍に立ちむかわざるを得なかったのでござる」

しかし、と主水はこのあたりから演壇上に上体を乗り出した。

……しかしわが会津藩士は、武装が劣ろうとほぼおなじ兵数で戦う時には決して負けたことがない。そして新式銃を有する西軍と戦うのに、もっとも効いた策は抜刀斬りこみであった。

一体に連発銃をもつ者ほど死の恐怖に駆られると狙《ねら》いもよく定めずブッ放してしまい、与えられた弾丸をいち早く使いはたしてしまう。その気配をよく見定めて白兵戦にもちこめば、銃のよしあしではなく武士として気迫のまさった方が勝ちを制する。雄叫《おたけ》びをあげて真一文字に突っこんでゆけば、敵は鋭鋒《えいほう》を躱《かわ》そうとするから、決して正面から弾は浴びないものなのだ。

当時西軍側にあって、われら会津藩士の抜刀斬りこみの恐ろしさをもっとも痛感したのは薩摩兵ではなかったか、と拙者は考えておる。なぜかといえば、それから九年後に起こった西南の役においても、薩軍はつねに抜刀斬りこみによって頽勢《たいせい》をくつがえそうとしたと聞きおよんでおるからだ。

そもそも武士と申す者は、かつてもっとも手ごわかった敵のいくさぶりを次の戦いに応用する癖《へき》がござってな。西南の役を起こした薩摩人どもは、戊辰の年におけるわれら会津藩士の戦いぶりの凄《すさ》まじさをよく覚えておったからこそ、あのような戦法に固執したのであろう。

だがそれは、勝利にはむすびつかなかった。なぜか。それは当時官軍として出征したなかに旧藩家老で「鬼官兵衛」といわれた佐川カンべさまはじめ、会津の剣の達人が多くふくまれておって、嬉々《きき》として抜刀隊に志願して逆襲をかけたからだ。

あのころ新聞で読んだからよく記憶いたしておるが、かの有名な田原坂《たばるざか》の激戦には、わが藩出身の警視庁抜刀隊の者が単身薩軍陣地に斬りこんで、たちどころに十三人の敵を斬り捨てたというではないか。この戦いぶりを見て、初めてわが帝国陸軍は抜刀斬りこみこそ最強の攻撃法であると気づいたのではござるまいか。

その後の二十七、八年戦役においても、斬りこみ隊は存分に活躍したと拙者は聞いておる。またこのたびの三十七、八年戦役においても、特に遼陽《りょうよう》大会戦などは、コサック騎兵《きへい》のサーべルとわが日本刀の利鈍、そしてこれらを振るう者の報国の信念の強弱が勝敗を分けたように拙者は感じておる。

ということは、かの戊辰の戦いにおいて錦旗を拝するにおよび、わが会津藩は鉾《ほこ》を納めたのでござったが、ほかならぬ会津藩の武士道こそが帝国陸軍の戦術を形造り軍人精神の土台を築いた、ということでござる。……

「どうもあの御老体の話は我田引水で、いつでもどこでも会津人がもっとも力を尽くした、ということになっちまうのですな」

「せがれ殿も白襷隊の生き残りだそうだし、戊辰戦争の生き残りは近頃少なくなったから、まあ昔の侍とはこういうものか、と思って聞いておればよかろうて」

さまざまな批評が、主水の耳にも聞こえてきた。だがかれは、

（おれが話しておかねば、あの苦しかった戦いのことを誰が伝えるというのだ）

と思っているから一切気にしなかった。

四十一年初頭、この歩兵第六十五聯隊の聯隊長副官が町野邸を訪れ、ひとつの申し入れをした。

昨四十年十月、政府は江戸時代初期の兵学者であり思想家でもある山鹿素行に正四位を追贈した。帝国陸軍部内にあっても乃木希典大将をはじめ山鹿素行《やまがそこう》を高く評価する者が多く、このたび乃木大将の発案で『素行会』を作り、長くその遺徳を偲《しの》ぶことになったという。

「それが、なんだというのだ」

相変わらず蔵座敷に住まい、羽織袴をつけて応対した主水は、もう六十八歳になっている。聞くうちに老人性のしみの生じた顔に不快気な表情を浮かべ、無愛想に反問した。

朱子学を徹底的に批判して幕府に疎《うと》まれ、播州《ばんしゅう》赤穂《あこう》藩に幽閉された山鹿素行は、一般には赤穂四十七士の吉良《きら》邸討入りの論理を思想的に支えた人物とされている。

この素行は実は会津の出身で、その父貞以《さだもち》は蒲生《がもう》秀行、忠郷《たださと》二代に家老としてつかえ、二万八千石の白河城城代でもあった町野長門守《ながとのかみ》幸和に客分として遇されて二百石を得ていた。寛永四年（一六二七）一月、忠郷が病没して蒲生家が断絶すると、幼い素行は町野幸和とともに浪人して江戸へ出る、という途《みち》をたどった。

父伊左衛門からよく聞かされ、主水にとっては先刻承知の素行のそのような閲歴をのべたあと、副官はいった。

「このような深いかかわりがあります以上、町野さまに『素行会』結成の発起人のひとりとなってはいただけないか、と考えて本日お邪魔した次第であります」

「断わる」

主水は、言下に答えた。

「ど、どうしてでありますか。由緒ある町野家にとりましても、まことに名誉なことと存じますが」

合点がゆかぬ、という顔をする副官に、主水はいった。

「考えてもみよ。昔ある一族一門から石川五右衛門が出たとて、その末裔《まつえい》に責任はない。同様にわが町野家がかつて山鹿素行を出したとて、二百年以上もたった今日となって、拙者が得意気にそれを云々《うんぬん》する必要はないのだ」

この返答もまた軍人たちの間から若松市内にひろまり、

「さすがに町野さまは最後の会津武士じゃ。なんと小気味のいいおっしゃりようではないか」

という絶讃となって、会津人の間に語りつがれるようになった。

すでに主水は、生きながら伝説の会津藩士になろうとしていた。

第七章　奇妙な葬列

一

町野主水は、静かに老いを深めながら明治四十四年を迎えた。耳もすっかり遠くなり、冬の寒さが身にしみるので綿入れの上に赤ケット地袖《そで》なしの胴服を着けるようになった。

一月十八日、幸徳秋水ら大逆事件の被告二十四人に死刑判決が下るという事件があったが、かれは、

(高津仲三郎や永岡久茂らはもし生きながらえておっても、いずれこのような事件を起こしたかも知れぬな)

という感慨にふけるばかりであった。指折りかぞえれば、思案橋事件で逮捕された永岡久茂が乱闘の際の深傷《ふかで》がもととなって獄死し、それを追うように高津仲三郎、竹村俊秀、井口慎次郎の三人が斬に処されてから、もう三十四年の歳月が流れているのだった。

この間主水は、旧会津藩士としての誇りだけは片時も失ったことはない。小学校に通う百合

子が学級の出納係《すいとう》となり、集めた額を自室で集計しているのを見つけた時には烈火のごとく怒った。

「町野家の娘たる者が、金の勘定などしてはならぬ。そんなことをさせる学校などは、やめてしまえ！」

雷鳴が近づき蚊帳《かや》のなかに避難する時には、百合子の耳もとで、

「ドカーン、そら落ちた！」

と叫んで驚かす飄逸《ひょういつ》な面もあるにはあった。

だがかれは、会津藩士として自分が受けた躾《しつけ》は当然百合子にもほどこすべきもの、と信じて疑わない。以後百合子は、買物にゆかねばならない時にはかならず財布をあずかったねえやとともに外出するよう命じられた。

あけて明治四十五年、また春の彼岸がまわってくると、主水は白羽二重《はぶたえ》の小袖、紋羽織に仙台平《せんだいひら》の袴《はかま》、足には白足袋《たび》に雪駄《せった》をはいて手首に水晶の数珠《じゅず》を巻き、長命寺にむかった。

白線五本入り赤瓦の長命寺の土塀には、会津戊辰戦争のおり城下最大の激戦地となったため、今なおいくつもの砲弾の痕《あと》がその横腹をえぐるように刻まれている。総門を入って左に折れ、

「戦死墓」

と文字を彫られた方形の墓碑の前に立つと、ゆかりの者たちも三々五々集まってきて主水に会釈をした。主水も黙ってうなずき返した。

明治二年この墓を建てるにあたって苦難をともにした者たちは、その後四十三年の間に櫛《くし》の歯を挽《ひ》くように冥界《めいかい》へ去っていった。この日集まってきた者たちのなかには、腰の曲った老人ばかりがめだつようになっている。

それから主水は、春秋の彼岸にはかならずこの地にやってくる旧知のひとびととお互いのからだの具合を訊ね合い、いたわり合いながらほど近い阿弥陀寺へ行った。その本堂で法事をすませ、中庭を横切ってまた墳墓に詣でた。

明治二年春、この地に東西四間南北十二間深さ数間、四十八坪強の大穴を掘って千二百八十一柱の遺体を改葬したのは、主水にとっては昨日のことのように思える。かつて、

「殉難之墓」

と墨書した白木の墓標を建てることすら許されず、粗末な拝殿をも破却されたこの墳墓には、その後四十三年の間にさまざまな手が加えられていた。

墳墓は今では東西七間南北八間半（約六十坪）、高さ四尺五寸（一・四メートル）の矩形《くけい》の台地として整備され、四囲は石垣造りとなっている。その南側にはこれも石造りの拝殿がもう

けられ、たえまなくたむけられる線香の煙を中空へと漂わせていた。

その拝殿をまわりこんで七段の石の階《きざはし》を上がり、主水は会津葵《あおい》の紋を浮彫りにした鉄扉を左右に排して墳墓の上をまっすぐ奥の北側へ進んだ。北側には墳墓とつながって東西三間南北二間（九坪弱）、おなじ高さの台地が張り出し、方形の石屋根をのせた大きな石碑が南面して建っている。

——会津藩相萱野《かやの》長修《ながはる》遥拝《ようはい》碑。

長修とは、戊辰の年の八月二十七日主水が町野隊をひきいて越後から高久まで駆けもどってきた時、その地で出会った家老萱野権兵衛の緯《いみな》である。

これは、権兵衛殉職二十三回忌に主水をふくむ旧藩の有志が醵金《きょきん》して建立したものであった。「会津藩相」の四文字は松平容保《かたもり》の筆、「萱野長修遥拝碑」の七文字は容大《かたはる》の筆による。

この碑を拝する時いつもするように、主水は漢文の白文で書かれたその「旧会津藩相萱野君碑銘」を喰《く》い入るように見つめて読み進んだ。

《明治戊辰の乱には天地否塞《ひそく》し日月冥《めい》して人々方向に迷う。この時に当り君、藩政を執《と》り三軍を督し、粉骨砕身して臣職を尽くす。乱平《たいら》ぎて朝廷王師に謀抗する者を索《もと》む。……君すなわち罪を一身に受け、有馬邸に幽せられ、越えて明年五月十四日死を賜う。ここにおいて主家再造

し、臣僚皆罪を免ぜられる。嗚呼《ああ》、君の忠蹇《ちゅうけん》義烈は凜乎《りんこ》として霜粛《そうしゅく》、炳《へい》として日、明らかなり。……》

ともに城外に一隊の長として戦った者のうち、ひとりは泰然と切腹の座に着して救国の英雄として祀《まつ》られ、ひとりは七十二歳の白頭翁《はくとうおう》となってその碑《いしぶみ》に頭《こうべ》を垂れているのだった。

自分があの凄《すさ》まじかったいくさに生き残り、春秋の彼岸にはかならずこの地に参拝しつつ四十年以上の年月を生きながらえることになろうとは、当時の主水には思いも寄らぬことであった。

合掌《がっしょう》し、深々と一礼して踵《きびす》を返した主水は、つづけて遥拝碑の前方右側に建つ「戦死墓」、その左側に対となって建つ「報国尽忠碑」にも手を合わせた。

「戦死墓」は戊辰戦争に討死した旧藩士たちの、「報国尽忠碑」は佐川官兵衛以下七十名にのぼった西南戦争戦死者の墓である。この両碑に祀られた者のほとんどは若き日の主水と苦難をともにしたひとびとであり、「戦死墓」を建てるにあたり、募金集めに奔走したことは今も主水の記憶に鮮明であった。

伴百悦《ばんひゃくえつ》、高津仲三郎、永岡久茂、旧主松平容保・容大親子、山川浩――この両碑の下に眠ることなく鬼籍に入った者も少なくないし、強い個性の持主であった三島通庸《みちつね》も、福島県を去ってまもない明治二十一年、五十四歳で病没している。

（おれひとりを置いて、みんな去っていってしまったな）

それぞれに個性豊かだった男たちの面影を脳裡《のうり》に浮かべるうちに、主水は自分が伝説の田道《たじ》間守《まもり》になってしまったように感じて茫然《ぼうぜん》とした。

田道間守とは垂仁《すいにん》天皇の勅を奉じて常世国《とこよのくに》に旅し、非時香菓《ときじくのかぐのこのみ》を得て十年ぶりに帰参をはたしたといわれる人物である。その時すでに天皇は崩御していたので、田道間守はその香菓を陵前に献じ、悲嘆のあまり殉死したと伝えられる。このごろ主水は、なぜかしきりにこの物語を反芻《はんすう》するようになっていた。

つづけて越後福井村の豪農渋谷邸で昼風呂《ひるぶろ》に入り、銃弾を撃ちこまれてできた湯舟の穴を押さえて、

「湯が洩《も》るのだけは、ちと困る」

と笑った佐川官兵衛や、一斉に自刃してはてた家族たちの面差を主水はひとりひとり思い出した。そして、

「おみしゃん、小出島《こいでじま》にお手つきの女子《おなご》はおらなかったのかね」

と人を喰ったことを訊ねた河井継之助の姿も――。

春まだ浅い若松の冷たい風に吹かれて羽織と袴の裾《すそ》をはためかせながら、主水はその場にたたずみつづけた。

二

翌日、町野主水は飯盛山に行って白虎《びゃっこ》隊十九士の墓に参拝し、午後から融通寺《ゆずうじ》の町野家の墓所にまわって春の彼岸の行事をおえた。

二日間に分けて長命寺、阿弥陀寺、飯盛山に詣で、戊辰の死者たちの霊を慰める、というのが主水がおのれに課した長年の習慣なのである。かれと思いをおなじくする若松市民たちも、毎年行動をともにするようになっていた。

旧藩時代には、春の彼岸となると天寧獅子《てんねいじし》、小松獅子、青木獅子などの会津名物彼岸獅子が市中にくり出し、日暮れを待ってひそかにそれに加わる藩士もあって大いににぎわったものであった。

御一新とともに衰退の一途をたどったこの彼岸獅子は、日清戦争後の戦勝気分のなかで復活、酒に浮かれる者もあったが、往時のにぎわいを知る者にはまだまだ淋《さび》しいかぎりである。

「なあ、おマツ。いずれおれたち戊辰戦争の体験者が死に絶えれば、春と秋の慰霊祭もうやむやになってしまうかも知れぬ。やがて戊辰五十周年もまわってくるのだから、なんとかせねばならぬな」

北小路町に帰ってきた主水が、母屋で妻と茶を飲んでいた夕刻のことであった。玄関の方から、不意に大きなわめき声が響いてきた。

「あけろ、酒を出せ、さっさとしねえか！」

つづけて割れるように戸を叩《たた》く音がしたので、おマツは驚いて立ちあがった。

「急になにごとだ」

主水が近ごろめだつようになった喉仏《のどぼとけ》を上下させて訊ねたのは、耳が遠いためなにが起こっているのかよく分らなかったからである。

おマツは赤ケット地の袖なし胴服を着けていかにも隠居然として端座している主水の左側にまわり、その耳殻上端の欠けた左耳に声を吹きこんだ。

「玄関先に暴れ者が入りこんで、酒をよこせと騒いでいます。きっと、あのやくざ者の長吉が彼岸のもらい酒に悪酔いしているのです」

長吉とは、町方の家々に勝手に上がりこんでは酒食をせびり、安酒に乱酔しては誰彼かまわず喧嘩《けんか》を売ることで知られた若松一の嫌われ者であった。体軀《たいく》はたくましく筋骨のよく稔《みの》った大男なので、その腕力を恐れて誰も手を出さないのだ。

折り悪しく彼岸獅子見物のため下男やねえや、執事の斎藤平四郎は百合子をつれて外出していたから、邸内にはおマツと主水しかいない。

そうか、とうなずいて立ちあがった主水は、

「あの愚か者め、おれが成敗してくれる」

とひとりごちながら刀架《とうか》の志津三郎兼氏を左手につかみ、背筋をのばして玄関にむかった。

主水もかねてから長吉の粗暴なふるまいを見聞きして、苦々しく思っていたからためらわない。

「およし下さいまし、危のうございます」

おマツが背後から叫んだのも、主水の耳には届かなかった。はだしのまま玄関式台から三和《たた》土《き》に下りて戸をあけはなち、汚れた手ぬぐいを額にまき縕袍《どてら》の前をはだけて立っている巨漢を睨《にら》みつけた。

「町野主水の家と知っての狼藉《ろうぜき》か。とっとと帰れ。帰らねばこの場で手討ちにいたすぞ」

しかし、長吉は明治も四十年代になってから若松に流れてきたはぐれ者だから、主水がはたから一目置かれている存在だとはつゆ知らない。

「べらぼうめ。このクソ爺《じじ》いがなにを芝居がかったせりふを吐《ぬ》かしやがる。とっとと酒を出し

やがれ」

酒臭い息を吹きつけ、赤ら顔を振りたてたからたまらなかった。

「推参《すいざん》！」

主水が一喝して腰を割った時、長吉は鳩尾《みぞおち》に両掌を当ててひと声呻《うめ》き、その足もとに上体を投げ出すようにくずおれていた。主水は腰を割りながら左手に提げた佩刀《はいとう》の柄頭《つかがしら》を一瞬のうちにくり出し、長吉の鳩尾を痛打していたのである。

もう四十七年も前の元治元年六月、主水は京都詰めを命じられて東海道富士川の渡し場まですすんだ時、桑名《くわな》藩士ふたりを各一撃で死に至らしめたことがあった。その時主水は、左手で大身槍《おおみやり》をくり出しつつ右手で抜き即斬の技を見せたものだが、これは、それにまさるとも劣らぬ早技であった。

（それにしてもみごとに決まったものだ。おれもまだ捨てたものではないな）

主水は息をととのえながら、足もとにひろい背を見せている巨漢を見下ろした。

だが長吉の様子は、どこか奇怪であった。呻き声も立てず、身じろぎもしない。それと気づいた主水は、左手で長吉の蓬髪《ほうはつ》を鷲《わし》づかみにして顔を起こさせ、中指の利かない右掌をその鼻《び》腔《こう》に当てた。

「ほう、死んでおる」

かれは他人事《ひとごと》のようにいって、立ちあがった。

「これが自業自得というものだな」


それからの町野家は、大騒ぎになった。主水自身は、

「無礼討ちである」

と平然としているが、大日本帝国憲法のもとでこの言い分は通らない。

彼岸獅子見物から帰ってきて大事件出来《しゅったい》と知った執事斎藤平四郎は、長吉の死体を百合子から隠すようにして裏庭の納屋《なや》にはこんだあと、おマツと事後処理について相談した。

やはり殺人を犯したとして主水を若松警察に出頭させるのが一番だが、七十二歳の高齢となり寒がりにもなっている主水を留置させては、からだに異変を起こしかねない。

どうすべきか、と頭を悩ませた律義な執事は、思案にあまってある男のもとに相談をもちかけることにした。

歩兵第六十五聯隊《れんたい》が若松に兵舎をかまえて以来、この聯隊を相手に大口の商いをはじめて潤った商人や口入れ業者は少なくない。口入れ業者のなかには裏でやくざ渡世をしているのか、

やくざが表むき口入れ業をしているのか判じかねる手合いもいたが、そのなかに大村甚之助、通称ムラジンと呼ばれる気《き》っ風《ぷ》のよい大親分がいた。

三方道路建設の際には主水に人夫の調達を依頼され、聯隊兵舎の建設にもその口利きでたずさわって大もうけさせてもらったことを今もって徳としている者である。

若松駅前に人力車渡世の店をかまえるムラジン方をその夜のうちに訪れると、着流しに半纏《はんてん》姿で長火鉢のむこうに胡坐《あぐら》をかいていたムラジンは、

「分りやした」

と即座に請け合ってくれた。

「大きな声じゃあいえませんが、おれらにとって殺しを匿《かく》しおおせることなんざ朝飯前のことでさあ。あっしの面目にかけても町野さまを縄つきなんかにゃさせませんから、どうか御安心下せえ、ただし、北京の武馬さまにだけは、明日一番で本当のところを電報で教えてやんなせえよ」

「恩に着ますよ、親分」

目をまたたかせながら頭を下げた斎藤平四郎は、あたふたと町野邸に引き返しておマツにそれと伝えた。

翌朝、郵便電信局に走ったかれは、町野マツの名義で電報を打った。

《オチチウヘヤクザ　モノヲブ　レイウチススグ　カヘレ》

昨日から動顛《どうてん》しているかれは、受付の男が目を剝《む》いたのにも一向に気づかなかった。

しかし、北小路町の町野マツといえば主水の妻のことだと若松ではよく知られている。武馬宛の電文に「オチチウヘ」とあれば主水のことに違いないから、町野家でなにが起きたかは一《いち》目瞭然《もくりょうぜん》であった。律義者の斎藤平四郎は、郵便電信局は憲法にも謳《うた》われた信書の秘密をいかなる場合も守ってくれる、と信じこんでいたのである。

受付掛は悩んだ末に、局長にこの電文を見せた。局長は幹部たちと協議した結果、この電報を発信してからひそかに若松警察署に伝えた。

「本日の客のなかに、昨日北小路の町野邸で人死にがあったらしいと噂《うわさ》する者がおります」

時の若松警察署長は、山田直記。かれがふたりの巡査をしたがえ、人力車で町野邸を訪れたのはこの日夕刻のことであった。

「うむ、おれが成敗したのだ」

柄《つか》に日章をつけたサーベルを身の右側に置き、桜模様の五つボタン、肩章つきの詰襟服で和風の応接室に正座した三人に対し、主水はあっさりと認めて逆ネジを食わせた。

「あんなごろつきが長年市中にのさばっておるのに、警察が見て見ぬふりをしていたとはけしからぬことだ」

「いや、まことに申し訳ありません」

老いたりとはいえ、主水の両眼は今なお鷹のそれのように炯々《けいけい》たる光を帯びている。その眼光に射すくめられ、思わず山田署長は頭を下げてしまった。

主水は第六十五聯隊のみならず若松警察署で講演や講話をしたこともあり、自由民権運動を鎮圧した当時の若松警察署長で今は市長になっている髭《ひげ》の松本時正とも、旧会津藩士同士としてなお親交がある。

かつて若松警察で剣道を教えた金田百太郎ともつき合いがあったし、主水の紹介で巡査に採用された者もいた。それらの経緯を充分に承知している山田署長は、つい下手に出てしまったのである。

主水から事情を聞いたかれは、夜になってから大八車を手配し、納屋に横たわっていた長吉の死体をひそかに運び出した。

山田署長は、逮捕を匂わせるようなことは一言もいわなかった。だが一方に死体があり、他方におれが成敗したと威張っている者がいるのだから、警察が主水の収監を決意しても一向に不思議ではない。

不安に駆られた斎藤平四郎は、警察の今日の動きを伝えるべくまたムラジン方へ走った。胡《ご》麻塩《ましお》頭を五分刈りにしているムラジンは、半纏の胸のあたりを叩いて謎《なぞ》めいたことをいった。

「おや、もう嗅《か》ぎつけられてしまいやしたか。じゃあ、こちとらも善は急げだ。明日長吉殺しの下手人を警察に出頭させますから、どうか御心配なく。むろん町野さまには、なんの御迷惑もかけませんや」

そして翌朝、――。

馬場一ノ竪町《たてちょう》にある、二年前に新築なったばかりの若松警察署の二階建て洋館に入っていったのは、ムラジンの若い衆のひとりであった。印半纏に腹掛け紺股引地下足袋《こんももひきじかたび》姿と、人力俥夫《しゃふ》を絵に描いたような身なりである。

「待て、どこへゆく」

警備の巡査に制止されたこの男は、両手首を交叉させて突き出しながら頭を下げた。

「二日前に、北小路町の町野さまの玄関先で長吉を殺《あや》めたのはあっしでごぜえます」

かれはかつてやくざ者と喧嘩《けんか》して匕首《あいくち》を突きつけられたところをムラジンに助けられ、それから人力車渡世の道に入った者であった。ムラジンへの恩義から、身代わり自首を引き受けてやってきたのである。

この若い衆が取調室に入れられると、山田署長が革長靴を軋《きし》ませながらやってきた。

「この、馬鹿者！」

開口一番、山田署長は怒鳴りつけた。

「へえ、まことに相すまねえことで」

若い衆がまた両手を交叉させて差し出すと、

「もうよいといっとるのだ」

山田署長はうんざりしたようにいった。

「よいか、長吉というあのごろつきはな、町野家の玄関口で心臓麻痺《まひ》を起こして頓死《とんし》したのだ。その線ですべては処理してあるのだから、余計なことをするんじゃない。ムラジンにもよく伝えておけ」

「はあ」

事情のよく呑《の》みこめない若い衆は、首をひねりながらムラジン方へと帰っていった。

これを聞いて、おマツや斎藤平四郎は、ようやく胸を撫《な》でおろした。だが主水は、さも当然というように主張した。

「だからあれは、無礼討ちだといったではないか」

それから四日後、武馬が妻のトキ子とともに若松にやってきた。若松警察の配慮で事は問題とならずにすんだと告げられ、武馬は答えた。

「しかし、長吉とやらの親兄弟は敵討《あだうち》を企んでいるかも知れませんぞ」

「なにを時代がかったことをいうか」

自分のことを棚に上げて主水は笑ったが、武馬は馬賊の出没する中国大陸の感覚で考えている。かれは新しく定められたばかりの四五式カーキ色の通常軍服の左腰に日本刀仕込みのサーベルを吊《つ》り、数日間若松市内を徘徊《はいかい》した。

その結果長吉の遺族たちも、やくざ者が自滅してくれてせいせいしていることが分ったので、武馬夫妻は安堵《あんど》してまた北京へと去っていった。

主水はこの事件にまぎれて、かれとトキ子の結婚を追認したかたちとなってしまった。

この年の六月三十日に天皇が六十一歳で崩御し、主水の長かった明治時代はおわりを告げた。

三

《同郷人の親愛を篤うし、その団結を鞏固《きょうこ》にするをもって目的とす》

こう謳って会津会が発足し、すでに風化しつつある戊辰戦争の記憶を出し合って記録すべく『会津会々報』を定期的に刊行することに決めたのは、明治四十五年四月のことであった。

ところがこの会合でしばしば話題になるのは、戊辰戦争体験者たち、当時若手藩士であった者たちも六十代、七十代と高齢化し、これまで町野主水ら若松在住有志の手でおこなわれてきた春秋の戦死者慰霊祭もいつまでつづけられるか分らない、という問題であった。まもなく戊辰戦争五十周年もまわってくるから、それまでに慰霊祭の法的かつ半永久的な基礎固めをしておく必要がある……。

この話をもちこまれた主水は、それが自分ももっとも気にしていたことだから全面的に賛意を表した。

かれをはじめとする発起人七十六名が音頭をとり、松平容保《かたもり》の次男健雄を総裁として、「会津弔霊義会」が発足したのは大正二年八月のこと。翌日には七十三歳になった主水を初代の会長に選出し、七十五名の老いたる旧藩士たちは、募金目標額を四千円以上と定めて活動を開始した。その「趣意書」にいう。

《顧みれば、戊辰の戦乱は尊王佐幕すなわち公武合体の主義より出でてその志ことと違い、ついに東西の戦争争闘とはなれり。……予輩《よはい》（われわれ）生死をともにせし者当時を思えば実に慄然《りつぜん》たらざるを得ず。藩士の一半は当時の戦役に喪《うしな》うといえどもなお生存する者少なしとせざるに、近時天寿を終りし者すこぶる多く、当時の悲惨を嘗《な》めつつ今なお生存する者はたして幾十人かある。これ予輩の今日この挙を思い起こせしゆえんなり。……春秋二回の祭典ありといえども、そは有志の士相集まり篤志者の執行に止《とど》まり、責任を帯びて永世継続方法の立ちたるにはあらざるなり。もしそれ幾十百年の後篤志者なきに至らば無縁の霊たるを免れざるなり。嗚呼《ああ》生きては国家忠義の臣となり、死して無縁の霊とならば、地下豈能《あによ》く瞑《めい》せんと欲するも得べけんや。同胞の霊魂を弔霊するは吾人生存者の情誼にして、また責任として為さざるを得ざるの事たり。……別紙仮寄付行為により応分の寄付あらんことを謹告す。

弔霊義会総裁　松平健雄

弔 霊 義 会 長　町野主水》

あけて大正三年九月二十八日、弔霊義会は主水を筆頭とする六十六名の連署で、内務大臣一木喜徳郎あてに財団法人設立願を提出した。発起人七十六名が六十六名と減少したのは、わずか十三ヵ月の間に十名が死亡したからである。

しかし、なかなか許可が下りない。

「まさか内務省の者らは、『会津人がまた結束してなにか企んでおるのか』などと疑心暗鬼になっているのではあるまいな」

ある日の会合で主水は不快そうにつぶやいたが、まさか、という者はひとりもいなかった。

明治七年、佐川官兵衛が旧藩士三百名をひきいて東京警視庁に奉職した時、かれらの叛乱《はんらん》を恐れた警視庁側は、

「分割統治」

とでもいうべき策をとった。各警察署や派出所勤務を命じられた会津人は、原則としてひとつの部署にひとりしか配属されなかった。それを官軍出身者たちがとりかこみ、監視の目を光らせる体制をとったのである。

軍隊でも、今もって会津差別には顕然《けんぜん》たるものがあった。出世が遅い、閑職につけられる、ひとの知っていることが会津人には伝わらない……。

明治十九年十月、今は亡き山川浩が陸軍少将に昇進したと知り、時の内務大臣兼陸軍中将の要職にあった長州出身の山県有朋《やまがたありとも》が、

「賊徒会津の出身者を将軍とするとはなにごとか！」

と激昂《げっこう》した話は有名であった。

その後も陸軍部内の会津差別は止《や》むことがなかったので、山川は同郷人の情報の交換の場として「軍人団話会」を組織した。「談話」ではなく「団話」としたところに、結束して助け合ってゆかねばならないという切迫した気持があらわれている。この会は会津出身第一号の陸軍大将柴五郎を会長として「稚松会《ちしょう》」と改称され、今もつづいているのだった。

なかなか許可が下りないのに業を煮やし、会津弔霊義会は町野主水名義で「弔霊義会財団法人設立願之件に付参考書について」と題する切実な内容の書類を作製、大正四年二月内務大臣に送って追請願をおこなった。

その後、五年七月には出願内容の不備を修正して再申請するなどして苦労を重ね、六年三月二十九日をもってようやく内務大臣後藤新平から許可が下りた。すでにして老境に達し、なんの野望もないひとびとの願いが叶《かな》えられるまでに、足かけ四年の歳月が費消されたのである。

この大正六年は、明治元年からかぞえて五十年目に当っていた。それまでに内務大臣の許可が下りても下りなくても、弔霊義会は鶴ヶ城籠城戦《ろうじょうせん》のはじまった八月二十三日をもって、戊辰殉難者五十年祭典を盛大に開催することを満場一致で可決していた。

(この祭典を成功させれば、わが人生においてなすべきことはすべておわる。おれももう七十八歳、そろそろ死の準備をすべき時がきたようだ)

と主水は思った。

四

戊辰殉難者五十年祭典の式場は、鶴ヶ城本丸北側の一画であった。

かつて大広間、大書院、御用の間、長局《ながつぼね》などからなる壮麗な本丸御殿の建物が甍《いらか》をならべていた本丸は、練兵場に使われたこともあって宏大な草原と化している。

その西寄りに屹立《きつりつ》していた五層の大天守閣も、天守台の石垣を残すのみ。本丸を囲っていた赤瓦白しっくい塗り銃眼つきの塀も角櫓《すみやぐら》も今はなく、塀の土台の跡はただの土手となって赤松や銀杏《いちょう》を茂らせているばかりであった。

祭場には、この本丸の草原を見つめるように建てられた白亜の「忠魂碑」前の広場が充《あ》てられた。

入口には大緑門を建て、式場正面には白布張り間口六間（一一メートル）の神殿風祭壇がもうけられた。その祭壇の南側に純白の大天幕を張りめぐらして幄屋《あくのや》を仮設。これを来賓たちの控え室とし、天守台前にはやはり大天幕を張って一般参拝客の控え場とした。

参会者のおもな顔ぶれは、容保の五男で松平子爵家を相続した松平保男《もりお》、若松市長であり本日の祭典委員長でもある松本時正、福島県知事川崎卓吉、幕末に佐川官兵衛を隊長とする別選組に属し、実業界で成功をおさめた福島郷友会会長加藤寛六郎、会津ただひとりの海軍大将出羽重遠《しげとお》男爵、会津会総代黒河内良、そして会津弔霊義会会長町野主水とそのせがれ武馬らであった。

黒河内良は、戊辰の年に十三歳にして父式部を喪い、主水たちが戦死者の遺体の改葬をはじめた時、父の亡骸《なきがら》を求めて酸鼻な腐爛《ふらん》死体の山を喰《く》い入るように見つめていたあの少年である。

「黒河内」

という一族は、もともとは信州伊那谷《いなだに》を本貫の地とする。それが信州高遠《たかとお》三万石の藩主時代の保科肥後守《ほしなひごのかみ》正之につかえ、正之の出羽山形二十万石への移封、寛永二十年（一六四三）の会津二十三万石への再移封にもつきしたがって、

「高遠以来」

の名族として幕末に到ったのだった。

しかし明治以降、黒河内良もまた多くの旧会津藩士とおなじく亡国の民として、苦難の生涯を送らねばならなかった。

まず海軍軍人たらんと志したかれは、明治八年砲兵伍長《ごちょう》の時、江華《こうか》湾事変の勃発《ぼっぱつ》に際会。全

権弁理大臣黒田清隆以下が問罪使として韓国に派遣された時には随行して渡韓し、征韓の実行者として驥足《きそく》を展《の》ばそうとしたが、ついに果たせなかった。

明治九年六月、政府顚覆《てんぷく》計画をすすめていた永岡久茂に誘われて、思案橋事件に関与。同年十月会津からの応募巡査二十二名を統率して千葉におもむき、千葉県警察署に職を得た。これは、機が熟したならば東京の永岡と呼応して武装蜂起《ほうき》しようとしたためである。

だが永岡の計画はもろくも潰《つい》え、一味の者の自白により黒河内良も懲役三年の刑に処されて市谷監獄に投じられた。

それに先立ち、千葉県庁の後庭にしつらえられた急造の白洲《しらす》で、かれは県令柴原和《やわら》からじきじきの訊問を受けた。柴原和は旧播州《ばんしゅう》龍野《たつの》藩士で、脱藩の経験がある。早くから尊王倒幕の志を抱き、公武合体派から睨《にら》まれたこともあった。

黒河内良は、柴原県令の威圧的な問いかけに沈黙で応じるのみであった。

「どうして答えんのだ。貴様、耳は聞こえんのか」

柴原が顔を赤くして叫んだ時、後手に縛されて荒筵《あらむしろ》の上に引き据えられていた黒河内良は、眼光するどく柴原を見つめ、激しい口調で切りこんだ。

「足下もまた、維新前の国事犯ではないか。しかるに今、この身を遇するにこのような無情をもってするとは何事か。さような者と話などできるか！」

柴原県令は、このことばを聞くやにわかに黒河内良を丁重に扱いはじめた。

十三年二月満期出獄。以後黒河内良は思うところあって学問修養を専一とし、二十年警部として警視庁に奉職したのを手初めに、高知、神奈川、香川県をまわり、三十二年青森県の県警察部長となった。ついで秋田、香川に移り、三十七年退職、再渡韓して京城民団長となったが、老いを自覚して帰国。故郷若松に還ってまもなく会津会の結成に参画したのである。

また武馬は、明治四十五年（一九一二）二月清朝最後の皇帝宣統帝溥儀《ふぎ》が退位し、清朝が廃絶したのを機に警務学堂を辞任。大正二年八月少佐に昇進したものの十二月中に帰国し、鹿児島の歩兵第四十五聯隊《れんたい》付となった。そして翌年十一月、奉天将軍張錫鑾《しゃくらん》の軍事並びに警務顧問としてふたたび中国大陸にわたったが、この時はたまたま帰朝していたため祭典に参加することができたのである。

この日はおりあしく、朝から小雨が落ちていた。だが祭典のはじまる午前十時までには来賓二千名、一般参拝客数千人が集まり、空前の大集会となった。

一般の参拝客のなかには、

「これで死んだ家族たちも浮かばれる。天子さまがこのような祭典を許して下さったのじゃから、やはり会津は賊軍ではなかったのじゃ」

と涙ぐみながら、これは祝典だといって留袖《とめそで》をまとい、杖にすがってあらわれた老婆もいた。

小雨を気にしながら幄屋前の椅子《いす》席に腰をおろした来賓たちの多くは、山高帽にフロックコート姿であった。しかし出羽重遠男爵は、白の日覆いをつけた軍帽に白麻五つボタンの詰襟服、同質の軍袴《ぐんこ》という夏用の第二種軍装を着用。両肩に桜花三つの大将用肩章、胸に多数の勲章をつけ、左腰には鮫皮《さめがわ》巻きの短剣をつるしている。

武馬はカーキ色の陸軍通常服にサーベルを提げ、左胸には日露戦争直後に与えられた功五級金鵄《きんし》勲章と勲五等旭日章《きょくじつ》、そして帰国後に受章した勲四等瑞宝章《ずいほう》を佩用《はいよう》して、最前列の父の右隣りに腰を下ろしていた。

主水と黒河内良は紋羽織に白麻のかたびら、仙台平《せんだいひら》の袴《はかま》に白足袋《たび》雪駄《せった》姿。主水はこの日も左手首に水晶の数珠《じゅず》をまき、帯には永年愛用の脇差《わきざし》を差しこんでいる。

十時ちょうどに式場係が号鈴を振り鳴らし、祭典がはじめられた。

神職によるお祓《はら》い、祝詞《のりと》奏上、僧侶《そうりょ》たちの読経とつづき、そのあと今は八の字髭《ひげ》も白くなった松本時正市長が歩み出て山高帽を取り、来賓たちに禿頭《とくとう》の後頭部を見せて祭文を朗読した。

「これ時に大正六年八月二十三日、戊辰殉難者五十年祭典委員長従五位勲四等松本時正つつしみて清酌庶羞《せいしゃくしょしゅう》の奠《てん》をもちて戊辰殉難東西両軍将士の霊に告ぐ。惟《おも》うに明治維新の時にあたり東西各藩たがいに政見を異にして勢いの激するところ、ついに干戈《かんか》をとりて戎軒《じゅうけん》の間にまみゆるに至りしも、それ君国に尽くすの至誠に至りては両者決して径庭あるを見ず。豈《あに》もとより順逆をもって論ずべけんや。今や聖恩春のごとく一視同仁、洪恩枯骨に及ぶ。諸士またもって瞑《めい》すべし、嗚呼《ああ》諸士逝いてすでに五十年、本年その忌辰にあたるをもって有志相はかり、当時兵馬の地若松城址《じょうし》を相《そう》して浄壇を設け、諸士の霊を祭る。在天の霊こいねがわくは来たり饗《う》けよ」

つづけて川崎卓吉福島県知事が立ち、最後に黒河内良が祭文を捧げた。

「……嗚呼日月匆々《じつげつそうそう》五十年、当年を追思すれば戦塵天をおおいて羽檄《うげき》縦横に馳《は》せ、両軍の兵馬雲のごとく四境に屯し、旌旗《せいき》林のごとく山野に満ち、諸君はおのおの東西両軍に属し、相対して旗鼓すでにせまり硝煙地を巻きて白刃相接し、竜戦虎闘彼我精英を尽くして相当たる。……」

すでに六十代なかばに達している黒河内良の祭文は、松本時正・川崎卓吉両名のそれよりもずいぶん長かった。

良自身も父の死体を求めてさまよった時の哀しい記憶がにわかに甦《よみがえ》ったのであろう、声はいつしか震えを帯びた。

「……彼我相討つも我が私《わたくし》にあらず。もとより公闘なり公戦なり、しかり、もとこれ諸君の志国家にあればなり。諸君の英霊昇天ののち、日清日露の二大戦をへて国勢ますます拡張し、……」

良の朗読はまだおわりそうになかったが、このころから急に雨足が強まった。

椅子にならんでいるのはほとんどが高齢者だから、あまり雨に打たれては肺炎を起こしかねない。そう考えた松本時正が、良への無礼は承知で叫んだ。

「みなさま、おさがり下さい」

その声を待ちかねていたようにひとびとは立ちあがり、背後の幄屋へ入って雨を避けようとした。

しかしこの時、主水は耳がすっかり遠くなっているため来賓たちがなぜ急に席を立ち、ざわめきはじめたのか分らなかった。

「雨が強くなってきたから下がれ、と市長がいったのです」

武馬がその耳もとに口をつけていうと、主水は低く唸《うな》った。

「なにい」

枯れ皺《しわ》んだ風貌《ふうぼう》に赤みが差し、落ち窪《くぼ》んだ両眼は鷹《たか》の目のように光を帯びる。白扇を左手に握りしめ、雨をものともせずその場に立ちあがった主水は、なおも祭壇に背をむけて来賓たちに幄屋に入るよう指示している松本市長にむかって叫んだ。

「貴様、武士にむかって下がれとはなんだ！」

この声はあまりに大きかったので、武馬は父が興奮のあまり卒倒するのではないかと危ぶんだほどである。

だがこの一喝は、利いた。

松本時正は、元の名を倫彦《ともひこ》。嘉永五年（一八五二）七月に生まれ、戊辰の年には十七歳で越後方面に出撃し、のち籠城戦に加わった。往時の主水の奮戦ぶりを知悉《ちしつ》しているため、かれは絶句して立ちつくすばかりであった。

主水の怒声に驚いて、幄屋に入ろうとしていた来賓たちはまたぞろぞろと席についた。それを見て黒河内良は祭文朗読を再開し、やがてつつがなく読了した。

それとほぼ同時に雨が上がり、太陽も顔を出して夏らしい一日となった。松本市長、松平子爵、福島県知事、遺族総代らが順次礼拝すると一般参拝客がそれにつづき、午後からは余興として能楽や御神楽《おかぐら》、彼岸獅子舞《じしまい》、撃剣のもよおしがあって、戊辰殉難者五十年祭は成功裡《り》に幕を閉じたのである。

翌日の朝、北小路町の町野邸を訪れた客があるので離れにいた武馬が応対に出ると、第六十五聯隊の平田豊三郎聯隊長であった。

たがいに陸軍軍人らしく挙手の礼をかわしたあと、平田はいった。

「実は昨日自分も祭典にまねかれておったのですが、自分は会津人ではないので奥の隅の方におりました。しかし自分は、会津にきて初めて武士道の実体を見た思いがしました。御尊父が雨のなかで『武士にむかって下がれとはなんだ！』と怒鳴ったあの心こそが、会津魂というものです。かつてはわが聯隊も講演やら講話やらに御尊父をおまねきし、大変お世話になったとも聞いております。ただし本官はまだ赴任して日が浅く、御尊父にまだ御挨拶《あいさつ》をしておりません。敬意を表させていただきたいので、どうかおとりつぎ願えませんか」

もう二十年も昔の明治三十年晩夏、品川弥二郎子爵から久吉の槍《やり》をお返ししたい、といわれた時、主水は、

「戦場にて失いしものを、武士たる者が畳の上で受け取るわけには参らぬ」

と、にべもなく断わってしまった。

また九年前に乃木希典大将らが「素行会」結成を考えて主水に発起人になるよう依頼してきた時、主水は、

「昔ある一族一門から石川五右衛門が出たとて、その末裔《まつえい》に責任はない。同様にわが町野家がかつて山鹿素行を出したとて、二百年以上もたった今日となって、拙者《せっしゃ》が得意気にそれを云々《うんぬん》する必要はない」

と名ぜりふを吐いて言下に拒否したものであった。

これらは相手と一対一の席でのことであったが、今回の「武士にむかって下がれとはなんだ！」は数千人の来会者の耳に達する破鐘《われがね》のような声だったのである。

「今日はよい祭典じゃったが、途中大雨になった時あの町野さんがな、……」

と帰宅してから家族たちに話した者は少なくなかったから、この出来事は聯隊以外でも大評判になっていた。

若い市民たちからは、なんとも時代遅れの頑固者がまだいるのだな、という冷たい反応もないではなかった。

いずれにせよ主水は、もはやまぎれもなく若松市一の名物爺《じい》さんであった。

五

町野武馬も、そのころから中国大陸——特に満州蒙古《もうこ》方面ではよく知られた軍人となりつつあった。

大正四年八月、奉天将軍は張錫鑾から袁世凱《えんせいがい》四天王のひとり段之貴《だんしき》に代わっていたが、この段も七年九月には実力者張作霖《ちょうさくりん》にとって代わられた。以後張作霖は事実上の満蒙王として中国大陸の三分の一を統轄するが、張と意気投合した武馬は、その軍事顧問として奉天に留まりつづけていた。この馬賊上がりの風雲児と肝胆《かんたん》相照らしたことにより、いつかかれは日本の軍部と中国最大の軍閥とをつなぐもっとも太いパイプ役となっていたのである。

日露戦争における旅順攻防戦の体験を描いた著述『肉弾』によって名をなした桜井忠温《ただよし》陸軍新聞班長が張作霖のインタビューにきた時、張は虫歯の痛みで床に臥《ふ》せっていた。武馬はその張を叩《たた》き起こして桜井に会わせてしまうほど、張の内ぶところに入りこんでいた。

その武馬が主水に手紙を添えて一冊の雑誌を送ってきたのは、大正十年初頭のことであった。

主水は四年前に戊辰殉難者五十年祭典を成功させたあと、次第に食欲を失ってさらに痩《や》せ、視力も衰えて足もとがおぼつかなくなったためほとんど外出しなくなっている。八十一歳となったかれは、十八の年まで育てた百合子も東京の父母のもとへ帰してやり、おマツと幾人目かのねえやとの三人暮らしで余世を送っていた。

　その主水は、継母として百合子をふくむ五人の子を育てあげ、五十四歳になったおマツに武馬からの手紙を読んでもらった。

《奉天の冬の寒さにはもう慣れましたが、若松の冬はいかがでありますか。御父上、御母上ともにお変わりありませんか》

　と下手な字で書き出した武馬は、最近『武侠世界』という雑誌に目を通したところ、亀岡泰辰陸軍少将が叔父《おじ》久吉の討死について目撃談を載せていた、内地でも売っている雑誌だから先刻御承知かも知れないがとりあえず送る、とつづけていた。

「そうか、早くその記事を読め」

　火鉢をはさんでおマツにむかい合っていた主水は、枯れ縮んだ上体を乗り出すようにした。

「はい、ちょっとお待ち下さいな」

　束髪に白い筋を見せているおマツが雑誌の頁を繰る間に、主水の意識は一気に五十余年の時間を遡《さかのぼ》り、戊辰閏《うるう》四月二十四日の三国《みくに》峠大般若塚《だいはんにゃづか》の胸墻《きょうしょう》陣地の光景を眼裏《まなうら》に甦《よみがえ》らせていた。

　あの日主水は、濃い霧の奥から銃砲を撃ちまくる上州口官軍に斬りこみをかけたいと勇む十

六歳の久吉を、

「まだまだ」

と何度も止めたものであった。

しかし逸《はや》り立った久吉はそれを聞かず、四人の若手藩士の先頭を切って急な坂道を駆け降りていった。

「リャアリャアリャアリャア！」

陣地から上体を乗り出して霧のかなたを見つめ、久吉独得の気合をたしかに聞いた、と思った時には、

――パーン
という軽い、乾いた音が響いてきた。そして、まもなく官兵たちの、

「えい、えい、おう」

という勝利の鯨波《とき》の声が全山をゆるがすように響《とよも》したのだった。

「早く読まぬか」

焦《じ》れた主水が小さく叫ぶと、はい、お待たせしました、といっておマツは読みはじめた。

《自分は戊辰戦争の折は十七歳で、前橋藩の砲兵指図役として三国峠に於て会津勢と対陣した

時に、敵中勇敢なる士あり、町野久吉と云い、単身長槍を揮《ふる》って奮激突進して来たので、我方は不意を喰《く》らい左右に道を開いたが、それらの輩《やから》には目も呉《く》れず猛然奥深く侵入してきた。余はこの時砲列の位置にして道路の左側に在《あ》りしも見向きもせず、本道にあった前橋藩の当日の総指揮官たる八木始《はじめ》に向い叱咤《しった》してかかり、僅《わず》か二三間に迫る時、八木氏及び周囲の者が短銃を以て久吉の胸板その他を打ち貫いたので尻餅《しりもち》をついた。此時彼は既に背後よりも三弾を受けていたるにも屈せず、八木が刀を揮《ふる》って近づき首をはねんとする刹那《せつな》、なお身を起こして槍を揚げた。その勇猛さは実に驚嘆するに余りある》

主水はこの文章を、

「もっと大きな声で」

と注文をつけて、おマツに三度まで読み返させた。

遠い耳を必死でかたむけるうち、文章の伝えるところはようやく主水に伝わった。

(ああ、あの時霧のなかからパーンと聞こえてきたのは、銃ではなく短筒の音であったのか。それも一発ではなく数発、しかもその前に久吉は、背に銃弾三発を受けていたとは。命を棄てて突入したのに、敵をひとりも槍玉に挙げられなかったのはさぞ無念であったろう)

さまざまな思いが胸をよぎった。だが主水は、おマツにはこう感想を伝えただけであった。

「道路脇《わき》における十七歳の亀岡には目もくれず、まっすぐ指揮官にむかって迫っていったとは、さすがに久吉は町野家の漢《おとこ》だ」

それからしばらく、黙って茶をすすっていた主水は、急に思い出したようにおマツに訊ねた。

「そういえば、当時久吉より若い十五歳で出陣した井深梶之助は今どうしている。もう死んだか」

「まあ、厭《いや》ですよ、お爺さま」

質素な会津木綿の普段着をまとっているおマツは、袂《たもと》で口を隠すようにして答えた。

「井深さまは東京に明治学院大学を創立なさって、今も名誉総理として活躍していらっしゃいます。先日も久吉さまのお話のあと井深さまのお話になり、わたくしがそうお答えしたばかりじゃございませんの」

「ほう、そんなことがあったかのう」

くぐもった声で答えた夫が痩せ尖った鼻から洟《はなみず》を垂らしかけたので、おマツはちり紙をわたしてやった。

その時おマツは、初めて気づいた。夫は末弟久吉の死後五十二年目にしてようやくその討死の光景を知り、こみ上げてくるものに耐えるため井深梶之助の方に話をそらしたのだと。

老いて落ち窪《くぼ》み、往時いつも爛々《らんらん》と輝いていた黒目も色褪《あ》せて鳶《とび》色に変じている主水の両眼からは、今しも溢《あふ》れて皺《しわ》の刻まれた頬《ほお》に伝わろうとしているものがあった。

六

大正十一年十二月三十日をもって、町野主水は満八十三歳となった。このころから老衰がいよいよ進み、もうほとんど蔵座敷の八畳間の床に臥せったきりであった。

死の間近いことを悟ったかれは、

「遺言のかわりにいっておく」

と、おマツやときどき東京から見舞いにくる百合子にむかってくりかえし語った。

一、わが亡骸《なきがら》は筵《むしろ》につつみ、縄で縛って葬式を出せ。

二、葬列は標旗、提灯《ちょうちん》、抜身《ぬきみ》の槍《やり》、抜身の刀、それから死骸《しがい》、僧侶《そうりょ》、家族の順とし、参列者は全部徒歩たるべき事。

三、戒名は「無学院殿粉骨砕身居士」とせよ。

あけて十二年五月下旬、主水は風邪をひいたのをきっかけとして呼吸が切迫するようになった。市内門田《もんでん》に住まう次女ナヲの夫大関琢磨軍医や会津病院の医師が交代で来診し、百合子も駆けつけてきた。

主水はかれらに見守られながら次第に意識を混濁させ、六月第一週がすぎたころついに危篤状態に陥った。そして九日の午後十時、からだは弱いが美しい娘へと育っていた百合子がひとりつきそって脈を取っていた時、主水は眠るように大往生をとげたのである。

すでに奉天の武馬には電報が打たれ、武馬もすぐ帰国すると返電してきていたが、問題は交通事情が悪くてかれの若松入りがいつになるか分らないことであった。

「ともかく、武馬さんがくる前に葬儀を出すわけにはゆくまい」

ぞくぞくと集まってきた親族、会津弔霊義会や会津会の会員たちは語り合った。しかし春の遅い若松とはいえ、

「石部、弁天、町野の桜」

と謳《うた》われる前庭の桜もとうに散り敷き、青葉は日ごとに色濃くなりつつある。

「それまで、なんとか御遺体を保《も》たせましょう」

医師が太い注射器に吸いあげた防腐剤を幾本も主水の冷えたからだに射ちこむのを見て、百合子は思わず顔をそむけた。

奉天─大連─下関─東京─上野─郡山─会津若松と汽車と船とを乗りつぎ、武馬夫妻が煤《すす》だらけの顔でやってきたのは主水の死後四日目のことであった。

武馬はすでに四十七歳の、古参の陸軍少佐である。おマツと百合子から主水がいつも語っていた葬儀方法について告げられると、

「分った」

と簡潔に答えて、大きな坊主頭の下から二重瞼《ふたかわめ》の巨眼を光らせた。

「おれは他人のことばは一切聞かぬが、親のいうことだけはよく聞くと餓鬼のころから決めている。親父の希望どおりの葬式にしよう」

しかし主水の三つの指示のうち、第一項については、

「いくらなんでも、遺体を直接筵にはくるめまい」

と親戚《しんせき》や友人たちが抗議の声を上げた。そこで武馬は、やむなく棺を注文した。

身の丈五尺七寸（一メートル七三センチ）と長身だった主水は、老いて少し背が縮んだものの、それでもずいぶん上背のある仏さまだった。そのため武馬は、普通よりも長さ一尺、幅五寸ほど大きい上質の棺をあつらえた。

次に主水の遺言を問題視したのは、若松警察署であった。十二年前には長吉の無礼討ちを心

臓麻痺《まひ》として処理してくれた若松警察だが、すでに署長も代わっている。主水の指示した第二項について、

「葬列に抜身の槍や抜身の刀をもつ者をまじえるとは、はなはだ穏やかではない」

と横槍を入れてきた。だが武馬は、

「遺言だからそのとおりにやるんだ」

といって、断じて引き下がらない。

この時両者の間に割って入ったのは、昨十一年暮れに第九代若松市長に就任し、葬儀委員長をつとめることを快諾していた松江豊寿《とよひさ》であった。

唇も隠れんばかりのみごとなカイゼル髭《ひげ》をたくわえた松江は、退役の陸軍少将から市長へと転身した生粋の会津人で、陸軍大佐時代に第一次世界大戦を経験。中国の青島《チンタオ》から徳島県の板東俘虜《ふりょ》収容所へとドイツ人俘虜たちが連行されてきた時には、その収容所長をつとめていた。

明治五年若松の生まれ、斗南《となみ》開拓の夢破れて帰郷した旧会津藩士を父にもつかれは、陸軍上層部から手ぬるすぎると何度非難されても、

「武士の情である」

とドイツ人俘虜たちを人道的に扱いつづけて異彩を放った。

俘虜たちには夕食にビールを飲むこと、外出することも許されたから、地元のひとびとは俘虜たちの指導によって家畜の去勢法から牛乳やバター、ドイツ菓子の製造法までを体得することができた。なおベートーベン作曲『第九交響曲』の本邦初演はこの板東収容所に送られていたドイツ軍楽隊の演奏によるものであり、それを地元の者たちに聴かせたのも松江豊寿である。

退役少将として歩兵第六十五聯隊《れんたい》の井上僕・第五代聯隊長とも交流のあった松江市長は、かれと相談したあと若松警察署を訪れて、ある申し入れをした。

そして葬儀当日、――。

主水の棺は荒筵につつまれて荒縄で縛られ、門から運び出されていったん北小路町の通りに据えられた。つづいて事情を知らない参会者たちが唖然《あぜん》として見守るなかで縄尻《なわじり》を裸馬にくくりつけられ、その馬に曳《ひ》きずられるようにして田中稲荷《いなり》の前をとおり、町野家の菩提寺《ぼだいじ》融通寺《ゆずうじ》へとむかっていった。

この奇妙な葬列が動きはじめたのは午後一時のことであったが、若松警察署は松江市長の申し入れにより、この日一時から二時までの一時間にかぎって沿道には巡査を出さないと確約していた。

また第六十五聯隊の井上聯隊長は、やはり松江市長との申し合わせによって会津出身の将校四人をこの葬列に派遣。棺の左右にふたりずつ張りつかせ、抜刀の礼を捧げつつ行進させた。

このため抜身の槍も、問題ではなくなってしまった。

棺が融通寺の山門を入った時も、まだ町野邸の前には多数の会葬者が歩き出せずに居残って
いたほど盛大きわまる葬列であった。

武馬はこうして主水を融通寺の町野家塋域《えいいき》に埋葬したが、さすがに戒名を「無学院殿粉骨砕身居士」とすることはできなかった。

かれが融通寺から授かった戒名は、

――武孝院殿顕誉誠心清居士。

追ってその墓所には、高さ八尺八寸ほどの五輪塔が建立された。

七

主水の初七日の法事をおえた翌日、武馬は市内の柴太一郎邸を訪れた。

柴太一郎は、戊辰の年には会津藩越後口総督一瀬要人《いちのせかなめ》の軍事奉行添役《そえやく》として主水たちとともに苦戦をつづけ、その後斗南移住に参加。斗南藩の食糧問題解決のため函館におもむき、デンマーク領事から米穀を買いつけることに成功した。だが仲介役の商人が支払金を横領してし

まったためその責任を問われ、東京へ送られて未決禁固されてしまった。

司法・行政機構が猫の目のように変わる時期だったことが災いして七年間も保釈と収監をくりかえす羽目になり、、明治十年四月ようやく釈放される。三十九歳にして鹿児島県出仕となり、その後会津へ帰って大沼郡、南会津郡の郡長を歴任したあと、、明治三十年五十九歳で引退していた。衆議院議員となり東海散士の筆名で明治十八年に刊行したベスト・セラー『佳人之奇遇』の著者としても名を馳《は》せた柴四朗、会津出身第一号の陸軍大将柴五郎兄弟の長兄としても知られている。

主水とは同い年のこの元会津藩士は、武馬が軍服姿で和風の一室に入り、

「父の葬儀に御会葬下さり、まことにありがとうございました」

と坊主頭を下げると、鼻の両脇《りょうわき》に深い縦皺《たてじわ》を刻んで不快そうに反問した。

「うむ。わしはほかならぬその葬儀について話があるので、あなたに御足労願ったのじゃ。あなたは父御《ててご》を筵《むしろ》につつんで葬儀をとりおこなったが、あれはいかなるわけか」

「別にわけはありません。親のいうとおりにしたまでです」

武馬が答えると、太一郎老人は、

「なに、親のいうとおりにしたまでですと」

と顎《あご》をガクガクさせてつづけた。

「しかしわしは、この年になるまで筵づつみの葬式など見たことがない。いわんや蒲生《がもう》時代以来の名門町野家が筵づつみの葬いをおこなったと申すに、親がいうたからというだけですみますか」

うるさい爺《じい》さまだな、と思った武馬は無愛想に答えた。

「自分は、他人のいうことはなかなか聞かぬが親のいうことだけは聞くと、餓鬼のころから決めているのです。苦情がおありなら親におっしゃっていただきたい。これで失礼します」

「いや、ちょっと待ちなさい。今のことばで、あなたが主水殿の気持を理解していないことがよく分った。ならばわしには、死ぬ前にあなたにお伝えしておかねばならぬことがある」

口調を改めた太一郎老人は、かつてわしが容保公の最後の小姓だった井深梶之助から聞いたことだ、と前置きして語りはじめた。

……戊辰の年、主水殿は小出島《こいでじま》の戦いに敗れたあと朱雀《すざく》四番士中隊の隊長としてわしらとともに越後口で戦い、九月中旬になってからようやく籠城戦《ろうじょうせん》をつづけるお城に入った。

その日容保公は本丸鉄門《くろがね》付近に張りめぐらした幔幕《まんまく》のなかで在城の老臣たちと会議をしておられたが、主水殿がその幔幕を排したころ、議題は戦死者たちをどのように埋葬するかという問題になっていたという。

論議の結果、やはり棺に納めて丁重に葬ってやりたいという結論になり、それを受けて容保公は主水殿に訊ねた。

「町野よ、なにか気づいたことはないか。あったら遠慮なく申してみよ」

すると主水殿は立ちあがり、こう述べ立てた。

「あなた方は、戦う場の実際を見ないから下らぬ議論をしているのだ。今われわれは死力を尽くして戦っている。この戦いに会津藩士はすべて討死するのだ。殿さまも最後には斬死なさるのだ。その時、いったい誰が後始末をするのです。誰もいるわけがない。われらの骸《むくろ》はその辺に打ち棄てられて腐りきり、烏につつかれるくらいが関の山なのだ。だから先に逝った者たちを、間もなく死ぬ者たちは筵につつんで棄ててやるくらいで充分なのです」

主水殿は怖《お》めず臆《おく》せずそう主張し、実際問題としても城は絶え間ない銃砲火に曝《さら》されていて、もう死者たちのために棺など作っているゆとりはなかった。

また明治二年春にようやく戦死者の改葬が許された時、主水殿たちはあちこちに腐りきってころがっている遺体をそれこそ筵につつんだり、ありあわせの叺《かます》や長持、簞笥《たんす》に入れたりして阿弥陀寺と長命寺へ運んだのだ。飯盛山で死んだ白虎隊十九士も、今でこそ有名になったが主水殿たちが改葬してやらなければむなしく無縁仏となりはてていたに違いない。しかもそれらの遺体は、底に筵を敷いいただけの墓穴に次々にならべて埋葬するしかなかった、……。

みずからも戊辰八月二十三日に、当時八十歳の祖母ツネ、五十歳の母フチ、二十歳の妻トクと妹ふたりその他を一瞬にして喪《うしな》った柴太一郎は、切なそうに息をついだ。

「――さような次第であったから、主水殿はきっと、自分だけ立派な葬儀を出してもらうわけにはゆかぬ、あの戦いに死んだ御家族や友人たちと同様、自分も荒筵にくるまれ縄で引きずられて墓所へ運ばれるべきなのだ、と思い切っておられたのだ、とわしは思う。

またそれでこそ、『最後の会津武士』といわれた男にふさわしい葬られ方ではないか。わしはな、あなたにそうと知った上で、あの葬儀をとりおこなってほしかったのじゃ」

「ああ、そういうことだったのですか」

深々と頭を下げた武馬は、ことばもなくしばらく茫然《ぼうぜん》としていた。

主水は武馬にも、戊辰前後の苦難についてはー切秘して語らなかった。いや語らなかったのではなく、武馬が十四歳にして早くも家を去ったため、ゆっくりと語り聞かせる機会がなかったのかもしれない。

春秋の慰霊祭にはかならず出席し、晩年は会津弔霊義会の仕事に没頭していたのは知ってい

たから、

(親父は意外と仏心が篤いのだな)

と武馬は思っていた。

(しかし、賊徒として討たれ、死んでいった者たちもつらかったには違いないが、親父は生き残ってしまっただけにもっとつらかったのかも知れぬな。親父が終生脇差を差していたのも、当時のことを忘れまいとしてのことだったのか)

武馬は、次第に胸が熱くなるのをどうしようもなかった。


この大正十二年十月をもって武馬は予備役に編入されたが、その後も北京に滞在。十三年衆議院議員選挙に若松から無所属で出馬し、当選したあとも張作霖顧問をつづけた。

しかし昭和三年六月張が日本の軍部によって爆殺されるや憤然として軍部と袂《たもと》を分ち、帰国して湯河原《ゆがわら》の別荘「枕山荘」に引きこもった。

それ以前から関東軍の暴走を予言していたかれは、昭和六年満州事変が起こった直後から貴族院議長近衛文麿《このえふみまろ》のブレーンとして「木曜会」に参加。非戦論の立場から協調外交主義を基本として満州事変、日華事変、三国同盟、対米開戦のすべてに反対したが、十六年十二月、日本が米英両国に対して宣戦を布告するとこう主張した。

「すでに兵端をひらいた以上は、最後のひとりまで戦いぬくべし。降伏論者は腹を切れ、切らなければこの町野が斬ってやる」

日本の降伏後、この発言が東京裁判首席検事キーナンに疑われるところとなり、武馬は出頭を命じられた。

かれがキーナンの部屋に入り、敬礼しても居合わせた四、五人の検事たちは会釈も返さない。顎をしゃくってそこへ掛けろと椅子《いす》を示したので武馬は怒り、大声を出した。

「我輩を呼んで、なにを調べるというのか！」

「お前は終戦前、降伏論を唱える者はおれが斬るといって、重臣要路を脅迫したそうではないか」

検事のひとりが通訳を介して訊ねると、ふたたび武馬は持ち前の胴間声を張りあげた。

「日本は三千年来いまだかつて外国から屈辱を受けたことのない、金甌《きんおう》無欠の国柄だ。もし今度の戦争に敗れれば、兵はもちろん国民は最後のひとりまで全部戦死し、最後には天皇陛下も戦死なされ、いさぎよく国家と運命をともにすべきだと信じているからそういったのだ。それが悪いというのなら、すみやかにこの首を刎《は》ねろ」

この啖呵《たんか》を切った時武馬の脳裡《のうり》には、戊辰の年に父主水が容保の前で主張した、

「この戦いに会津藩士はすべて討死するのだ。殿さまも最後には斬死なさるのだ」

というせりふが揺曳《ようえい》していた。

結局、武馬は一貫した非戦論者だったことが証明され、かれはそのサムライらしさを拍手で讃えられてキーナンの部屋を後にした。

戦後処理について、吉田茂首相のよき相談相手となった武馬はその後も長寿に恵まれ、昭和四十三年一月十日に九十二歳で死亡するまでの間に、父主水に負けない武張った逸話を少なからず残した。

そのかれも、

「今日、古武士の風格をそなえている人物といえば町野翁ぐらいしかいない」

といわれた時には、大真面目に反論した。

「いや、日本の武士とは明治天皇が軍人に賜ったところの五箇条――忠誠、信義、武勇、礼儀、質素、この五つの徳をそなえた者のことをいうのだ。しかるに私は忠誠、信義、武勇、礼儀は他人に負けぬつもりだが、一番大切であるべき質素というのが大嫌いなんだ。うまいものが好き、楽なことが好き。この五箇条に合致した本当の武士といえば、その名は町野主水――わが

親父しか私は知らない」

最晩年にさる石油王の所有するところとなっていた久吉の大身槍《おおみやり》を譲り受け、嫁いで井村と姓の変わっていた百合子とともに、再建なった鶴ヶ城天守閣にそれを寄贈しに行ったのも武馬であった。

しかし、これ以上かれについて語ることは、本篇とはまた別の物語であろう。

あとがき

平成四年（一九九二）九月二十三日午前十時から、会津若松市日新町の長命寺では、財団法人会津弔霊義会主催による戊辰《ぼしん》殉難者秋期祭典がひらかれた。

「戦死墓」と書かれた墓石の前に白布の祭壇がもうけられ、四囲には紅白の幔幕《まんまく》が張りめぐらされて、入口には紫の地に会津葵《あおい》を白抜きにした幕があしらわれていた。

中野五郎理事長の挨拶《あいさつ》、僧ふたりの読経、電報披露、焼香と進み、式典をただ見学するだけのつもりだった私も名を呼ばれて戦死墓に合掌《がっしょう》した。

ひきつづき十一時からは、ほど近い七日町の阿弥陀寺殉難者拝霊殿において、おなじ祭典がおこなわれた。

「阿弥陀寺へは、われわれ地元の者は千円を包んでゆく慣例になっています。中村さんはゲストですから、二千円お願いします」

宮崎十三八会津史学会会長からそういわれていた私は、受付に香奠袋《こうでんぶくろ》を差し出そうとして驚いた。参会者の出したのは、すべて紅白の祝儀袋だったからである。

「法事と思っていたものですから、こんな袋を持ってきてしまいまして……」

私が恐縮しながら差し出すと、それでいいのです、と受付のひとはいってくれた。われわれもかつては香奠袋を持ち寄っていたのですが、戊辰戦争後百二十年以上も祭祀《さいし》が絶えなかったのは目出たいことだという思いから、近年祝儀袋に改めたのです、と。長命寺の戦死墓が紅白の幔幕に囲まれていた理由を、私は遅まきながらこの時初めて理解した。

「戦死招魂霊位」を祀《まつ》った大仏壇にむかって式典がはじまり、焼香へと進むと、喪服姿で喪主の席に正座していた中野理事長が、焼香者ひとりひとりに頭を下げる。それを見て、私は胸を打たれた。

弔霊義会が、戊辰戦争戦没者の遺族に代わって慰霊しつづける会であることを、その姿ほど端的に象徴するものはない。町野主水をはじめとする戊辰戦争生き残りの会津藩士たちが結成した弔霊義会は、こうして今も春秋二回、各二日にわたり、長命寺、阿弥陀寺、飯盛山の白虎隊士墓前において例祭をおこないつづけているのである。

町野主水の志は、なおも脈々と受けつがれている——そう知った時初めて、私はこの作品を書こうという気持が潮のように満ちてくるのを感じた。

その十日後の十月三日には、上野東叡山寛永寺本堂に戊辰戦争東軍関係者三百数十名が参集し、十五年ぶりに戊辰役東軍殉難者慰霊祭が催された。会津松平家当主保定《もりさだ》氏を祭主とするこの式典の最後に、私が「徳川義軍遊撃隊の戊辰戦争」と題して講演させられたのも奇縁であった。

本書は、私の作品系列からいえば『鬼官兵衛烈風録』（一九九一）の姉妹篇にあたる。同作では会津戊辰戦史そのものと西南戦争に散った佐川官兵衛とを主人公としたが、本作では心ならずも生き残ってしまった男の気持を描いてみたかった。その取材に際し、一介の会津ファンにすぎない私を温く受け入れて下さった地元の方々の存在があったことを、ここに明記しておきたい。

なお、本作の主要参考文献と取材協力者は次のとおりである。

主要参考文献（使用順）

『小出町歴史資料集　第六集　明治維新編』（小出町教育委員会）
『戊辰小出島戦争百二十周年記念誌』（同）
井深梶之助とその時代刊行委員会編『井深梶之助とその時代』第一巻（明治学院）
大山柏『戊辰役戦史』上下（時事通信社）
山川健次郎監『会津戊辰戦史』（井田書店）

平石弁蔵『会津戊辰戦争』（丸八商店出版部）
『会津若松史　6　明治の会津』（会津若松市）
『戊辰殉難追悼録』（会津弔霊義会）
改葬方『戦死之墓所麁絵図』（会津士魂会会長鈴木清美）
相田泰三「伴百悦」（「会津医師会報」第五巻第一号）
宮崎十三八編『会津戊辰戦争史料集』（新人物往来社）
荒木武行編『会津士魂風雲録』（会津士魂風雲録刊行会）
高橋哲夫『明治の士族』（歴史春秋社）
『若松市史』上下（国書刊行会）

取材協力者（五十音順・敬称略）

会津弔霊義会（理事長中野五郎）　会津図書館　会津若松警察　井村百合子（町野主水令孫、会津会顧問）　佐藤芳巳（会津史談会会長）　滝沢健三郎（小出町郷土史家）　武光誠（明治学院大学助教授）　間島勲（会津史学会理事、会津武術史研究会代表）　宮崎十三八（会津史学会会長）

取材協力者各位に対し、深甚なる謝辞を捧げたい。

＊

この小説は、平成五年（一九九三）九月に新人物往来社から刊行され、三年後には角川文庫に収録された。その後四半世紀の間に品切れ状態となっていたので、このたび歴史春秋社の阿部隆一社長の英断により、同社版を発行する運びとなったのは望外の喜びである。

近年、町野主水は幕末維新史研究家から再評価されつつあり、私個人もいくらかの新知見を得た。本作が叩き台となり、「最後の会津武士」町野主水についての研究がより深化することを祈りたい。

末筆ながら角川文庫版所収、故萩野貞樹氏の「解説」の再収録をお許し下さった京子夫人、および編集の実務を担当して下さった歴史春秋社の佐藤萌香さんにも御礼を申し上げたい。

令和元年（二〇一九）文月

中村彰彦

解説

萩《はぎ》野《の》 貞《さだ》樹《き》（産能大学教授）

まがりなりにも「解説」であるならば作品の好き嫌いを言うものではないだろうが、一読者としてならば言う権利がある。私は、中村作品の中でも『その名は町野主水』は最も好きなもののひとつである。

この作品では、幕末から明治にかけての会津の文字通り狂瀾《きょうらん》の数年間を舞台としていただきとめた作家の思いが、姿勢の正しい会津武士、町野源之助（主水）の姿を軸にして、上等の曲線を描いて起伏しかつ流れくだっているのを見ることができる。

ただ、読者はこの作品がどんなに好きであっても、駘蕩《たいとう》とした気分で読みくだすというわけにはまいらない。くやしく、いきどおろしく、また時に涙させられるというつらさを覚悟しなくてはならないだろう。

乱暴にくくってしまえば、『その名は町野主水』は、会津の戊辰《ぼしん》戦争でたおれた人々のいわば埋葬の物語である。

著者が参考文献のひとつに掲げている平石弁蔵『会津戊辰戦争』の昭和二年増補版は、町野主水について詳しく語っているわけではないが、それでも「武士道の名残」という小項目を立てて町野に触れている。「蛤御門《はまぐりごもん》の戦に一番槍《やり》を窪田伴治に譲りたる町野主水氏（現代議士歩兵大佐町野武馬氏父）は会藩《かいはん》戦死者合葬に際し、葬儀執行委員として尽瘁《じんすい》せられし人なるが」云々《うんぬん》とあって、やはり葬儀・埋葬の恩人として深く記憶されている人のようである。もちろん中村彰彦のこの小説では、なにも遺骸《いがい》の処理ばかりが描かれるのではない。源之助は戊辰の年二月、陣笠をはずして満二十八歳の「精悍《せいかん》無比の風貌《ふうぼう》」を小出島（越後魚沼郡の会津領飛地）に現すのだが、そのあと会津戦争の各局面の中で働きまわる町野の姿を、詳細に語り進めるのが前半の主題をなしているのである。その間町野はまことに朴強のいくさぶりで、特に華々しい戦果を挙げたというのでもないが、会津兵の士気の象徴とも言える存在として強く印象づけられる。

陣中で不始末をしでかした古参の会津兵をたちまち斬に処してしまう仮借なさには読者は驚くのだが、すぐそのあと上役の井深宅右衛門に、自分の処置がよかったかどうかを律義に尋ねるあたりは、じつに素直でまっすぐで素朴である。また、佐川官兵衛に対しては、先に町野の姉が嫁していたのが理由も知れず返されてしまって以来面白からぬものをおぼえていたのだが、陣中で官兵衛の豪胆さを目撃して、「いや、カンべさま。お手前はなんという豪傑なのです」と心から感嘆している姿には、あどけないばかりの純朴さがある。こうして町野源之助の人間像が次第に焦点を結んでゆくのだが、この前半源之助像の仕上げは、城中で藩主と対面して会津が恭順と決したことを聞いた場面であろう。

「相分りましてござる」

源之助は、乾いた声で答えた。

と作者はごく簡潔に描く。

源之助は弟久吉をはじめ、多くの部下同僚を死なせている。妻子の生死すら知れない（実際は既に自決していたのだが）。しかもこの会津戦争は、いまでこそ「西軍が真の王師であるならば抵抗できない」ということで恭順となるのではあるが、言いたいことはいくらでもあったはずだ。ところが源之助は「相分りましてござる」と乾いた声で答えただけだった。たしかに言うべき相手は西軍であって藩主ではないのだが、それにしても、たった一言のこの乾いた声には、剛直な武士の魂が、持ち重りする芋の子のように凝っているのが見られる。

いやもちろん、これは作者中村彰彦による造形である。だいいちこの拝謁の場自体、私には確認できないが作家による仮構かもしれない。しかし私たち読者にとっては、細かいところまで事実そのものにほかならない。これらの「事実」を提示することで、作者は町野源之助（主水）という大ぶりな人物をすっくと立ち上がらせた。

そして後半は、いよいよこの人物による埋葬の物語が展開する。豪快ともごり押しとも見えるひたむきさで、死者をあつく祀《まつ》るという当時困難な仕事を進めてゆくのだが、その一心な様子はまことにけなげであり痛快でもある。作者は随筆の中で、「歴史小説を書いていると、テーマの方から私に襲いかかってくるように感ずる時が」ある旨述べたことがある（『会津藩主・松平容保《かたもり》は朝敵にあらず』所収「最近発掘した会津関係史料のことども」）。直接には『五左衛門坂の敵討』（角川文庫）について述べたものだが、この『その名は町野主水』も同様であったろう。作者に「襲いかかって」来たテーマが葬儀であったことは私にはじつに面白く感じられる。町野主水は、度胸と武技では傑出していても、必ずしも英傑とか、俊才とかいう型の人物ではなかっただろう。しかし、徹底して律義でありけなげであった。それがいくつも重傷を負いながらも戊辰で生き残った。となれば、この武士魂であふれかえった男の今後の戦いは、まさに埋葬でなくてはならない。

死んで数ヶ月も放置された遺骸の腐臭や、腐り溶けて青黒く光りながら流れる内臓や湧《わ》きこぼれる蛆《うじ》などのことは、普通は痛ましすぎて書きたいものではなかろうが、作者が町野と同じ場に立つならば、これはえぐるような筆圧で書き込むしかなかったであろう。作者は町野主水にぴったりと身を沿わせながら、官軍の無情のゆえに朽ち果てた無残な遺骸を、ともに抱き上げるようにして丹念に葬ってゆくのである。会津に英才豪傑はいくらでもいるし、たしかに例えば佐川官兵衛については『鬼官兵衛烈風録』（角川文庫）という傑作にまとめあげてはいるが、作者はもしかすると町野主水のような、どこか飄逸《ひょういつ》の味のある一徹の会津人が、もっとも好きなのではあるまいか。

作者によると町野家は、遠く戦国時代、武将蒲生氏郷に仕え、天正十八年氏郷が会津に封じられたとき行を共にした町野左近助幸仍《ゆきなお》を祖としているという。古記に見える氏郷の侍大将町野左近とはこの人だろうか。露伴の『蒲生氏郷』で目にしたが、氏郷が少年時代、信長の居城岐阜に人質となっていたときの付人町野左近もこの人だろう。氏郷の乳母の夫、町野左近将監繁仍《しげより》という人も当然縁者だろう。藩祖保科正之よりも会津には古い。まことに筋張った武門である。その町野主水が大正六年七十八歳、戊辰殉難者五十年祭典において、雨を気づかって下がるように言った若松市長の松本時正に向って、「貴様、武士にむかって下がれとはなんだ！」と一喝する姿を本書に見るとき、まことに人の世の奥深さ、時を貫いて生かされている人間の精妙さに感じ入らざるをえない。

作者中村彰彦は、会津には「貫く棒のごときもの」とまではいかなくても、せめて貫く糸のごときものが見えるのでなくては承知できない。町野主水および町野家の人々は、その棒なり糸なりの馬標《うまじるし》のようなものであって、これを見たとき作者には、小説のテーマが一挙に襲いかかってきたであろう。主水の弟の久吉は、巻頭まもなくまるで伝奇剣豪小説のような華やかさで登場し、そしてすぐに戦死してしまうのだが、その久吉が作中で幾たびか思い起され、巻末数行のところでも、久吉が戦死の際たずさえていた家宝の大身槍の処置について触れられるのは、作者が見たこの「馬標」のゆえにほかならない。主水の子武馬が、今次大戦後キーナン検事の前で見せたという豪胆な態度に筆を及ぼすのも、この歴史悲劇の地にあくまで生きる会津武士への感銘のゆえである。

「会津」というのはまことに象徴的な地である。戊辰では逆賊として討伐され処罰されたわけだが、藩祖以来終焉《しゅうえん》まで、逆賊であったためしなどまったくない。文久二年、松平容保は幕命によって京都守護職に任ずるが、会津藩が京都でやったことは文字通り町の治安維持と王城の警護だけである。幕府にも従い、また朝廷に対しても最も誠実な忠臣だった。醇乎《じゅんこ》たる王臣だった。尊王の旗印だけは高々としていた長州薩摩ほかは、純真な尊王だったことなどない。朝廷を思うさま利用しただけだった。ところが、動力の伝導装置が微妙にかけちがったまま回り始めた歴史の、その無情な力学によって、朝敵として殲滅《せんめつ》される的となったのは会津だけである。すくなくとも標的真ん中の黒圏とされた。幕府にも、まして朝廷に対しても、悪いことなど一切していない。もし悪かったとすれば、京都の任務を懸命に勤めたことだけである。

懸命だっただけに、たしかに長州や薩摩の志士浪人を多数殺しはした。もしそれが恨みを買ったとしても、多くの会津人が言うようにそんなものは私怨《しえん》にすぎない。だからこそ西軍の攻撃を受けて立つわけだが、徳川将軍からは遠ざけられ、朝廷からは朝敵とされることになったのは、いわば最も忠実忠良の臣下だったからこそである。誠を尽せば尽すほどに死地に追い込まれてゆくのでは、これではかのテーバイのオイディプースではないか。

中村彰彦の目は、この会津に涙と敬意をもっていつまでも注がれ続けるだろう。町野主水はあれこれ理屈をこねる人ではなかっただろうが、そうした悲劇の地にあって大正十二年六月、邦算八十四で死ぬまで背筋をまっすぐに伸ばし続けた町野主水の気根には、作者とともに襟を正したい。読後私は家族を拉致《らち》するようにして会津を訪ねた。融通寺の町野家塋域《えいいき》には、さすがに一種の豪気がただよっているのである。

長命寺築土の弾痕《だんこん》には、近年改築されたものとはいえ息を呑《の》む思いがした。次いで阿弥陀寺の高く盛り上がった墳墓の前では、ただ深く頭を垂れるしかなかった。観光客のさんざめきとともに呑気《のんき》にエスカレーターで飯盛山に登った私は、春四月初めのことだが、西の方から押し寄せる分厚い雪の幕に鶴ヶ城が押し包まれてくるのを茫然《ぼうぜん》として見た。この越後国境から駆け寄せる豪雪の中に、私はじきに飯盛山ぐるみ絡め取られることとなった。じつに寒かった。

会津の降伏・開城の戊辰明治元年閏年の陰暦九月二十二日は、今の暦では十一月も半ばにあたる。晴れてはいたようだが、きっときびしい寒さだったにちがいない。

著者略歴

中村 彰彦（なかむら・あきひこ）

1949年栃木県生まれ。作家。東北大学文学部卒。在学中に『風船ガムの海』で第34回文學界新人賞佳作入選。1993年、『五左衛門坂の敵討』で第1回中山義秀文学賞を、1994年、『二つの山河』で第111回（1994年上半期）直木賞を、2005年に『落花は枝に還らずとも』で第24回新田次郎文学賞を、また2015年には第4回歴史時代作家クラブ賞実績功労賞を受賞する。近著に『会津の怪談』『花ならば花咲かん　会津藩家老・田中玄宰』『戦国はるかなれど　堀尾吉晴の生涯』『疾風に折れぬ花あり　信玄息女松姫の一生』『なぜ会津は希代の雄藩になったか　名家老・田中玄宰の挑戦』『幕末史かく流れゆく』『幕末維新改メ』などがある。幕末維新期の群像を描いた作品が多い。

装幀　神長文夫＋坂入由美子

その名は町野主水

令和元年７月26日　初版第１刷発行

著　者　中 村 彰 彦
発行者　阿 部 隆 一
発行所　歴史春秋出版株式会社
〒965-0842
福島県会津若松市門田町中野大道東8-1
電　話（0242）26-6567
ＦＡＸ（0242）27-8110
http://www.rekishun.jp
e-mail　rekishun@knpgateway.co.jp
印　刷　北日本印刷株式会社